KB234856

사유하는 에디터
김지수의
도시 힐링 에세이

도시의
사생활

사유하는 에디터
김지수의
도시 힐링 에세이

도시의
사생활

김지수 지음

팜파스

문장 부호는 다음의 기준에 맞춰 사용했습니다.
『 』 단행본
「 」 신문, 잡지, 정기간행물 등
〈 〉 연극, 영화, 방송프로그램 등
' ' 시, 미술작품, 칼럼 등

"상처받은 의사만이 환자를 치료할 수 있다네."

〈데인저러스 메소드〉라는 영화에서 칼 융이 이야기했다. 자부하건대 도시에서 나는 그 누구보다 많은 상처를 받았다. '보통의 삶'을 사는 것조차 버거워하는 나처럼 흠 많은 인간이 뻔뻔하게 '도시 힐링 에세이'라는 부제를 붙일 수 있었던 건 그래서다. 내가 살아온 도시는 '상처의 찬란한 꽃밭'이었고, 살면서 그 상처의 눈부신 개화와 쓸쓸한 낙화를 몸으로 다 겪었다. 그것은 나라는 '에고'와 도시라는 거대한 '수퍼 에고' 사이의 끝도 없는 투쟁이었다. 도시는 기본적으로 나에게 친절하지 않았다. 가쁜 숨을 몰아쉬는 내게 물 한 잔 주기보다 더 달리라고 채찍질을 하는 식이었다. 나는 채찍의 장단에 맞춰 어릿광대 같은 춤을 추었다. 그리고 밤마다 거대한 빌딩 숲을 겅중겅중 뛰어다니는 꿈을 꾸었다.

마스카라도 지우지 못하고 야전 침대에 누운 나는 밤마다 오르가슴에 떨며 검은 눈물을 흘렸다. 그렇게 오래도록 숨 가쁜 커리어 우먼으로 쫓기듯 살면서 깨달았다. 질투에 몸이 달고 고독에 몸이 식는, 냉온시스템이 고장 난 도시의 불구한 몸이 곧 나였다. 불안의 피가 흐르는 혈관과 공황의 공포가 번져오던 심장을 지닌, 도시의 예민한 몸이 곧 나였다.

밤이면 화려한 네온을 입고 뽐내다가도 새벽이면 부끄럽게 토사물을 부려놓는 도시는 21세기에 가장 고독한 생명체다. 성형외과로 몸을 재조립하고 정신과로 기억을 성형하는 도시, 명품으로 자아를 포장하고 다이어트로 자존을 소비하는 도시, 분노의 대지진에 살이 떨려도 두 손을 붙잡고 아부의 미소를 짓는 도시……. 이 어처구니없는 철부지가 바로 나였다.

도시는 나를 낳고, 나는 자라서 도시가 되었다. 생각해보면 도시가 내게 등을 돌렸던 게 아니라 내가 두려워 도시의 몸을 밀어냈던 시간이 더 많았다. 도시는 나를 지배하려고 한 적도 없었다. 내가 도시에게 지지 않으려고 죽자고 덤볐을 뿐. 그것은 사춘기 아이가 엄마에게 그러하듯, 섣부른 승부욕이었고 격렬한 분리 불안이었다.

오랜 시간에 걸쳐 도시는 나에게 가르쳐주었다. 삶에서 가장 중요한 것은 성공이나 성취가 아니라 관계다. 도시의 삶은 결국 사랑과 행복에 관한 것이다. 이 단순한 결론을 가르치기 위해 도시는 사지를 활짝 벌려 자신의 몸과 마음을 보여주었다. 해체 위기에서 핏줄의 본능으로 더욱 짠해지는 가족을, 위험해서 더욱 그리운 이웃을, 아부와 품위가 어떻게 일상에서 공존할 수 있는가를, 왜 우리는 가슴 아프지만 분노보다는 용서를 선택해야 하는가를.

여기 실린 글은 오랜 시간 떠돌았던 나의 '도시 공생애' 노트다. 가장 사적이기에 필연적으로 가장 공적인 시티 라이프의 기록이다.

제목을 '도시의 사생활'이라고 이름 붙인 이유는 도시와 한 몸으로 살아가는 사람들이 부디 자기만의 예민한 감과 촉으로 더욱 '사적인 행복'을 찾기를 바래서다.

부디 이 도시에서 최선을 다해 상처받아라. 너를 모욕한 도시에게 주먹을 날리고, 너를 배신한 도시에게 쌍욕을 퍼부어라. 그런 다음 고요히 방에 앉아 나와 너를 나눈 벽을 쓰다듬어라. 나를 여기까지 떨어뜨린 바닥에 입 맞춰라. 그리고 새로운 문을 열고 밖으로 나가라! 이 책을 마주한 이들을 위해, 상처받은 작가만이 독자를 위로할 수 있다는 나의 믿음이 틀리지 않았기를 바란다.

김지수

Contents

Ego

1.
내 속의
요란한
이야기

질투의 추종자들이 링에 오를 때

수선화로 변해버린 미소년 나르시스, 자신이 조각한 대리석상과 사랑에 빠진 피그말리온, 허무하고 가련한 꽃으로 변해버린 아도니스를 진정으로 사랑한 아프로디테, 어머니를 죽이고 동생인 오레스테스와 사랑에 빠진 엘렉트라, 친아버지를 죽이고 친어머니와 사랑하게 된 오이디푸스 등 그리스 신화 속에는 사랑과 질투가 부른 비극적 이야기의 원형이 존재한다. 열여섯 살 때 나는 일기장에 썼다.

"『백설공주』와 『신데렐라』의 여주인공들은 모두 질투의 희생양으로 그려진다. 따지고 보면 계모와 의붓언니들은 각각 딸과 여동생의 미모와 태생을 질투했고, 자신이 가지지 못한 것을 취하기 위해 계략을 꾸몄다. 우리 모두 자신이 가지지 못한 것들 때문에 괴로워한다. 저마다 그 질투의 괴로움을 어떻게 처리하는가가 삶에서 커다란 문제다."

일기는 거기서 끝났다. 뭐라고 써야 할지 몰랐기 때문이다.

나는 파티가 시작되는 시간을 훔쳐보길 좋아했다. 왜냐하면 바로 그 시간이 서로에 대한 원색적 정보를 나누고 솔직하게 반응하는 시간이기 때문이다. 상대방을 탐색한 후 서로에 대한 호의와 적의 혹은 무관심을 결정하는 데는 30초면 충분했다. 우리의 삶도 대부분 그런 식으로 전개된다. 쇼를 관람하고, 춤을 추고, 누구하고도 비교할 수 없는 유명인의 사생활에 대한 한담을 나누고, 테이블보에 포도주 얼룩이 생기고 하는 본격적 게임은 서로를 비교하는 드라마틱한 탐색전에 비하면 지루한 연장전이다. 이미 누군가는 나보다 젊고 나보다 유머와 상식이 풍부하며 많은 돈과 멋진 옷을 갖고 있으니까. 적어도 내겐 그랬다.

학창 시절, 가정 선생님은 물으셨다.

"꽃이 피기 시작하는 나이에 이르면 여자들은 2가지 부류로 나뉜다. 질투를 하는 여자와 질투를 받는 여자. 너희들은 어느 쪽이 될래?"

질투嫉妬, jealousy란 남을 부러워하는 감정, 또 그것이 고양된 격렬한 증오나 적의敵意다. 이 세상에서 가장 특별한 열정이기도 하다. 당시엔 질투를 받는 소녀들은 긴 생머리에 하얀 원피스를 입고 예쁘장한 얼굴로 즐거운 시간을 보내는 듯 보였다. 하지만 나는 누가 그런 여자애들에게 프러포즈를 하고 싶어할 거라고 생각하지는 않았다. 나는 그녀들을 질투했던가? 모르겠다. 하지만 질투를 선택한 소녀들은 말이 많았고 늘 몰려다녔으며 다른 사람의 수면 시간과 시험 성적에 관심이 많았고 누군가와 험담을 일삼는 것처럼 보였다.

그리고 15년 후, 심리 테라피스트가 상담 도중 아무렇지 않게

"평생을 매 순간 계단을 밟고 올라가야 할 운명"이라고 내게 말했던 그날, 나는 정신이 번쩍 들었다. 카운슬링에서 우연이란 없기 때문에 주기적으로 나를 상담해온 이 청담동의 노련한 카운슬러의 말에 뼈가 있다고 생각할 수밖에 없었다. 그래서 나도 여느 훌륭한 나르시시스트처럼 곰곰이 생각하기 시작했다. '계단을 밟고 올라가야 한다'는 말이 단순히 '험난한 인생 역정'을 은유하는 걸까, 아니면 '타인보다 한 계단 위에 서야 하는 고통스러운 욕망, 즉 질투의 심리 에너지'를 의미하는 걸까? 그리고 어떤 쪽이든 그게 운명이라면 왜 내 문제에 귀를 기울이기 위해 시간당 10만 원을 지불하고 있단 말인가?

질투의 시대, '내가 당신보다 항상 위에 있어야 해'라는 생각은 극단적 나르시시즘이 바탕이 되고 있다. 캘리포니아의 정신과 의사이자 국내에서도 출간되어 인기를 끈 심리서 『나르시시즘의 심리학』의 저자 샌디 호치키스에 따르면, 나르시시스트들의 질투는 불안감 같은 불편한 감정으로부터 자신을 방어하기 위해 극도로 비판적인 자세와 함께 나타난다고 했다. 한 모델을 바라보는 두 여성의 시각을 예로 들어보자. 평범한 여성은 "정말 예쁘네요. 난 저 여자와 다르게 생겼어요. 그렇다고 제가 근사해 보이지 않는다는 뜻은 아니에요"라고 말하면서 감탄한 얼굴로 모델을 바라본다. 반면 질투에 사로잡힌 나르시시스트는 모델에게 위협감을 느끼고 누구도 발견하지 못한 결점을 찾아낸다. 그녀는 케이트 모스를 보고도 "그녀가 얼마나 말랐는지 보세요"라며 역겨운 듯 말하거나, 제니퍼 로

페즈를 보고 "저 큰 엉덩이 좀 보세요"라고 말할 것이다. "진정한 자신감은 자신의 능력을 긍정적으로 생각하는 것에서 비롯된다"고 호치키스는 설명한다. 하지만 질투의 희생양인 나르시시스트는 다른 누군가를 희생시킴으로써 권력을 획득한다. 셰익스피어는 '오셀로 증후군'이라는 정신의학 용어까지 낳을 만큼 집요하고 무서운 남성의 질투심을 비극적으로 그렸다.

사랑에 관한 예를 들어보자. 일반적으로 여성은 궁극적으로 질투심을 자기 반성과 발전의 도구로 삼는다. 여성은 남성을 따로 떼놓지 않고 둘 사이의 관계 자체에 집중하기 때문에 본래 매혹의 정서를 회복하기 위해 상대편 여성보다 더 예뻐지거나 젊어지려는 방식으로 노력한다. 반면 남성의 질투심은 복수심으로 발전한다. 동물행동학적으로 볼 때 여전히 남성은 자신의 능력을 공증하는 소유물로서 여성을 생각하기 때문에 그것을 빼앗거나 공격하는 라이벌에게 엄청난 적개심을 품고 심지어 상대를 철저하게 파멸시킨다. 사랑에서 여성의 역할은 '질투는 나의 힘'이고, 남성의 역할은 '복수는 나의 것'이다.

며칠 후 나는 친구들 간의 우정을 실험하는 '속물적 수다'로 불황의 소극장 연극계에서 장기간 연속 안타를 날리고 있던 코미디 연극 〈아트〉를 보았다. 극작가 야스미나 레자는 혈연 공동체인 가족도 아니고 직장 공동체인 동료도 아닌, 단지 친할 친親, 옛 구舊로 이뤄진 '친구'라는 우정 공동체에 '질투'라는 불씨를 던져놓고 그 불화의 묘를 치밀하게 관찰했다. 극중 주인공이 하얀색 바탕 위에 하얀 줄이 있는 그림을 2억 8천만 원을 주고 사자, 그의 친구들은 이해하지 못한다.

"비싸니?"

"그냥……."

"화가는?"

"앙트로와. 2억 8천만 원이야."

(비웃으며) "이게? 이런 판때기를?"

(발끈하며) "판때기가 어떤 기준인데? 내가 알기로 넌 현대 미술에 관심도 없거든?"

항상 "너는 유니크하고 난 그 유니크함이 사랑스러워"라고 나를 선망하던 친구가 갑자기 그 특별한 경의를 그림과 연극에 쏟아 부으며 '유니크한' 자신을 '냉소적'이라고 공격한다면, 배신감과 함께 그 친구의 애정의 투사물에 격렬한 적의를 느끼게 된다. 우리는 보통 선망envy을 질투와 비슷한 감정으로 간주하지만, 선망은 두 사람의 감정인 반면 질투는 삼각관계다. 질투는 내가 어떤 것을 나의 것이라고 생각하고 있는데 누군가가 그것을 빼앗겠다고 위협하거나 빼앗았을 때 생긴다.

창세기에는 인류 최초의 살인자인 카인이 신의 사랑을 독차지하는 동생 아벨을 질투해 돌로 쳐서 죽인다는 기록이 나온다. 질투하는 사람의 진짜 메시지는 두 겹으로 되어 있다. 한 겹은 '나에게 관심을 가져달라'이며, 또 다른 한 겹은 '내가 쓰러지지 않도록 잡아달라'는 것이다. 질투하는 사람은 사랑을 과장되게 요구하며 사랑을 상실할까 봐 두려워한다.

전문가들 대부분은 질투가 아주 어린 시절에 그 뿌리를 두고 있다는 데 동의한다. 그 시기에 우리는 어머니나 자신을 돌봐주던 사람으로부터 독립된 자아라는 개념을 발전시키기 시작한다. 그리고 자아에 대한 자연스럽고 건강한 생각이 싹튼다. 최초 경쟁자인 형제자매가 생기면서 나타나는 유아들의 해코지, 퇴행 등의 질투 행각(그것은 아이들의 생존을 위협하기도 한다)을 어머니가 부드럽게 돌보지 않으면 우리는 어린 나이에 겪기엔 너무 힘든 감정인 좌절감과 굴욕감을 경험한다. 이때 훌륭한 어머니는 직접 개입해서 아이를 달래준다. "때에 따라 인생에서 조연이 될 때도 있지만 그것이 결코 네가 중요하지 않다는 의미는 아니며, 누구나 함께 성장하기 때문에 겪는 중요한 교훈"이라는 사실을 가르치는 것이다.

사실 현실이 약간 단조로울 때 질투와 복수에 사로잡힌 나르시시스트만큼 흥미로운 인물도 없다. 보통은 인생의 감정적 소모로부터 자신을 보호하기 위해 세상에서 한 걸음 물러난다. 그러나 '질투의 추종자'들은 갈망하던 찬사를 얻기 위해 성공할 때까지 가능한 오랫동안, 그리고 치열하게 행동한다. 두 얼굴의 성격장애자로 비판받은 바 있는 힐러리 클린턴의 놀라운 정력을 생각해보라. 그녀는 자신의 자서전에서 클린턴이 외도를 해서가 아니라 르윈스키처럼 질투를 느낄 가치조차 없는 형편없는 여자를 만났다는 사실에 화가 났다고 발표했다. 물론 그녀는 이미 클린턴을 앞질러 정치적으로 성공 가도를 달렸다. 오! 진정으로 그녀에게 '질투는 나의 힘'

이다.

질투는 직업 세계에 '사이코 레벨'이라는 신종 인류를 탄생시켰다. 이 신종 인류의 목적은 자신이 얻어야 할 명성을 부당하게 앗아갔다고 생각되는 누군가보다 오로지 우위에 서는 것이다. 그렇기 때문에 선의의 경쟁이 아닌 피곤한 파워 게임이 펼쳐진다. '사이코 레벨'에게 '너와 나'는 없다. 오로지 '너 아니면 나'라는 방식만이 존재한다. 결과적으로 그들은 경쟁 사회에서 다른 사람들에게 감정이입되기가 힘들고 무언가를 느끼기 위해 더 많은 자극을 필요로 하며 스스럼없이 규칙을 악용한다.

모차르트를 만나기 전까지 살리에리는 승승 가도를 달렸다. 요제프 황제를 모시는 궁정 악장이 됐고 그의 작품은 궁중인들의 사랑을 받았다. 그런데 비엔나에 연주 여행을 온 모차르트를 만난 그날 밤, 살리에리의 인생은 바뀌었다. 심지어 살리에리가 모차르트를 환영해 만든 행진곡을 모차르트가 단 한 번 듣고 훌륭한 변주곡으로 연주해내자, 살리에리는 신을 원망한다.

"주님, 제가 원했던 것은 오직 음악으로 주님을 찬미하는 것이었는데 주님께선 제게 갈망만 주시고 절 벙어리로 만드셨으니, 왜입니까? 말씀해주십시오."

신이 별다른 대답을 하지 않았기 때문에 그에 대한 분노로 살리에리는 모차르트를 죽음의 길목으로 몰고 간다.

모차르트와 살리에리의 관계는 대중 예술가들에게는 하나의 신화처럼 존재한다. 천부적 재능을 타고난 사람과 노력형 수재. 하지

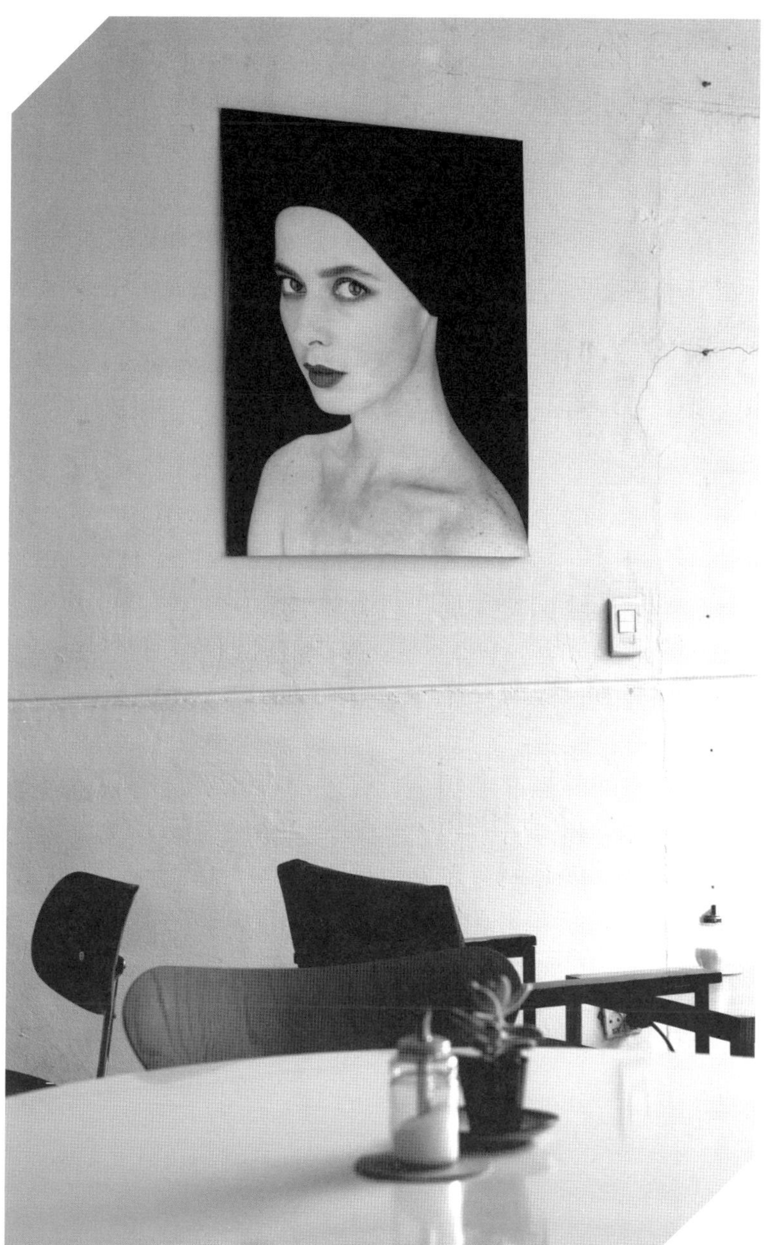

만 재능은 놀랍도록 빠른 시간에 절정에 이르러도 어느 순간부터 노력 없이는 한 발짝도 나아갈 수 없다. 질투를 받는 사람이건 질투를 하는 사람이건 서로 다른 성격의 시련을 맞는다. 결국 타고난 천재에게는 야망을 가진 노력형 수재의 견제가 필요하고, 노력형 수재에게는 예술의 본질을 통찰할 수 있는 천재의 감수성이 필요하다. 그들은 마치 프랑스 아를에서 함께 지낸 고흐와 고갱처럼 서로를 선망하고 부정하고 질투하며 마치 정반합의 변증법처럼 새로운 양식, 새로운 철학을 창조한다.

자신에 대한 긍정적 환상이 자아 존중감에 도움을 준다는 사실을 우리 모두는 경험적으로 알고 있다. 대부분의 사람들이 직관적으로 알 수 있는 내용이다. 자신이 무엇을 잘한다고 생각하면 실제로 그 생각이 도움이 될 수 있다. 주제 파악이 자기 기만보다 낫다고 생각하는 심리학자들은 당황하겠지만, 우리는 자신의 외모에 자신감이 넘치는 평범한 여성들이 다른 사람들도 그들을 그렇게 느끼게끔 만든다는 걸 알고 있다. 불안이라는 엔진을 달고 종착점 없이 우주를 돌진하는 사이코 레벨들은 동의하진 않겠지만 질투의 중심에 자리 잡고 있는 것은 어쩌면 자기 경멸이다. 그래서 결국 ‘나는 너와는 다르며 바로 그 점이 나를 보석처럼 빛나게 한다’는 투명한 진리가 ‘질투는 나의 힘’을 뒷받침하는 매력적인 엔진이 될 것이다. 나는 이쯤에서 기형도 시인의 유명한 시 ‘질투는 나의 힘’ 일부를 읊어본다.

저녁 거리마다 물끄러미 청춘을 세워두고

살아온 날들을 신기하게 세어보았으니

그 누구도 나를 두려워하지 않았으니

내 희망의 내용은 질투뿐이었구나

그리하여 나는 우선 여기에 짧은 글을 남겨둔다

나의 생은 미친 듯이 사랑을 찾아 헤매었으나

단 한 번도 스스로를 사랑하지 않았노라

한 디자이너가 주최한 파티에 갔다가 파티 손님 중 한 명이었던 한의사에게 '보그'팀 전원이 간단한 진료를 받는 행운을 얻었다. 드디어 내 차례가 왔고, 한의사는 손목과 혓바닥을 신중하게 진찰한 결과 이렇게 진단 내렸다.

"건강 나이 70세, 화병 지수 예민한 사람의 3배!"

파티 내내 머리와 귓바퀴에 수십 개의 침을 꽂고 마치 팀 버튼의 〈화성 침공〉에 나오는 우주인처럼 앉아 있었던 내 비주얼은 일주일 내내 화제가 됐다. 특히 침을 맞을 때의 반응, 보통 "아!" 하고 여성적 외마디 비명을 지르는 데 반해 내가 토해낸 "쓰으~" 하는 기괴한 신음은 평소 풍문으로 떠돌던 내 별명, '부르르'(화를 참지 못해 떠는 모습)나 '김 나와'(화 때문에 머리에서 김이 나오는 모습)에 의학적 신빙성까지 부여했다. 나처럼 스스로 기분장애와 불안장애를 자각하고 토로하는 경우가 흔치는 않지만, 분명 거리 곳곳엔 스트레스로 인한 화병과 우울증에 시달리는 '신경쇠약 직전의' 여성들이 스틸레토 힐을 신고 활보하고 있다. 마치 뉴욕의 우디 앨런처럼 청담동

만 벗어나면 '바르르' 떨면서 예민해지는 신경증 환자들은 또 얼마나 많은가.

우울증은 정보화 사회의 직업병이며, 따라서 의학계에서는 선진국형 질병으로 간주한다. 선진국 여성의 20퍼센트가 우울증 환자라는 세계보건기구의 발표는 그야말로 충격적이다! 특히 창의성을 요하는 전문직 종사자들이 쉽게 우울증에 빠진다. 명망 높은 연극배우, 온화한 성품으로 칭송받던 메이크업 아티스트도 자신이 우울증에 걸렸었다고 얘기했다. 물론 두 명 다 심리 치료와 약물 치료로 어둠의 숲에서 빠져나왔지만, 그때를 이렇게 기억한다.

"그저 절벽 위에 선 것처럼 아득하고 절망적이었어요. 사람도 싫고, 일도 싫고⋯⋯. 가장 견딜 수 없는 건 나 자신이었죠."

『소피의 선택』의 작가 윌리엄 스타이런도 우울증 체험담을 기록한 에세이 『보이는 어둠』에서 "나는 자기 살해자인 동시에 희생자였으며, 고독한 배우인 동시에 외로운 관객이었다"고 묘사했다. 〈스타워즈〉의 레아 공주로 알려진 할리우드 스타 캐리 피셔도 오랜 시간 동안 조울증에 시달렸으며, 조증과 울증을 오가는 급격한 감정 변화로 하루에 24알이 넘는 알약을 복용하기도 했다.

2001년 세계보건기구와 하버드 대학교가 5년간 공동 진행한 '세계 질병 부담' 프로젝트에 따르면, 2020년이 되면 심장 질환에 이어 우울증이 가장 심각한 질병이 될 것이라고 했다. 사회가 산업화, 정보화될수록 혼자서 하는 일이 늘고, 경쟁의식이 친구나 동료에게 정서적으로 지지받는 것을 가로막기 때문이다. 독립생활과 잦은 야근 때문에 생기는 1차 집단(가족 모임이나 친구 모임 등)의 파괴와, 타인에게 마음을 여는 일은 곧 약점을 보이는 행위라는 생각도 커리어 우먼들의 우울증을 부추긴다. 현재 우리 국민의 정신 질환 평생 유병률도 31.4퍼센트나 된다니, 지금 가족이나 직장 동료 가운데 누군가가 우울증을 앓고 있을지도 모른다. 아니면 바로 자신이든지.

그렇다면 특히 어떤 사람이 우울증에 빠질까? 가장 위험한 사람은 자기 자신에게 화를 자주 내는 사람이다. 자신을 향해서건 타인을 향해서건 쉽게 화가 치미는 적대적 성격의 소유자는 온화한 사람에 비해 심장 발작을 일으킬 확률이 2배 이상 높다. 그뿐만 아니라 콜레스테롤이 높거나 과체중인 경우도 보통 사람의 4배다. 정신적 고통 때문에 세포 신호를 조절하는 신경 펩티드가 제대로 활동하지 못하면 감염성 질환이나 암 등과 싸우는 인체 면역계도 파괴된다. 일상적 스트레스가 심장병의 발병률을 높이고 당뇨병 조절과 임신 등을 방해한다고도 한다. 신경정신과 전문의 이성하 박사는 이렇게 말했다.

"화를 잘 내는 사람은 매사에 부정적이고 공격적이고 냉소적이며 다른 사람들을 불신하고 그들의 행동을 경멸합니다. 이런 증상이 계속되면 사소한 일에도 우울해지고 죄책감을 느끼며 불면이나 과다 수면 같은 수면장애 증상을 일으키죠. 집중력이 떨어지고 의사 결정을 하는 데 어려움을 느낍니다. 이미 자신에게 화를 너무 많이 냈기 때문에 남이 화를 내면 어쩌나 하는 불안감도 동반하죠. 이런 증상이 열흘 이상 반복되면 병원을 찾아야 합니다.”

병리적 우울증은 선천적으로 타고나기도 하지만 사실 어린 시절의 환경과도 깊은 연관이 있다. 어린 시절 불행한 경험이 많은 사람은 커서도 정상과 비정상의 경계에 있는 ‘경계성 인격장애’라는 복잡한 질환을 앓는다. 인간발달연구소 이강희 연구원은 설명한다.

“이 질환을 앓는 사람은 사람이나 사물을 흑백논리로 판단하려는 경향이 있어요. 처음에는 대상을 우상화하다가 어느 순간 배신감을 느끼면 습관적으로 비방을 일삼기도 합니다.”

신경생물학자들은 “감정과 기억을 조절하는 중추인 해마가 이미 저장된 불행한 경험을 회고하고, 편도체가 신경증적 감정을 일으키기 때문”이라고 분석한다. 따라서 우울증 등을 예방하려면 무엇보다 뇌를 학대하지 않도록 관리하는 것이 우선이다. 영국 극작가 피터 쉐퍼의 〈에쿠우스〉 주인공처럼 어린 시절의 상처로 말의 눈을 찌르고 싶지 않다면 말이다.

하지만 일반적으로 현대 여성들이 많이 겪는 가벼운 우울증은 ‘시샘’ 때문이 아닌가 한다. 『시기심』을 쓴 심리학자 롤프 하우블도 “타인에 대한 시기심을 극복하는 과정에서 나타나는 감정 중 하나가 우울”이라고 했다. 특히 직장은 각종 시기심의 발원지다. 처음엔 상대방의 능력에 감탄하면서 자신도 그렇게 될 수 있다고 믿고 야심을 키운다. 그러다가 상대방의 약점을 공격하고 일부러 나쁜 소문을 내는 등 분노를 표현하며 자신의 욕구를 충족시키기도 한다. 그리고 마침내 그와 같은 능력이 없는 자신에게 격분하고 우울해진

다. 스스로 탈출구를 찾지 않고 이런 사이클을 강박적으로 반복하는 사람이 우울증의 희생자가 된다. 늘 1등만 해왔거나 자수성가한 여성들이 이런 증상에 노출되어 있다. 7년 동안 패션지 기자로 일하면서 직장을 열한 번 바꾸었다가 지금은 은퇴한 C가 그랬다.

"출근하고 얼마 되지 않아서 늘 타깃을 정해. 그리고 그때부터 그녀와 끝없는 비교 전쟁을 시작하는 거야. 과로, 불면증, 식욕장애, 분쟁으로 괴로워하다가 제풀에 지쳐버리고 말지. 처음엔 그게 남 때문인 줄 알았는데, 알고 보니 적은 바로 나 자신이더라고. 늘 나에게 화낼 구실만 찾았으니까."

차가운 성격의 소유자도 이런 시기심의 희생자가 된다. 인터넷 회사에 근무하는 친구 H는 핸드백 하나 때문에 마음의 병에 시달리고 있다고 털어놓았다.

"평소 나를 시샘하던 직장 후배가 내 것과 똑같은 핸드백을 들고 다니는 거야. 내가 남자친구에게 생일 선물로 받은 걸 이미 알고 있으면서도 말이야. 그녀가 미우면서도 이런 유치한 일로 속상해하는 나 자신도 견디기 힘들어."

가벼운 신경증부터 불안장애까지 다양한 우울증을 치료하기 위한 노력은 마침내 뇌에서 감정 조절 역할을 하는 세로토닌serotonin의 농도를 높여 우울증을 치료하는(심지어 부작용도 거의 없는) 항우울제를 개발하는 데 성공했다. 『프로작에 귀 기울이기』를 쓴 미국인 정신과 의사 피터 크레머는 정신도 마치 보톡스를 맞듯 얼마든지 성형할 수 있다는 '미용 정신 약물학cosmetic psychopharmacology'

개념을 도입하기도 했다. 이미 미국에서 시판하는 약물 상위권 10위 안에 프로작을 비롯해 항우울제가 무려 4가지나 들어 있다. 사람들은 항우울제를 감기약이나 배탈약, 비타민제처럼 복용하고 있는 셈이다.

그러나 항우울제를 처방하는 의사들도 한 번 꼬인 뇌 회로는 좀처럼 완벽하게 복구되지 않는다고 말한다. 예컨대 약물을 통해 일시적으로 복구하더라도 효과는 장담할 수 없다는 것이다. 의학적으로 우울증은 뇌 속 화학물질의 불균형에서 비롯되지만 그 불균형 자체는 마음에서 비롯되기 때문이다. 그 때문인지 합리성을 우선으로 하는 서양에서 뇌 호르몬을 조절하는 프로작을 제조하는 사이, 동양에서는 우울증을 치료하기 위해 참선이나 요가 등 더욱더 전통적 방법을 개발해왔다. 그리고 몇 년 전부터 대기업이나 공공기관에서는 정신건강 차원에서 정기적으로 직원들을 마음 수련 캠프나 명상원으로 보내고 있다. 물론 트렌드 세터들 중 토털 헬스 차원으로 피트니스센터보다 요가 강좌를 찾는 사람도 많다.

마음 수련 전문가들이 공통적으로 하는 충고는 우선 '생각을 멈추라는 것'이다. 생각이 분노와 원망을 키우고, 감정이 끼어들면 어떤 일이든 실체보다 훨씬 큰 고통으로 다가온다는 것이다. 정신과 전문의들은 우울증 특유의 자기 패배적인 부정적 사고방식을 바꾸는 것도 중요하다고 지적한다. 명상 전문가들은 이를 위해 기억을 지우는 방식을 권한다. 방법은 이렇다.

지름 1cm 정도의 검은 점을 벽에 붙여두고 응시한다. 까만 점은 지구를 상징한다. 영혼이 자신의 몸과 지구에서 이탈해 우주를 유영한다고 상상한다. 이때 살아온 기억들을 하나씩 지워 나간다. 실제로 기억을 지우는 것이 아니라 기억에 달라붙어 있는 감정의 응어리와 불합리한 관념을 떨쳐낸다.

원불교에서 운영하는 시민선방에서도 "사물이나 현상을 있는 그대로 바라볼 것, 옳고 그름을 판단하지 말고 마음의 현상을 차분히 관찰해보라"고 가르친다. 화가 났을 때 화가 난 내용을 글로 쓰거나, 말을 하지 않고 5분 동안 가만히 앉아 있거나, 화를 냈을 때와 그렇지 않았을 때를 상상해보는 동안 분노는 합리적 사고로 전환될 수 있다.

일각에서는 꼭 색안경을 쓰고 우울증을 바라볼 필요는 없다고 한다. 우울증은 탈출해야 할 사회적 질병이지만, 한편으로 예술적 순기능을 해왔기 때문이다. 반 고흐, 버지니아 울프, 헤밍웨이, 헤르만 헤세, 마크 트웨인, 이상 등 역사적으로 수많은 예술가가 우울증의 숲에서 인생을 살며 걸작을 완성했다. 할리우드 배우 캐리 피셔 또한 심한 조울증 상태에서 시나리오 「시스터 액트」나 TV 드라마 각본 등 좋은 글들을 썼다.

신경과학자들은 "예술가가 우울증에 걸리는 것이 아니라 우울증이 예술가를 만든다"고 분석한다. 타인과의 관계에서 억압된 자아를 가진 사람은 그것에서 탈출하기 위해 자기만의 '판타지'를 만들어낸다. 그 공상이 시와 소설 혹은 그림으로 기록되는 것이다. 사회심리학에서는 인간을 메이저와 마이너로 분류하기도 한다. 경쾌한 댄스와 슬픈 발라드가 있는 것처럼 사람도 동적인 포지티브 그룹과 정적인 네거티브 그룹이 있다. 메이저 마인드가 과학 세계를, 마이너 마인드가 예술 세계를 이끌게 된다는 논리다. 물론 비즈니스 경제학이나 철학 등은 메이저와 마이너의 경계에 걸쳐 있을 것이다.

우울을 단순 병리가 아닌 인간 본성의 하나로 인식하는 사람들은 우울증 환자들에게 기적의 신약으로 불리는 프로작에도 곱지 않은 시선을 보낸다. 복잡다단한 인간의 정신세계를 단순한 생화학적 뇌 조작으로 개조할 수 있다는 발상을 경계하기 때문이다. 그것은 마치 컴퓨터 소프트웨어의 완벽한 기계적 통제를 연상시킨다. 영국 뮤지션인 브라이언 슬래이드의 글램 록Glam rock 앨범 제목처럼, 그것은 '우울할 권리'마저 박탈당한 '프로작 국가'다. 행복한 인간만을 대량 생산한 획일적 미래를 유토피아라고 할 수는 없을 것이다.

그렇다면 과연 우울한 유전자를 타고난 나 같은 사람은 어떻게 해야 하나? 나는 간혹 나의 우울증을 '예술적 재능을 타고나지 못한 내가 작가주의적 태도를 선망함으로써 나타나는 존재론적 마찰'이라고 정의한다. 때로는 다른 사람이 어디선가 진짜 내 인생을 살고 있을 것이라는 영화 〈유로파〉 같은 상상에 빠지기도 한다. 그러나 내가 가장 먼저 할 일은 나에 대한 과도한 분석과 생각을 멈추는 일이다. 나는 아일랜드에서 개발했다는 우울증 치료 게임에 도전해볼 생각이다. 제목은 릴랙스 투 윈relax to win. 두 마리의 공룡이 달리기 시합을 하는 이 게임은 게이머의 손가락에 붙은 센서가 맥박

과 전류를 분석해 심신이 이완 상태가 될수록 공룡의 속도가 빨라
지는 방식이다. 긴장을 최대한 풀고 편안한 상태가 되면 공룡은 날
개를 달고 날아간다.

우리에게 흐르는 불안이라는 피

제니퍼 애니스톤이 브래드 피트와 노르망디 스타일의 대저택에 살 적에 「보그」와 한 인터뷰의 끝은 이렇다.

"제 삶의 모든 것이 다 불안합니다. 이래도 걱정, 저래도 걱정, 때로는 걱정이 없는 것도 불안합니다."

나는 그녀에게 깊이 공감했다. 어쨌든 제니퍼 애니스톤은 브래드 피트와 찍은 가족사진을 거실에 걸어두고도 그의 애정이 변할까봐 노심초사했을 테고, 그 반작용으로 브래드 피트는 매사에 모험적이고 오만 가지 위험한 일들을 저지르며 걱정 따위는 하지 않는 안젤리나 졸리에게 끌렸을지도 모른다. 안젤리나 졸리는 점점 파워풀해지고 있으며 할리우드에서 경쟁자가 없는 승자가 된 듯하다. 하지만 나는 원 톱 영화에서 남자보다 더 과격한 액션을 선보이는 여전사 안젤리나 졸리보다 〈프렌즈〉를 시작으로 고만고만한 로맨틱 코미디 영화에 출연하며 보통 사람의 고충과 불안을 연기하는 제니퍼 애니스톤이 훨씬 더 인간적으로 느껴진다.

현대인은 누구나 자기방어적인 불안을 품고 있다. 실제로 걱정

없는 사람은 없고 누구든지 걱정을 품고 살아간다. 세상 모든 불확실함 가운데서 확실한 것은 오직 한 가지, '나는 불안에 빠져 있다'는 사실뿐이다. 남자친구가 변심할까 불안하고, 직장에서 승진하지 못할까 불안하고, 약속 시간에 늦을까 불안하고, 친구들에게 왕따 당하면 어쩌나 불안하고, 내 얘기에 사람들이 웃지 않으면 어쩌나 불안하고, 불필요한 사람이 되면 어쩌나 불안하다. 패션 피플들은 트렌드에 뒤처질까 불안하고, 스타들은 인기가 떨어질까 불안하다. 내 경우에는 인터뷰 후에 인터뷰이에게 전화가 걸려올 때 가장 불안하다. 그래서 두근거리는 심장을 누르고 일부러 쉰 목소리로 크게 웃을 때도 있고, "무슨 일이냐?"고 날카롭게 반응하는 나 때문에 '고맙다'는 안부 인사를 건넨 상대가 머쓱해지기 일쑤다.

이러한 자기방어적인 불안의 근간은 진화론에서 찾을 수 있다. 약육강식의 시대에는 자신의 안전에 노심초사하는 매우 불안한 인간만이 생존할 수 있었다. 덕분에 인간은 수만 년 동안 더 강하고 비정한 동물들 틈바구니에서 살아남을 수 있었다. 나에겐 그 옛날의 불안의 피가 흐르고 있다. 그러나 독자들을 위해 위험을 감수하고 몇몇 연예인의 연애사를 있는 그대로 쓰는 바람에 매니저들에게 욕을 바가지로 먹었다. 아! 다시 불안을 기저에 깔고 '누이 좋고 매부 좋은' 안전한 기사를 써야 하는 걸까?

요즘엔 정보가 공유되고 스펙이 과대해지면서 '차별화돼야 한다'는 신종 불안도 생겨났다. CEO가 오페라 평론가가 되고, 변호사가 프로급 요리사로 등장하는 등 저마다 경쟁적으로 독특함과 스펙을 과시하기 시작했다. 이것을 부르주아 보헤미안인 '보보스bobos' 로 봐야 할지, 불안감으로 인한 스펙의 재생산으로 봐야 할지 난감하다. 일상의 철학자라고 불리는 알랭 드 보통은 『불안』이라는 에세이에서 "불안은 삶의 조건"이라고 쓰고 있다. 삶은 하나의 욕망을 또 다른 욕망으로, 하나의 불안을 또 다른 불안으로 바꿔가는 과정이라는 것이다.

불안에 정면 도전할 경우에는 얻어지는 것도 많다. 현실을 파악하고 타인을 인정하게 되며 자기 내면의 소리에 귀 기울이고 때로는 자기가 몰랐던 자기 장점을 발견하면서 놀라운 성취를 이루게 된다. 더 좋은 것은 걱정했던 상황이 벌어져도 그게 최악의 상황은 아니며, 심지어 견딜 만하더라는 것이다.

사실 20대까지만 해도 나는 스스로를 걱정과 불안으로 내모는 능력 하나는 타고난 극도로 불안한 사람이었다. 아버지가 꼭 그러셨다. 번듯한 직장이 있었지만 지나치게 돈에 관한 걱정을 사서 하셨다. 지금도 매달 세입자들의 임대료를 받고 계시면서도 늘 충분치 않다며 불안해하신다. 당신은 늘 걱정거리가 끊이지 않았는데, 가령 내가 대학을 못 가면 어쩌나, 결혼을 늦게 하면 어쩌나, 당신이 먼저 죽으면 어쩌나, 아내가 홀로 남겨지면 어쩌나 하는 식이다. 그런 아버지를 닮아서인지 나는 예측할 수 없는 모든 경우의 앞일을 두려워했다. 몹시 수줍음을 탔고 순종적이었으며 우유부단했다. 피치 못할 사정으로 모험을 해야 할 때면 걱정에 짓눌려 어쩔 줄 몰랐다. 유익한 사람이 돼야 한다는 생각과 동시에 낙오자가 될지도 모른다는 불안이 항상 도사리고 있었다. 내가 매달 불안과 동거하면서 살아야 하는 잡지기자 생활을 15년이 넘도록 유지하고 있는 게 신기할 정도다.

그러나 마감이라는 공적인 시스템과 개인적인 성취욕은 불안을 잠재우는 데 효과가 있었다. 매달 어떤 변수가 튀어나올지 모르는 연예인과의 촬영에 수시로 나를 던져놓고, 거절 불안을 극복하며 섭외 전화를 걸고, 한 줄의 글도 써지지 않는 공포 속에서도 책이 나오는 걸 경험하면서 '모든 일은 다 지나간다'는 것을 깨닫게 된 것이다. 불안해서 아무것도 하지 않는 것보다 불안한 상황 속으로 자발적으로 뛰어드는 게 가장 빠른 해결책이라는 것도.

때로는 위험을 감지하는 '건강한 불안'은 능력일 수도 있다. 상사에게 수시로 꾸지람을 듣고 해고 위험이 닥쳐도 태평한 사람보다, 적당히 불안한 사람이 쓸데없는 상념을 떨쳐내고 업무에 집중해 더 좋은 기회를 만들어내지 않던가. 불안은 자기실현의 원동력이다. 마찬가지로 좋은 리더는 부하 직원들의 불안도 관리해줘야 하지 않을까 하는 생각도 든다. 『상식 밖의 경제학』의 저자인 미래학자 댄 애리얼리는 "인간은 예측 가능하게 비합리적인 선택을 한다"고 했다. 요는 눈앞에 닥친 일은 합리적인 설계를 할 수 있지만, 먼 미래를 생각하면 뇌의 지각 능력이 떨어져서 일관되게 어리석은 행동 패턴을 보인다는 것. 즉 마감시한이 곧 올 거라는 걸 알면서도 시간을 허술하게 쓰는 것을 방관하기보다, 스케줄표를 작성하고 약속이 지켜지도록 체크하는 것이 부하 직원의 불안 관리에 도움을 줄 수도 있다는 결론이다. 선의의 관리자의 건강한 개입쯤 되겠다.

진정으로 아무것도 바라지 않거나 선호하지 않는다면 대부분의 일에 무심할 수 있으며 불안하지도 않을 것이다. 삶은 건강한 불안 때문에 지속되지만 불안은 한순간에도 해로워질 수 있으며 기본 욕구를 파괴할 수도 있다. 실제로 그런 경우가 비일비재하다. 그야말로 불안은 영혼을 잠식한다! 사실 나는 발레리나를 주인공으로 한 영화 〈블랙 스완〉을 보고 충격을 받았다. 〈블랙 스완〉에서 백조는 자신의 자리를 탐하는 수많은 발레리나들 때문에 히스테리적 불안에 시달리는 연약함의 표상일 뿐이다. 나탈리 포트만의 불안은 손가락의 살갗이 벗겨지고 느닷없이 관절이 골절되고 어깻죽지의 발진에서 깃털이 튀어나오는 등의 환각으로 표현된다. 신체적 아름다움의 표현인 발레라는 예술이 신체를 가장 잔혹하게 다루는 호러 영화의 표현과 맞닿아 있다니!

이럴 땐 '불안은 창조의 시작이자 창조의 끝'이라고 표현하고 싶다. 가령 나는 평화로운 연애 소설을 '소파 한담' 형식으로 쓴 제인 오스틴보다 끔찍하게 민감한 마음으로 『세월』이라는 소설을 쓴 버지니아 울프를 더 선호하는 편이다. 모든 것을 불안하고 무의미하며 혐오스럽게 만드는 시간에 대항하여 '조용히 삶 쪽으로 걸어가는' 소설 속 주인공과 달리 버지니아 울프는 어느 화창한 봄날 우즈 강에 몸을 던졌다. "모두 병들었으나 아무도 아프지 않았다"라는 절규로 시대의 불안과 우울을 묘사한 시인 기형도도 어느 날 심야 극장에서 죽은 채로 발견됐다. 불안한 인간의 얼굴을 놀랍도록 사실적으로 형상화한 화가로는 러시아의 화가 일리야 레핀도 빼놓을 수 없다. 특히 '아무도 기다리지 않았다'라는 작품에서는 시베리아 유배지에서 돌아온 누이를 쳐다보는 세 동생의 겁에 질린 표정이 섬뜩하다.

문화 예술을 양산했던 20세기의 불안과 공포가 시대적인 공기였다면, 21세기의 불안은 근본적으로 발랄하기 그지없는 욕망의 산물이다. 우리는 늘 사회에서 제시한 성공의 이상에 부응하지 못할 위험에 처해 있으며, 그 결과 존엄을 잃고 존중받지 못할지도 모른다는 걱정에 휩싸여 있다. 알랭 드 보통에 따르면 서양 문명은 지위로 인한 불안의 수준을 높였다. 즉 자리, 성취, 수입을 놓고 걱정이 늘어났다는 뜻이다. 내 주위의 잘나가는 사람들도 놀랍게도 자신이 모자란 존재이고 자신의 소유도 충분치 못하다는 느낌에 늘 시달린다. 그럴 때는 헨리 데이비드 소로의 경구를 전하고 싶다.

"당신의 삶은 생각만큼 그리 엉망이지 않다. 삶이 보잘것없어도 그것을 사랑하라."

그러나 불안의 하이라이트는 실수를 저지르거나 남에게 거부당할까 봐 지나치게 걱정하는 데서 비롯되는 자아불안이다. 정신과 전문의 김현철은 『불안하니까 사람이다』라는 책에서 말했다.

"나와 네가 만나는 사랑조차 결국 나의 불안과 너의 불안이 만나는 게 아닐까."

나는 아이를 낳은 후 처음으로 엄청난 불안에 직면한 적이 있었다. 신생아 검사 후 척추와 심장에 이상이 있을지도 모른다는 진단을 받은 것이다. 정밀검사를 하기까지 끔찍한 상상이 머리를 짓눌렀고 부르튼 입술 사이로 신음이 새어 나왔다. 많은 사람들이 위로와 격려의 문자를 날려주었다. 어른들은 내 등을 토닥이며 말씀하셨다.

"불안해하지 마라. 아이들은 부모를 놀래키면서 성장하는 법이다."

다행히도 결과는 정상이었다. 덕분에 신은 감당할 수 있는 시련만 주신다는 신념을 재확인했다. 더불어 『불안과의 싸움』을 쓴 정신과 의사 앨버트 앨리스의 재담처럼 우리가 누구든, 얼마나 불안하든 불안을 통해 얻는 이익도 5가지쯤은 된다는 것도 알게 됐다. 첫째, 불안하다는 이유로 사람들에게 특별한 관심을 받을 수 있다. 둘째, 얼마간의 불안은 위험과 시비에서 나를 보호해준다. 셋째, 불안 덕분에 방심하지 않을 수 있다. 넷째, 불안은 자연스러운 정서이므로 진정한 나와 대면할 수 있다. 다섯째, 나 자신을 냉혹한 세상과 사람들에 의해 홀로 내팽개쳐진 희생자쯤으로 보는 시각이 가끔은 좋을 때도 있다.

도시에 번지는 공황장애의 그늘 속으로

　누구나 패닉의 경험은 있다. 어린 시절 개구쟁이 동네 꼬마 몇몇이 이불 속에 가두는 바람에 나는 사지를 비틀며 발버둥을 쳤던 적이 있다. 숨이 막혀 금방 죽을 것 같았던 그 순간은 끔찍한 공포로 기억된다. 그 뒤로 종종 그런 느낌이 들 때가 있다. 책에서 사도세자가 뒤주 속에 갇힌 장면을 읽을 때, 차를 타고 긴 터널을 지날 때, 엘리베이터에 갇혀 추락하는 상상을 할 때, 입에 고무호스를 물고 바닷속에서 스노클링을 할 때.

　다행히도 그런 상상의 공포는 일상 속에서 자연스럽게 증발됐다. 나는 뒤주 속에 갇힐 일이 없고(아직도 MRI 기계에 겁을 먹긴 하지만) 아무리 긴 터널이라도 끝이 있으며 엘리베이터 고장은 일생에 자주 일어날 사건이 아니니까. 특히 사이판에서 스노클링 장비를 보고 겁에 질려 있을 때 "괜찮아, 아무 일도 없을 거야"라고 나를 안심시키며 손을 꼭 잡고 바닷속 여행을 시켜주던 선배와의 경험은 그 뒤 공황을 이겨내는 긍정적인 기억으로 남았다. 가끔 영화 〈그때 그 사람들〉에서 '거사'를 저지른 한석규가 상사와 통신 두절 상태로 광화문 8차선 도로를 유턴하며 "에이 씨발, 나더러 어쩌란 말이야!"라고 공중에 내뱉는 모습이 떠오르며 심리적 패닉 상태에 빠지긴 하지만.

팬Pan은 그리스 신화에 나오는 숲의 신이다. 가장 별 볼일 없는 신이었던 팬은 동굴에 살면서 지나가는 나그네를 재미 삼아 놀라게 하곤 했다. 패닉panic은 그렇게 위험에 반응하는 하나의 증상이지만 신체 증상이 자제가 안 될 만큼 극심할 때는 병이 된다. 공황 발작은 흔히 혈압 상승, 빠른 심장박동, 온몸의 떨림, 과호흡, 가슴 답답함에서부터 어지럼증, 손발의 이상감각, 잠깐의 실신 등 여러 가지다. 다양한 신체적 증상들 때문에 공황 진단을 받기 전까지 협심증이나 심근경색, 부정맥 등의 심혈관 및 신경계 질환 등 여러 질병으로 오진받기도 한다.

요즘 화려한 패션연예계에서 공황으로 신체적 장애를 호소하며 커밍아웃하는 사람들이 늘고 있다. 이경규, 김장훈, 차태현, 김하늘 등 연예인들을 비롯해 디자이너, 사진가, 플로리스트 등의 직업을 가진 소위 잘나가는 패션 피플들도 "나도 사실 공황장애를 앓고 있다"고 앞 다퉈 고백하기 시작했다. 플로리스트 J는 파리의 호텔 방에서 화장실 불이 꺼진 사이 천장이 뒤집어지는 경험을 한 이후 공황장애 환자가 됐다.

"유명 인사의 결혼식 꽃 장식을 앞두고 스트레스가 극에 달해 있었어요. 순식간에 지각변동이 일어나 제가 빨려 들어가는 것 같은 엄청난 공포였죠. 그 뒤론 닫힌 공간에 있을 수 없게 됐고 비행기도 못 타요.”

큐레이터 Y도 비행기 안에서 공황 발작을 일으켜 이륙 직전의 항공기를 세운 적이 있다. 공항에 함께 갔던 스타일리스트 P는 실수로 묵주를 트렁크에 부쳤다며 발작 직전까지 갔다.

“묵주가 없으면 전 비행기를 못 타요. 제발 다시 꺼내주세요!”

사상 유례없이 이미 비행기에 실린 짐이 꺼내지고, 묵주를 손에 쥐자 그는 비명처럼 “감사합니다!”를 내뱉었다. 방송국 카메라맨 H는 공항에 빠진 상태를 아주 사실적으로 들려주었다.

“동물이나 사람은 적이 공격하면 동굴에 숨잖아요. 그런데 동굴 밖에서 공룡이 나를 향해 덮친다고 상상해보세요. 그건 죽느냐 사느냐의 공포예요. 처음엔 발끝이 저릿저릿한 느낌이 와요. 발끝부터 싸한 통증이 오면서 오한이 나고 숨이 막히고 심장이 사정없이 뛰는 거예요. 오로지 ‘이러다 죽겠구나’ 하는 생각만 드는 거죠.”

그는 나오미 캠벨과 킴 베이싱어가 전성기 때 왜 그렇게 돌출 행동과 히스테리를 일삼았는지 이해가 된다고 했다.

“공황장애 환자들은 평소에도 과민한 상태에 있기 때문에 수시로 불쾌감과 불안증에 시달리거든요. 가여운 인생이죠.”

공황장애는 광장공포와 밀접한 관련이 있다. 공황 환자의 60퍼센트 정도가 광장공포증이 있는 것으로 알려져 있다. 광장공포증은 백화점이나 지하철역처럼 사람이 많은 장소에 가면 심한 불안 증상을 나타낸다. 다만 광장공포가 특정 상황에 놓여 있을 때만 일어난다면, 공황장애는 공포를 상상하는 것만으로 일어날 수 있다.

공황장애 환자들은 고속도로에서 차가 뒤집혀 죽을 것 같다는 느낌에 119 구급대원을 부르거나, 터널을 지날 때 폐쇄된 공간에서 끔찍한 질식을 경험하고, 지하철 환승역에서 쏟아져 나오는 사람들을 보고 기절을 한다. 그들은 놀이공원에서 줄을 서는 것도 못 견디고, 정체된 도로에서는 차를 버리고 도망가며, 롤러코스터나 케이블카는 억만금을 줘도 탈 수 없다. 정신과 몸의 한계 상황을 경험한 공황장애 환자들은 대부분 낙오자가 된 듯한 기분이 든다.

나는 직업적인 딜레마 속에서 초인적인 의지로 일을 하는 공황장애 환자들의 이야기를 듣고 숙연해졌다. 거대 연예매니지먼트사 이사인 L은 각종 해외 영화제와 현지 촬영장에서 배우들을 챙기며 매번 식은땀을 흘린다.

"초긴장 상태인 배우들 앞에서 더 의연한 척 그들을 다독여야 해요. 내 포지션 때문에 그렇게 상황을 견디는 거죠."

늘 시가를 빼앗긴 처칠 같은 표정으로 일관하는 사진가 B는 가방 속에 약을 부적처럼 챙겨 다니면서 아프리카 오지와 패션 정글을 헤쳐 나간다.

"패션쇼를 보는데 갑자기 공룡 열 마리가 침입했다고 생각해보세요. 아마 다들 혼비백산해서 도망갈 걸요. 그 공포에 비하면 패션쇼 입장 티켓이 안 나오는 스트레스는 우스운 거예요."

대체 현대 사회의 그 무엇이 이들을 공황 상태로 빠뜨리는 걸까? 공황장애 최고의 전문가인 메타클리닉 최영희 선생은 공황은 전 인구의 30퍼센트가 걸릴 수 있다고 말했다.

"공황은 성공의 자리에 오른 일중독자들이 걸릴 가능성이 높아요. 완벽주의, 다혈질, 성취 지향적 성격은 성공 가능성이 높지만 그만큼 자기희생이 따르죠. 어려움 속에서 생존하면서 뇌신경은 마치 팽팽하게 조여져 끊어지기 직전의 기타 줄 같은 상태가 되는 거예요. 그래서 공황은 제발 그만하라는 경고 신호와 같습니다. 물론 그 신호가 엄청나게 공포스럽다는 게 문제지만."

따지고 보면 공항장애 환자들은 진화의 첨단에 있는 사람들이라는 얘기다. 가상의 위험에 반응하는 건 진화의 후유증인 셈이다.

공포 증상의 핵심에는 진화를 통해 위험에서 살아남기 위해 발달해온 자율신경계가 작동하고 있다. 자율신경계는 어떤 행동의 준비 단계에서 신체의 에너지 수준을 조절하는 데 관여한다. 인체가 의식적으로든 무의식적으로든 위험을 감지하면, 대뇌는 교감신경계와 부교감신경계로 이뤄진 자율신경계로 위험 정보를 보낸다. 교감신경계는 위험에 봉착해서 에너지를 방출하고 신체를 전투 모드로 만드는 응급 체계이고, 부교감신경계는 신체를 평화 모드로 되돌아오게 하는 회복 체계다. 공황장애는 우리 몸의 자율신경계에서 위험을 감지하는 교감신경이 지나치게 민감하게 반응해 과잉 충성을 하는 상태다.

근본적인 해결 방법은 부교감신경을 작동시켜 '위험'을 '안전' 신호로 바꾸는 것. 하지만 이게 말처럼 쉬운 일은 아니다. 공황장애가 정신의학 과목으로 들어온 것 자체가 1970년대부터이고, 그 전에는 내과나 신경의학 차원에서 이해하려고 했기 때문에 99퍼센트

약물을 처방했다.

“지금도 뇌신경을 느슨하게 코팅해주는 방법으로 약을 권하는 경우가 많아요. 약을 먹으면 일단 비행기는 탈 수 있고 촬영은 할 수 있어요. 하지만 약은 공황의 바다를 헤엄치는 사람한테 고무 튜브만 던져주는 격이에요. 수영법을 가르쳐주는 게 더 중요하죠.”

스스로의 잠재 능력을 개발하기 위해 필요한 건 인지행동치료라고 한다. 인지행동치료는 1994년 미국의 의학자 미셸 크라스트가 개발한 공황 컨트롤 프로그램으로 12주 동안 공황에 대한 지적 학습, 마인드 컨트롤, 복식호흡법과 근육이완법 등의 부교감신경 활성화 방법, 실행에 옮기기 등과 같은 커리큘럼으로 구성되어 있다. 이때 공황장애 환자들은 그룹 치료를 원칙으로 한다. 서로의 아픈 경험을 나누고 변화를 독려하는 그룹 치료는 내적 치유나 알코올 중독 치료에서처럼 공황 치료에서도 놀라운 효과를 나타낸다. 그러나 꾸준한 그룹 치료를 필요로 한다는 점에서 유명 인사들은 완치가 쉽지 않다. 그들은 대부분 개인 치료나 약으로 해결하려 하기 때문이다.

나는 공황장애 환자들의 모임 홈페이지에서 몇몇 사람들의 행동치료 사례를 읽었다. 그들은 부산까지 비행기를 타고 가서 높은 전망대에 오르거나 배를 타고 바다로 나가거나 KTX를 타고 서울로 돌아올 때의 기분은 개선장군과 다를 바 없다고 말한다. 이제는 자동차 세차 기계 앞에서 떨지 않고, 발을 조이는 등산화도 신을 수 있다고도 한다. 보통 사람들에겐 너무나 일상적인 경험이 공황장애 환자들에겐 환호를 지를 만큼 자랑스러운 성취다. 이 모든 프로그램을 국내에 처음 들여온 최영희 선생은 공황장애 치료의 클라이맥스로 '직면 훈련'을 주요 포인트로 얘기했다.

"옛날 사람들은 바다 끝에는 낭떠러지가 있을 거라고 생각해서 멀리 나가질 않았어요. 하지만 실제로 가봤더니 낭떠러지는 없고 아무 일도 일어나지 않았죠. 치료란 가봐야 아는 겁니다. 핵심은 직면이에요. 높은 곳에 가도 안 죽고 안 무너진다는 걸 알려줘야 해요. '같이 가보자, 내가 가줄게'라고 말해주는 믿을 만한 동반자가 중요한 거죠."

정신과 치료의 대부분은 사실 직면 훈련이다. 권위자의 인도 하에 소파에 누워 과거 무의식으로 여행하고 거기서 나타나는 고통스러운 사건, 억눌린 자아와 만나 화해하고 빠져나오는 것. 실제 공황장애 환자들 중에서도 과거의 트라우마가 원인이 되는 경우도 종종 있다. 카메라맨 H의 경우가 그랬다.

"새엄마의 학대가 문제라는 걸 깨달았어요. 늘 그녀 앞에서 공포를 상상하게 됐고, 위험에 과잉 반응하게 된 거예요."

동료의 추락사를 경험한 공군 파일럿이나 훈련 중 결박된 상태에서 혼자 버려진 군인에게도 이런 증상이 생긴다. 공황에 취약한 유전자를 물려받은 경우도 있다. 최영희 선생은 이렇게 설명한다.

"가령 뇌의 이쪽과 저쪽의 시그널이 시냇물로 흐르게 연결이 돼 있는데 그중 전달물질이 두세 개 결핍되어 있어서 나타나기도 하죠. 그 염기서열을 발견하면 유전자 조작으로 치료가 가능해질 거예요.”

불규칙한 수면과 빈약한 영양 공급, 카페인과 알코올이 가득한 거친 생활환경에 지속적으로 노출되어도 공황장애가 올 수 있다. 그런 점에서 더욱 세심한 관찰이 필요한 사람은 공황 발작이 잦은 급성 환자가 아닌 만성 공황 환자다. 만성 공황 환자의 뇌신경은 발작은 없지만 과민한 상태가 장기화된 경우인데, 교감신경이 어중간하게 작동한 채로 둥둥 떠서 불필요하게 에너지를 소모한다.

“여름에도 보일러를 트는 것과 같은 이치예요.”

특별한 이유 없이 두통, 근육통, 어지럼증, 소화장애, 근육 경련, 이명 등이 있고 면역기능이 약해진다면 만성 공황을 의심할 필요가 있다.

현대인은 어쩌면 공황장애 가능성이 잠복된 잠재적 환자들일지도 모른다. 어린 시절부터 부모들의 과열된 교육열과 무한경쟁, 1등만이 살아남는다는 생존의식에 노출된 우리들의 뇌는 하이 상태에 놓여 있다. 이때 서양의학은 ‘해석’을 변화시켜 ‘절대 안전하다’는 인식을 세뇌하지만, 동양의학은 아예 실갱이조차도 말고 ‘내려놓기’를 권한다. 요즘은 서양의학에서도 명상이 뇌의 생물학적 기전을 안정시키는 데 유효하다고 인정한다. 의사들은 자주 뇌를 쉬게 하는 게 중요하다고 지적한다.

인지행동치료를 통해 완치를 경험한 포토 저널리스트 J는 요즘 호두와 땅콩 등 견과류를 즐겨 먹고 단식원에도 다녀왔다며 자신감에 차 있다.

"단식원에서 약도 끊었어요. 냉장고에 신주단지처럼 모시고 있던 약을 전부 쓰레기통에 버릴 때 정말 통쾌했어요. 머리가 맑아지고 혈류 능력이 좋아진 걸 느껴요. 사하라 사막이나 에베레스트 산에서도 쓰러질 일은 없을 거예요. 공황은 인간에게 가장 무서운 병이지만 그걸 극복하면 더 온화한 세상이 열리죠. 아내가 터널을 지날 때 내 손을 꽉 잡아주며 '괜찮아'라고 얘기해줄 때 느껴지는 사랑의 위대함, 경쟁에 지쳐 힘들어하는 주변 사람들에게 손을 내밀어줄 마음의 여유 같은 것들……."

위대한 아티스트는 고조된 불안 속에서 탄생하지만 모든 사람이 예술가의 인생을 살 필요는 없다. 그리고 공포는 서로 힘을 모으는 마음의 연대를 통해 해결할 수 있다. 결정적으로 동굴 밖의 공룡은 알고 보면 허상이다.

세탁소 다림질처럼 주름을 펴주세요

　사적인 자리에서 만난 한 성형외과 의사는 내가 기획한 기사 중 '엄마의 청춘' 이라는 에세이 칼럼에 깊은 관심을 보였다.

　"성형외과 병원에서 읽기에 좋은 칼럼입니다. 엄마를, 자연스럽게 청춘의 그 시절로 돌려드리고 싶다는 얘기니까요."

　경이롭게 아름다운 엄마의 주름진 얼굴. 여성은 엄마의 딸이기 때문에 그 얼굴에 담긴 무수한 역사 중에서 자신의 이야기를 읽어 낼 수 있다. 내 기사는 그런 '주름의 이야기'를 담고 있었다. 드라마 〈꽃보다 아름다워〉에서 아들이 병실에 누워 있는 엄마에게 "엄마가 엄마 거야? 함부로 하지 마. 엄마는 엄마 것이기도 하고, 내 것이기도 해!"라고 울부짖듯, 엄마의 얼굴은 자식들이 성장해가는 모습의 거울이고 이미지이며 가족의 앨범이니까.

　그러나 그 의사가 한 말이 주름 제거 수술과 연관시킨 반응임을 나중에야 알아채고는 약간 씁쓸했다. 회춘의 수술이라……. 사실 성형외과 의사는 시즌 흥행에 지나치게 열중할 수밖에 없다. 고전적으로 의사라는 직업이 전지전능한 냉철함 때문에 매혹적이었다면 요즘 성형외과 의사들은 세속적 분위기를 띤다. 오늘날 성형수술은 쇼 프로그램과 같이 흥미로운 상품처럼 유통되고 있으니까.

오랫동안 알고 지낸 패션계의 한 여성은 출산 후 처녀 시절의 풍만했던 가슴을 다시 갖고 싶다고 말했다.

"내 가슴은 텅 비어 있어."

"천만에! 네 가슴은 부드러운 젖으로 가득 차 있어."

하지만 내 말은 위로가 되지 않았다. 임신과 출산이 앗아간 그녀의 풍만했던 가슴은 오로지 가슴 성형 전문의만이 해결해줄 수 있었다.

"네 몸에 들어올 이물질이 두렵지 않아?"

"전혀. 내가 그 '가슴속'의 행복을 마다할 이유가 없잖아?"

성형외과 대기실에는 상처 입은 육체의 행렬이 이어진다. 출산 후 가슴이 오그라든 주부, 비키니를 입기가 두려워 절망하는 소녀, 화상으로 얼굴이 일그러진 여성, 돌팔이 의사에게 두 차례나 수술을 받아 눈꺼풀을 닫을 수 없는 남성……. 의사들은 그들을 격려하고 진정시킨다. 그리고 프랑스 철학자 장 보드리야르가 정의한 "매력적 의복인 피부" 위에 줄자를 들이대고 허벅지와 배, 엉덩이 크기를 측정한다. 의상실의 디자이너들처럼. 특이하게도 또 어떤 여성들은 서로에게 용기를 주기 위해서 함께 수술을 받으러 간다. 함께 수술하고 함께 병실을 사용하며 회복기도 함께 보낸다. 함께 파마나 마사지를 하러 가는 것처럼.

나는 수술실로 들어가는 그녀를 상상해보았다. 박동하는 심장

위에 파란 선이 그려지고 메스로 겨드랑이의 구멍이 열리고 살구빛 흰 살 안으로 반투명 주머니가 들어가면 가슴은 이른 아침 채송화처럼 활짝 피어오른다. 이윽고 마취에서 깨어나면 침묵했던 고통이 구체적으로 고개를 들 것이다. 아! 나라면? 결정적 순간에 공포에 휩싸여 파란 선이 그려진 채 도망칠 것만 같다.

잡지들은 성형수술의 기적에 대한 흥미 위주의 기사를 제공한다. 수술의 위험, 피부의 예측 불가능한 반응, 감염, 수술 후에 갑작스럽게 찾아오는 후회, 때로는 훨씬 더 기형적일 수 있는 흉터 등은 언급하지 않는다. 성형수술에서 좋은 의사와 나쁜 의사는 불행하게도 공존한다. 그래서 희망을 향해 조각가와 재단사의 작업실로 들어가는 여행이 늘 성공적이지만은 않다. 성형수술에 실패한 사람들의 비통한 이야기를 접할 때면 공포감은 더욱 심해진다. 눈을 뜨면 얼굴의 대칭은 묘하게 맞지 않고, 눈꺼풀은 집게로 집은 것처럼 갑갑하며, 이마는 제대로 당겨지지 않아 주름을 제거한 부분이 마치 싸구려 비닐 장판처럼 보이고, 눈 밑의 혈관은 부풀어 저승사자 같다. 그들에게 삶은 살아 있는 죽음과 같다.

때로는 환자의 희망과 그 결과의 간극이 불러일으키는 재앙에 대해 의사들은 이렇게 말한다.

"성형수술은 타인에 의해 관리되는 나르시시즘이 육체에 적용되는 거예요. 결코 만족할 줄 모르는 환자들에게는 메스가 아니라 심리상담사가 필요해요."

만곡형이었던 코를 바로잡고 세우는 수술을 받은 한 선배는 "성

형수술은 어리석은 사랑의 행로에서 생긴 실수 같은 것”일지도 모
른다고 고백했다.

“한 남자에게 너무 집착해서 그의 사랑을 얻어내는 데에만 정신
이 팔렸어. 높아진 코에 그의 눈길이 쏠리길 바라면서 수술했어.”

코는 단단하거나 둥글거나 휘거나 평평한 모습으로 자신의 기질
을 사람들에게 열어 보인다. 천진난만하고 사랑스러워 보이는 코가
있는가 하면, 도도하고 영리해 보이는 코가 있다. 이러한 코를 성형
하기 위해 의사가 부풀어오른 콧구멍 속에 가위를 넣어 연골조직을
덮고 있는 근육과 피부를 세심하게 떼어낸다. 작은 망치를 들고 조
각가가 작업하듯 ‘톡톡톡’ 작은 정 소리가 코에서 울려 나온다. 콧
구멍 속에서 흘러내리는 피를 닦아내면 조명이 비치는 삼면거울이
있는 방에서 달라진 자신의 모습과 대면한다.

“하지만 어이없게도 그는 내 친구를 선택하더라고. 내 코보다
훨씬 크고 둔탁한 코를 가진 여자를……”

선배는 자신의 수술이 경솔했고, 그래서 우습고 슬픈 감정이 든
다고 했다.

“수술 결과는 만족스러워. 하지만 쓸모없는 남자를 위해서 얼굴
을 고쳤다는 사실을 생각하면 가끔 화가 나.”

“대신 아침마다 거울이 선배한테 예쁘다고 말해주잖아.”

나는 그녀에게 농담을 했다.

사실 우리 중에 누가 자신을 객관적으로 본다고 확신할 수 있을
까. 내가 얼마 전에 찾은 압구정동의 한 컬러 테라피스트도 “당신은

다른 사람보다 자신을 더 모르는 것 같다"고 나를 나무랐다.

"자신의 이미지에 관한 이상 공포증은 누구나 경험합니다. 제발 자신을 학대하지 마세요."

우리는 지젤 번천이나 나탈리아 보디아노바 같은 모델의 몸은 잘 알지만 내 몸은 잘 모른다. 그래서 어쩌면 이미지를 변화시키기 위해 성형외과의 거울에 그토록 매달리는 것일 테지.

성형수술 과정을 퍼포먼스로 표현하는 프랑스의 행위예술가 생트 오를랑은 육체를 하나의 재료로 사용한다. 수술실은 극장, 성형외과 의사의 메스는 그 재료를 조각할 특별한 도구. 그녀는 비너스의 턱, 모나리자의 이마를 얻기 위한 생생한 예술 작업으로서 연속적인 수술을 자신의 육체에 감행한다. 영화로도 만들어진 그녀의 반복된 수술 장면과 결과는 마치 마이클 잭슨과 함께한 우리 세대의 성장기를 떠올리게 한다. 남성의 특성, 흑인적 특징, 인종, 정체성을 판타지의 재단에 헌사하고, 열광하는 피터 팬 마니아들의 즐거움을 위해 기꺼이 메스에 중독되었던!

스타들은 평범한 사람보다 노화에 대한 두려움이 훨씬 더 커서 영화배우 그레타 가르보처럼 자취를 감추고 싶어할지도 모른다. 어느새 사진을 촬영하는 스튜디오도 컴퓨터 리터칭의 또 다른 이름인 '성형외과'라는 우스꽝스러운 닉네임을 갖게 됐다. 포토그래퍼들은 마치 성형외과 의사가 메스를 사용하듯 마우스를 사용해서 피사체를 성형한다. 그들에겐 카메라를 조작하는 것만큼 마우스를 다루는 기술이 중요해졌고, 체형에 자신이 없는 연예인들과 미묘한 줄다리기를 벌인다.

"웃으라고 하지 마세요. 웃으면 내 피부가 오래된 가죽 망토처럼 늘어져요."

소피아 로렌을 닮은 중년의 여배우는 말했다. 그녀의 미소는 가죽 망토 속에 자취를 감췄다.

"세탁소에서 다림질하듯 주름을 펴주세요."

세탁대 위에 펼쳐진 셔츠 같은 피부라! 나이 든 여성의 얼굴엔 신경질적으로 파열된 주름과 강물처럼 굽이치는 풍요로운 주름이 있다. 눈물과 연민의 시간이 새겨놓은 주름은 한 겹 한 겹이 장엄해 보인다. 때론 왜 그런 얼굴이 그리워지는 걸까? 젊은 여배우들도 종종 포토그래퍼에게 애원한다.

"다리를 수술해주세요. 내 종아리는 너무 살쪘으니까."

목 디스크에 걸렸다며 오랫동안 보이지 않다가 왠지 모르게 화사하고 생기 가득한 얼굴로 나타난 내 게이 친구는 "나 수술했어!"라는 말과 함께 조심스럽게 그 모험담을 풀어놓았다. "한때 내 입술은 윤곽도 없고 너무 얇아서 보기 흉했지"라며 과거를 극복한 여유로운 웃음을 띤 채. 또 다른 게이 친구는 과거 두 차례 높인 코를 또 한 번 높였는데, 이번에야말로 성공적이라며 마냥 즐거워했다. 나는 영화 〈브리짓 존스의 일기〉에서 며칠째 잠적했다가 성형수술을 한 후 나타난 브리짓의 귀여운 게이 친구가 생각이 나서 웃었다. 그러나 내가 이태원의 한 클럽에서 보았던 아름다운 트렌스젠더가 한때 남성이었다는 사실은 끔찍했다. 그녀가 내게 건배를 하며 긴 머리를 쓸어 올리는 순간, 가벼운 초기 탈모증, 분명 남성의 대머리 증세가 눈에 띄었다. 이제 겨우 여성의 육체를 갖게 된 그녀가 대머리가 된다면 이 슬픈 패러독스를 어떻게 견딜 수 있을까.

대부분의 경우 성형외과를 다녀온 사람들은 모든 것을 비밀에 부치고 싶어한다. 그들은 자발적 기억상실증 환자가 된다. 쌍꺼풀 수술을 한 내 대학 친구는 함께 미팅하는 자리에서 상대방 남성이 "눈이 너무 예쁜데 혹시 쌍꺼풀 수술……" 하며 눈치 없이 의혹을 제기하자, 댕강 말허리를 잘랐다.

"하하! 했어요. 엄마 뱃속에서요."

나중에 친구는 말했다.

"만약 네가 수술을 한다면 그 비밀을 절대 공개해서는 안 돼. 스쳐 지나가는 남자들에게는 결단코!"

"왜? 그다지 나빠 보이지 않는데?"

"그건 '난 쌍꺼풀도 없고 화장기도 없는 지금의 너를 사랑해' 라고 말하면서 기회만 되면 화려한 여자와 바람피울 그런 남자들이 세상에 더 많기 때문이야."

어떤 의사들은 메스를 들고 진심으로 환자들의 마음을 치유한다. 육체의 호소를 알아듣고 그 슬픔을 읽어내는 의사들 말이다.

"예순에 가까운 할머니를 수술한 적이 있어요. 허벅지가 너무 부딪혀서 걷는 걸 고통스러워하던 분이었죠. 그분의 꿈은 고통스럽지 않고 편안하게 할아버지와 함께 공원을 산책하는 것이었어요."

평범한 호스는 허벅지 속으로 들어가 고통의 지방을 뽑아낸다.

그렇게 마침내 사라질 750g의 고통. 30년 전 주례사 앞에서 "비가 오나 눈이 오나……"를 맹세한 것처럼 성형외과 의사의 메스 앞에서도 손을 놓지 않는 노부부.

성형외과 대기실에서 보면 의학의 권위주의는 끝났다는 생각이 든다. 모든 것이 레이저로 이뤄질 미래의 외과에서 메스는 오로지 조각가이자 재단사의 기능을 함께 갖춘 성형외과 의사만 필요하게 될지도 모른다. 그렇다면 의사들에게도, 아름다움을 원하는 여성들에게도 메스는 메이크업 브러시가 되는 것인가? 앞으로 또 얼마나 많은 사람이 성형외과 대기실에서 단념하고 또 결단을 내릴까? 성형한 직후 감았던 붕대를 풀고 두려움에 흘린 눈물이 마를 즈음이면, 피부는 깨끗해지고 목의 주름은 사라지고 이마는 동그래질 거라고 기대하면서……. 확실한 증거 없이 수정된 육체에서 반짝이는 활기, 그것이 정말 메스가 선사한 행복의 불꽃이라 믿으면서.

0.1kg 때문에 행복한 이유

나는 운전을 하면 필연적으로 체중이 는다는 걸 간과했다. 알았다 해도 아침 방송 토크쇼에 비만한 몸으로 등장한 옛날 여배우를 보았을 때 느끼는 충격처럼 나는 전혀 준비가 돼 있지 않았다. 나는 열일곱 살 이후로 주욱 마른 몸매를 유지해왔다. 20년이 넘도록 귀에 못이 박힐 정도로 "살 좀 쪄라", "에티오피아 난민 같다"라는 말을 들었지만, 나는 그 말들을 내심 즐겼다. 심지어 '골체미'라는 말에 담긴 인텔리전트한 느낌을 사랑했다. 내 몸은 신진대사가 빨랐고 언제나 힘차게 걸었기 때문에 쓰레기를 해치우듯 호기를 부리며 먹어도(밤 12시에 아이스크림이나 라면 등등을 먹어도) 살이 찌지 않았다.

그러던 내가 살이 찐 것이다. 친구와 친지들은 처음엔 "와! 보기 좋은데!"라고 축하해주었다. 하지만 매달 1kg씩 늘어날수록 "스케일이 점점 커지는데?", "좀 부었구나!" 혹은 "더 찌지만 않으면 돼!"라는 위로와 조롱 섞인 코멘트를 들어야 했다. 나는 점점 내 자신이 싫어졌다. 내가 먹은 감자칩이나 라면, 햄버거는 더 이상 신진대사로 소진되지 않고 뱃살로 착하게(!) 축적되었다.

눈은 마음의 창이지만 배는 한 사람의 의지박약과, 특히 음식에 대한 비밀스러운 편애를 보여주는 증거다. 음식을 조심하지 않으면 아랫배에 금방 나타난다. 30대엔 에스트로겐 수치가 떨어지기 때문에 우리 몸이 코르티솔(호르몬의 일종)에 더욱 취약해져 결국 배 깊숙이 자리한 지방 세포를 자극한다. 체중은 기껏해야 1∼2kg밖에 늘지 않지만 허리는 점점 굵어지기 시작한다. 모든 것이 배로 직행하기 때문이다. 운동 부족과 노화로 인한 나잇살이라는 분명한 이유에도 불구하고 나는 배신감을 떨칠 수 없었다. 스키니한 티셔츠가 심장을 압박해오고, 팬츠나 스커트의 밴드가 허리의 살을 내리누를 때마다 나는 화를 내며 소리 질렀다.

"어떻게 이런 일이 있을 수 있어!"

더 이상 여배우들이 메이크업할 때 거울 근처에 가지 않았고(조막만한 얼굴에 비해 내 얼굴은 터진 달걀처럼 윤곽이 희미해 보이니까) 유명 인사들과는 더 이상 기념 촬영을 하지 않았다. 그리고 「보그」 입사 지원서에 기록한 체중에서 10kg이 증가한 것을 확인한 후부터 체중계에 올라가지 않았다. 목욕탕에서 나오면 체중계가 있는 코너를 재빨리 지나쳤고(너무 붐비잖아!) 거울에 비친 둔탁한 몸을 피해(저 여잔 누구야?) 도망치듯 옷을 입고 빠져나왔다.

나는 체중을 줄여야 했다. 자, 무엇을 어떻게 해야 하나? 물론 내 주위에는 일명 나잇살 때문에 고민하는 동지들이 많았다. 그들은 나보다 먼저 수능 시험장에서 1점이라도 더 올리고 싶은 수험생처럼 체중계 1kg의 눈금 사이에서 일희일비했다. 정보에 민감한 패션 피플 중 식욕 억제 한약과 비만 주사를 맞지 않은 사람은 두 부류였다. 첫째, 겁이 많은 사람, 둘째, 게으른 사람. 짧게는 한 달, 길게는 3개월 만에 몰라보게 날씬해진 사람들이 몸에 꼭 맞는 원피스를 입고 성공 무용담을 늘어놓았다. 아무도 운동을 해서 살을 뺐다고는 말하지 않았다. 하지만 비만 주사와 식욕 억제 한약에는 그 빛나는 효능과 함께 어둠도 존재했다.

메이크업 아티스트 A는 출산 후 오랫동안 체중 감량에 도전해왔다. 제니칼 복용, 장세척과 함께 식욕을 억제하는 한약을 먹고 일주일 만에 3kg이 빠졌지만, 어느 날 욕실 앞에서 덜덜 떨다가 쓰러졌다. 그리고 곧 요요현상을 겪어야 했다. 디자이너 B는 어떤가. 그녀가 찾은 곳은 하루에 1kg씩을 빼준다는 수지침 전문가가 있는 곳. 물은 절대 마시지 말고, 하루에 묽은 미음 두 그릇만 먹을 것, 매일 방문해서 체중을 체크하고 수지침을 맞을 것이 그녀가 받은 처방이었다. 미음 외의 음식물을 섭취했을 경우 수지침으로 단번에 들켰고 꾸지람을 들어야 했다. '체중 감량은 고통스럽다'는 정신 무장 교육을 받은 사람들은 정말 매일매일 1kg씩 파삭하게 말라갔다. 뚱뚱해서 부담스러웠던 아나운서 L도 이곳에서 2주 만에 무려 14kg을 감량했다. 하지만 뷰티 에디터 C는 미음만 먹고 살 수는 없었다고 했다. 3개월 동안 헬스클럽엘 다니면서 체중 감량 효과를 보지 못한 C는 마침내 배에 지방 분해 주사를 맞고 시커멓게 멍이 들어 나타났다. 뱃살 대신 옆구리 살은 빠졌다지만 들인 돈과 시간에 비하면 극소량이었다.

그렇다면 나는 무엇을 해야 하는가? 물론 몸이 화두인 이 시대에 내가 체중을 줄이기 위해 아무런 노력도 해보지 않았다는 것은 거짓말이다. 집 근처와 회사 근처에 있는 헬스클럽 6개월 회원권을 두 차례 끊었다가 돈만 날린 후로는 헬스클럽의 H자에도 눈길을 주지 않았다. 요가 클래스, 재즈댄스 학원에도 몇 번 들락거렸지만 저녁 약속과 술자리가 늘어나면서 그 강좌는 나를 낙오자처럼 느끼게 했다. 나는 여전히 한 달 단위의 마감 리듬 속에서 살고 있었고 그 사실은 변하지 않을 것이며 비만의 악순환에서 벗어나려면 내가 변해야 했다.

나는 회사 지하에 생긴 헬스클럽과 비만 클리닉을 동시에 찾았다. 헬스클럽과 비만 클리닉이 나를 대하는 태도는 비슷하면서도 달랐다. 두 곳은 먼저 나의 체중과 키와 비만도를 측정했다. 헬스클럽 트레이너는 내 몸의 체지방률과 근육 강도, 신체 균형에 대해서 설명하고 적절한 운동을 코치했다. 나는 복부 비만이었다. 하지만 부분 감량은 불가능했다. 여성은 남성에 비해 근육섬유가 짧다. 나는 일정 부위의 체지방을 감소시키는 것이 아니라 특별 훈련으로 근육의 크기를 키우기로 했다.

"지방을 연소시키는 운동은 강도가 매우 낮은 운동이에요. 그보다 더 격렬한 운동으로 체중을 줄일 수는 있지만, 들이는 노력에 비해 효과는 별 차이가 없습니다."

트레이너는 말했다.

1단계! 경보, 달리기, 거친 춤 등의 심장 운동으로 칼로리를 연소시킨다. 일주일에 4일, 한 번에 30~45분씩 운동을 하면 지방이 연소되면서 근육이 만들어지기 시작할 것이다.

2단계! 몸을 단련한다. 즉 요가, 필라테스 혹은 지구력과 유연성을 길러주는 운동을 한다. 일주일에 2~3일 정도 해준다.

트레이너는 몸이 계속 운동을 하고 있다고 생각하게 할 필요가 있다고 강조했다. 과연 내가 이런 트레이닝을 지속할 수 있을까?

비만 클리닉의 간호사는 내 팔뚝 둘레와 배 둘레, 허벅지 둘레를 줄자로 재서 기록한 다음, 팬티만 입은 내 엉덩이를 디지털 카메라로 찍었다. 카메라에 찍힌 나의 둔부를 보는 것은 꽤나 충격적인 일이었다. 내가 의사에게 코끼리 뒷다리 같은 그 사진이 내 것이 맞느냐고 몇 번을 되묻자, 그는 삭제 버튼을 눌렀다. 그리고 비참한 기분에 빠진 내가 요구한 대로 배와 허벅지에 지방 분해 주사를 놔주었다. 1mm 두께의 가는 바늘 형태의 기구로 레이저를 쏘아대면 지방 조직이 에멀전 형태로 변하고, 혈액으로 흡수되어 열량으로 소비된다는 주사였다. 뱀이 타격하듯 주사 바늘이 늘어진 배와 허벅지, 엉덩이를 공격했으므로 기분은 좋지 않았지만 통증은 심하지 않았다.

의사는 내게 제니칼을 포함한 약을 처방해주었고, 식사량과 운동 시간을 기록하는 프록틴(항우울제의 일종) 다이어트 노트를 쓸 것을 권했다. 그 노트엔 모든 음식의 칼로리가 깨알 같은 글씨로 쓰여 있었다. 쌀밥 325kcal, 신라면 525kcal, 콩나물국 50kcal, 김치찌개 425kcal, 찐 감자 100kcal, 새우튀김 3개 150kcal, 구이 김 10장

25kcal, 바나나 1개 100kcal, 자판기 커피 1잔 50kcal……! 임산부 수첩처럼 생긴 그 노트를 받아들자, 내가 어떤 목표를 향해 다가가고 있다는 일종의 비장한 각오 같은 것이 생겼다.

『헬스의 거짓말』의 저자 지나 콜라타의 연구에 의하면 일부 사람들, 즉 전체의 약 10퍼센트는 운동의 효과를 전혀 보지 못하며 지구력도 전혀 향상되지 않고 움직임도 더 민첩해지지 않으며 힘도 더 강해지지 않는다고 한다. 건강에 도움이 되긴 하겠지만 가시적으로 개선되는 징후가 없는데도 계속 운동을 할 수 있는 기간이 얼마나 될까? 바로 그런 점 때문에 사람들은 운동을 포기하고 병원으로 달려간다.

초기에 나는 새벽에 헬스클럽에서 땀을 흘리고, 오후에 병원에 가서 주사를 맞고, 저녁식사 후엔 제니칼을 먹었다. 일주일이 지나자 1kg 정도 빠졌다. 하지만 얼마 지나지 않아 주사와 약은 끊었다(이렇게 말하니 꼭 코카인과 엑스터시를 끊었다고 말하는 느낌이다). 약물에 의존하면 눈에 띄는 효과로 즉흥적 쾌감은 있겠지만 요요현상과 부작용을 피할 수 없겠다는 확신이 들었기 때문이다. 실제로 어지럽고 붕 뜬 기분이 좋지 않았다. 게다가 배와 허벅지에 남아 있는 그 시커먼 멍 자국이란! 비만 클리닉이 지시한 가장 좋은 처방은 하루에 물 2리터 이상 마시기와 식사 노트를 쓰는 것이다. 정기적으로 의사에게 내 몸무게를 상의하면 마인드 컨트롤 효과를 얻을 수는 있지만, 진료실에 들어갈 때마다 검은색 팬티를 입은 서커스단의 코끼리 뒷다리가 연상되어 그만두었다. 그건 내 몸에 관한 부정적이고 희극적인 이미지였다.

그즈음 나는 운동을 통해 점점 더 내 몸과의 관계를 발전시켜 나가고 있었다. 운동을 시작한 지 5개월이 지나자 평생 처음으로 내 몸과 마음이 하나의 원으로 연결되어 있다는 느낌이 들었다. 3개월까지는 일주일에 평균 세 번 정도 1시간씩 운동했고, 나머지 2개월은 하루도 거르지 않고 매일 운동을 했다. 심지어 휴일인 토요일에도 오로지 운동을 하기 위해 회사로 갔다. 오후의 햇살은 푸르고 맑은 하늘 아래로 눈부시게 부서져 내렸고 설악산의 단풍은 날 오라고 손짓했지만, 나는 텔레비전 채널을 맞춰놓고 러닝머신 위에서 걷고 또 걸었다. 그러면서 내가 초등학생 시절에 육상부 선수였다는 사실을 깨달았다. 물론 기록은 형편없었지만 말이다. 티셔츠가 땀에 젖자 성취감이 차올랐다. 운동은 코카인보다 효과가 강했다. 두뇌에 작용해서 유발하는 일시적 행복감이 코카인을 복용했을 때보다 훨씬 더 오래 지속된다. 바로 엔도르핀 때문이다.

물론 쉽지만은 않았다. 주위에는 운동을 방해하는 수많은 약속, 그리고 멋지고 새로운 요리들이 기다리고 있었다. 사려 깊은 친구들과 내가 먹어주기를 기다리고 있는 요염한 요리들 앞에서 마음 약해지지 않을 사람이 있을까? 그건 한밤중에 홈쇼핑에서 호들갑 떨며 냄새피우는 싸구려 야식 광고가 아니다(실제로 나는 그 광고에 혹해 낙지 삼겹살, 닭고기 스틱, 부대찌개 세트까지 사들였다가 낭패를 본 적이 있다). 나는 절충안을 찾기로 했다. 친구들과 만나는 시간은 운동을 한 후로 잡았고, 멋진 요리들은 처음부터 절반을 잘라서 나누어 먹었다.

언젠가 친한 사진작가 두 명과 함께 밤에 와인과 치즈를 먹은 적이 있다. A는 한약을 먹고 식사를 조절해 무려 10kg을 감량한 후, 멋진 블랙 수트를 입고 있었다. 정말 멋있었고 10년은 젊어 보였다. "그 한의원이 어디예요?"라고 묻고 싶을 만큼. B는 규칙적으로 운동하며 잡곡밥 도시락을 상비하고 물을 자주 마신다고 했다. 그의 체구는 예전과 조금도 다르지 않았다. 하지만 수시로 '몸과의 대화'를 즐기기 때문에 전체적으로 빛이 나 보였다.

운동에도 유행이 있다면 마지막으로 만난 것이 스텝베이식이다. 스텝베이식은 스텝보드를 이용해 다양한 동작을 하는 유산소 운동으로 여러 명이 함께 음악에 맞춰 복잡하지 않고 쉬운 동작들을 반복한다. 스텝을 위한 오디오 시스템도 매우 근사했고, 사방을 덮고 있는 유리벽은 강사가 틀어주는 빠른 템포의 음악을 더욱 현란하게 반사해주었다. 스텝베이식 이벤트는 피트니스 붐이 일던 초기 시절로 회귀하는 것일 수도 있다. 그때는 "고통이 없으면 열매도 없다"는 말로 강한 운동의 필요성을 역설하던 시절이었다. 그러나 그런 붐은 이제 열기가 식었고, 운동은 무리하지 않고 적당히 하는 것이 좋다는 주장이 확산되고 있다. 과학자들이 말하는 적당한 운동이란 하루에 20~30분 정도 시간을 내서 약 1.6km 정도를 걷거나 자전거를 타는 것이다. 나 또한 스텝베이식 이후 무릎이 아파 며칠을 고생했기 때문에 저강도의 걷기와 웨이트 트레이닝으로 돌아갔다.

그리고 30대가 되면 배가 쉽게 나오기도 하지만 열심히 노력하는 사람에게는 그만큼 빨리 보상을 안겨준다는 사실도 발견했다. 실제로 칼로리를 잘 조절하면 다음날 아침에 배가 덜 더부룩하게 느껴졌다. 그리고 팬츠의 허리 밴드가 더 이상 살 속으로 파고들지 않았다. 배가 단단해진 듯한 느낌도 받았다. 나는 사람들에게 내 배를 만져보라고 했다.

"글쎄, 네 뱃살이 어느 정도였는지 모르기 때문에 사실은 잘 모르겠어."

누구도 나의 변화를 느끼지 못했지만 나는 느낄 수 있었다. 내 라이프스타일도 서서히 변하기 시작했다. 집에 들어가면 운동화를 고쳐 매고 산책을 나갔다. 아이스크림과 탄산음료, 라면과 가공식품을 사기 위해 대형 마트를 찾는 일도 점점 줄었다. 밤 12시의 공복을 견디지 못해 냉동 만두를 꺼내는 대신 홍삼 알갱이와 다시마를 챙기고 생수를 마셨다. 모든 것은 습관의 문제였다. 소파 위에 누워서 TV를 보는 일도 없었고, 무엇보다 운전을 하다가 신호대기 등 앞에서 내 뱃살을 움켜쥐고 자책하는 일 따윈 없었다. 오히려 자다가도 혼자 팔뚝이나 배를 눌러보고는 웃곤 한다.

내가 지난 시간 동안 내 몸에 어떤 짓을 해왔는지는 더 이상 중요하지 않았다. 이제 내 몸이 나와 떨어진 종속물이 아니라 바로 나 자신이고 또한 나의 좋은 친구라는 사실이 중요했다. 운동을 통해 다져진 근육은 훨씬 더 효율적이고 미토콘드리아의 함유량이 많아 지방 연소율이 높고 인슐린을 혈당으로 전환시키는 기능도 활발하다. 그건 내적으로 놀라운 변화였다. 예전엔 겉으로 어떻게 보이는

가가 중요했다면, 이제는 내가 어떻게 느끼는가가 중요해진 것이다. 운동을 마치면 늘 체중계에 올라섰지만 예전처럼 디지털 눈금의 0.01kg에 일희일비하지 않는다.

마감 때면 난 절대로 자리에서 일어나지 않고 앉은 자리에서 김밥이나 샌드위치 같은 것들을 시켜 먹었다. 일의 효율성을 높이기 위해서라고? 아니다. 육체적으로는 만사가 귀찮았고 정신적으로는 강박증 상태에 있었기 때문이다. 지금은 기분 전환을 위해 식사 시간에 헬스클럽으로 간다. 나는 러닝머신 위를 힘차게 걸으면서 침묵의 힘이 무엇인지 감을 잡았고, 그 힘이 내게서 조금씩 빠져나가는 느낌이 들 때마다 다시 걸었다. 물론 운동 후엔 감자칩, 햄버거, 라면처럼 칼로리가 높은 음식을 먹기도 한다. 그 대신 물을 많이 마신다. 이젠 자리에서 일어설 때마다 휴대폰 대신 생수병부터 쥔다. 그리고 충분히 움직여준다.

사실 체중 감량은 아주 간단한 계산 문제다. 소모하는 칼로리보다 섭취하는 칼로리가 많으면 살이 찐다. 반대로 소모하는 칼로리보다 섭취하는 칼로리가 적으면 체중은 줄어든다. 비만 전문가들은 하루에 걷기 운동, 즉 약 30분 정도의 빠르게 걷기만으로 150kcal를 소비할 수 있다고 말한다. 식사 습관을 바꾸지 않고 그렇게 한 달을 운동하면 약 450g 정도 체중을 감량할 수 있다.

5개월 동안 내 체중은 0.1kg 정도 빠졌다. 때에 따라서는 0.5kg 정도 찌기도 한다. 5개월 만에 0.1kg이라니! 정말 끔찍한 결과가 아닌가. 하지만 결론을 말하자면 나는 대단히 만족스럽다. 내가 관심을 갖게 된 것은 체중이 얼마나 줄었느냐가 아니라 몸매가 어떻게 바뀌고 있느냐다. 5개월 만에 체지방 지수를 측정했을 때, 내 신체 근육 강도는 허약에서 표준으로 바뀌었고 지방은 1.5kg이 빠져 있었다. 트레이너 책상 위에 있는 2kg의 지방 모형(녹아내린 파라핀 덩어리처럼 거대하고 흉측하다)을 여러분에게 보여줄 수 없는 것이 안타깝다. 무엇보다 내가 성취한 것은 다이어트가 아니라 운동의 즐거움이다. 나는 내 몸과 화해했고, 열심히 하기만 하면 내 몸을 변화시킬 수 있다고 믿게 되었다.

Attitude
2.
애티튜드의
힘

품위 있게 나이 드는 법

화가 한젬마가 전시회를 열었다. 나는 망설였다. 첫날 가는 게 예의겠지? 하지만 첫날은 바쁘고 정신없을 텐데, 나하고 눈길 나눌 시간도 없으면 어쩌지? 그녀가 없을 때 몰래 가서 보고 오는 게 낫지 않을까? 그런데 뭘 사들고 가지? 꽃? 그건 너무 흔해. 케이크나 쿠키? 너무 조촐해 보이잖아. 결국 전시회장을 빙빙 돌다가 주차할 곳이 없다는 핑계를 대며 돌아왔다. 며칠 후 '꼭 와서 봐줬으면 좋겠다'는 전화를 받고서야 괜한 죄책감에 허둥대다 빈손으로 전시회장을 찾고 말았다. 친구는 따뜻하게 맞아주었지만 전시장을 둘러싼 꽃과 와인의 행렬을 보고 나는 지구의 핵으로 숨어들고 싶었다. 왜 좀 더 적절하고 품위 있게 축하해주지 못했을까.

한 취재원에게 글을 청탁했다. 꼭 그 사람만이 쓸 수 있는 글이라 제안해놓고는 수락 여부가 궁금해 몸이 달았다. 그래서 메일을 보냈다.

"수락받기 전까지 난 약자입니다. 수락받은 후엔 강자가 됩니다."

답은 이랬다.

"쓰겠습니다. 하지만 난 언제나 강자입니다."

얼떨떨한 기분이었다. 그는 살면서 한 번도 약자가 되어본 적이 없다고 했다. 나는 부러웠다. 자신의 단점과 약점을 미워하기보다는 긍정하며 단련된 그의 강자 의식이. 그의 강함은 약함의 반대편이 아닌, 악함 혹은 부당함의 반대편에 있었다. 그래서 그의 말과 글은 난세에 달리고 찌르는 무인의 칼처럼 거침이 없되 일관된 품위가 있었다. 내가 품위를 지키려면 무의식중에라도 상대와 나를 약자와 강자 개념으로 양분해서는 안 된다. 내가 강자면 상대가 우스워 보이거나 가여워 보일 것이고, 내가 약자면 상대가 두렵거나 아첨하는 마음이 생길 것이기 때문이다.

품위는 매너, 기품, 인품과도 다르다. 매너는 각기 다른 사회적 상황에 따라 얼마나 정확하게 행동하느냐 하는 것이다. 문명화 과정은 행동이 세련돼가는 과정이다. 기품은 타고난 기질과 성품이 고상하고 격조가 있는 것이다. 평균적 문명의 규칙을 능가하는 범절과 기질, 때로 기품은 상속된다. 인품은 인간됨의 좋고 나쁨이다. 매너가 없으면 촌스럽고 기품이 부족하면 천박하며 인품이 나쁘면 사악하다. 반대로 매너가 있으면 인정받고 기품이 넘치면 존중받으며 인품이 좋으면 존경을 받는다.

가토 에미코의 『기품의 룰』에는 "재력과 권력, 미모는 언젠가는 사라진다. 유일하게 사라지지 않는 것은 기품이다"라고 쓰여 있다. 책의 뒷부분에는 "이럴 때 당신의 기품이 나타난다"라는 리스트가 있는데 그 상황은 다음과 같다.

지금까지의 경우가 아닌 때, 불행하게 되었을 때, 남이 적의를 보였을 때, 배신당했다고 느꼈을 때, 압력을 느낄 때, 비상사태가 발생했을 때, 생각대로 되지 않았을 때, 생각대로 됐을 때, 남들 앞에 나설 때

그렇다면 품위는 무엇일까? '품위 있게 사는 법'을 화두로 꺼냈을 때 사람들이 가장 강력히 염원한 것은 '품위 있게 나이 드는 법'이었다. 어쩌면 '품위'에는 변해가는 세월이 담겨 있는지도 모른다. 세월이 흘러가면 당연히 품격과 권력도 '위치 이동'을 한다. 그렇게 자신이 처한 지위에 맞는 품격을 유지하고자 노력하는 것, 그것이 세월이 쌓아 올린 품위다.

한 술자리에서 50대 사진작가는 '품위 있게 나이 드는 원칙'에 대해 이렇게 말했다.

"이런 자리에서 나이 든 사람이 품위를 유지하기 위해서는 3가지 'up'이 중요하죠. 첫째, Dress up, 둘째, Pay up, 셋째, Shut up! 근사하게 차려입고, 입은 닫고, 지갑은 열어야 하는 거지. 입을 열고 싶다면 훈계나 연설 대신 'Cheer up'으로 분위기를 명랑하게 만들어야 하는 것이고."

시중에 'Seven up'으로 유통되는 품위 유지 수칙에는 Clean up, Show up, Give up이 더 있었다.

20대는 품위에 연연하지 않는다. 그들에게 젊음은 누구도 대항

할 수 없는 권력이기 때문이다. 조카가 낙타가 바늘구멍 뚫기보다 어렵다던 취직의 관문을 뚫고 아나운서 시험에 합격했다. 아나운서라면 한때 내가 꿈꿨던 직업이다.

"너, 기어이 해냈구나! 장하다! 근사한 밥 사줄게."

하지만 마음 한구석에 내심 정확한 언어로는 설명이 안 되는 서글픔이 자리 잡았다. 그래서 외려 주위 사람들에게 신나게 조카를 자랑했다.

"대단해요. 조카가 예쁘고 똑똑한가 봐요?"

그 반응 속 조카의 5분의 1쯤은 나였다는 감정도 숨기지 않겠다. 그걸 이론적으로 설명하긴 어려우나 그 '꿈의 완성'이 어쨌거나 5분의 1쯤은 내 것이라는 억지를 부렸다. 내 청춘이 기다려왔던 드라마틱한 열정을 조카의 청춘에서 보게 되어, 어쩌면 나는 조카의 눈부신 성취를 나의 성취 혹은 나의 좌절로 착각하고 있는지도 모르겠다.

조카와 함께 식사하는 날, 빈티지 롱스커트에 머플러까지 하고 한껏 멋을 냈다. 하지만 미니스커트에 파스텔 카디건을 입고 온 조카는 유채꽃처럼 예뻤다. 조카가 봄이라면 나는 가을이었다. 그 애의 황홀한 수다를 듣고 비싼 식사 값을 치르고 나서 조용히 나이가 들었음을 인정하게 됐다. 그리고 그것을 인정할 때 품위가 생긴다는 것도 알게 되었다. 20대에는 포기하지 않는 것, 돈에 굴하지 않는 것이 미덕이다. 그러나 나이테가 늘어날수록 Give up과 Pay up의 룰을 지키지 않으면 파릇파릇한 젊음을 시기하는 심술궂은 뒷방 늙은이, 돋보기를 든 전당포 노파처럼 추해짐을 알게 됐다.

영국의 외교 철학에는 '명예로운 고립'이라는 게 있다. 나폴레옹이 영국령 세인트헬레나로 유배된 것은 그가 영국 정부에 신변보호를 요청했기 때문이다. 외부 세계로부터 외면당하는 소극적 고립이나 스스로 문을 걸어 잠그는 방어적 쇄국이 아니라, 강자와 약자 사이의 균형을 유지하기 위한 '외교 전략'으로서 품위 있는 고립이다. 자신을 지키기 위해 타인에게 두는 적당한 침묵과 거리.

"우리나라에 정말 황실이 있었으면 좋겠어요. 황실이 있다면 대외적으로 품위 있어 보이지 않겠어요?"라는 젊은 친구들의 말을 들을 때마다 나는 다시 한 번 '품위 있는 전통'에 대해 생각한다. 그것은 단순히 보존된 궁중의 복식과 예법이 아닌, 한 민족의 고귀한 혈통이 지켜낸 정치적 유산, 애티튜드에 대한 것이다. 왕조와 정치적 견해가 다를 땐 '귀양'을 보냈다. 나는 그것이 왕조와 선비의 품위를 지키기 위한 명예로운 고립이라는 생각이 든다.

드라마 〈궁〉에서 "황실 예법의 반은 말입니다"라고 황태자비를 가르치던 한 상궁의 말을 떠올려본다. 조지 오웰이 정의 내린 것처럼 현대의 정치가 언어 놀음이라 해도 요즘 정치인들의 막말과 독설의 정치는 국민에게 극심한 피로감만을 준다. 문화적, 역사적 뿌리를 잃은 가십 정치가 인터넷 시대의 국민 정서에 부합할지는 모르지만, 한 사회의 품위가 위에서부터 망가지는 모습은 안타깝기 그지없다.

이렇게 품위 있는 어른이 드문 이 시대에 '20대에 해야 할 ○○

가지 것들', '성공하는 사람들의 ○가지 습관' 류의 행동지침을 담은 베스트셀러 실용서들을 보면서, 때때로 조선시대 선비 이덕무의 『사소절』이 그리워진다. 고상함과 비속함, 빈한한 현실과 높은 이상, 체면과 실리 사이에서 품위를 잃지 않는 법을 자세하게 설명한 글이다.

말을 할 때는 몸을 흔들지 말고 물건을 만지작거리지 마라. 남의 집에서는 요강을 사용하지 마라. 남녀 관계를 정리할 때는 단호하게 하라. 과거 시험을 보는 사람을 들뜨게 하거나 겁주지 마라. 관직을 받은 사람을 축하할 때 월급을 물어보지 마라. 관대함과 게으름, 강직함과 과격함, 좀스러움과 치밀함, 줏대 없이 뒤섞이는 것과 화합하는 것을 구별하라.

이 글을 읽다 보면 시공을 초월해 품위만큼 단순하고 어려운 매너도 없다는 생각이 든다.

언젠가 배우 천호진은 인터뷰에서 '품위 있게 죽는 법'에 대해 이야기했다. 인간은 자신의 의지와는 별개로 발가벗은 채 피투성이로 이 세상에 태어난다. 그렇다면 죽을 때만이라도 정갈하고 품위 있게 내 의지대로 죽고 싶지 않겠는가 하는 게 요지였다. 본질적으로 품위 있게 태어나지 못했기 때문에 품위 있게 살고 싶고 품위 있게 늙고 싶으며 품위 있게 죽고 싶다는 욕망.

요즘엔 '웰빙의 완성이 웰엔딩'이라는 인식도 확산되고 있다. 품위를 유지하면서 임종할 때까지 지출해야 할 비용을 월 단위로 계산해 의뢰인이 삶을 마감할 때까지 아름다운 죽음을 관리하는 코디네이터도 있다. 웰빙이 트렌드일 때는 산사 체험이 인기더니 웰엔딩이 나오고부터는 유서도 쓰고 관에도 들어가보는 임종 체험 프로그램도 흔하다. 안락사 금지법을 강력하게 시행하고 있는 호주에서는 불치병을 앓고 있는 사람들이 품위 있게 생을 마감하기 위해 자살 병원이 있는 스위스로 여행을 떠난다. 정치적 신념을 위해 감옥에서 여생을 보낸 양심수들은 죽을 때 위장의 잔여물을 비우기 위해 단식을 한다는 말도 들었다. 어쩌면 '사람이 꽃보다 아름다운' 건 화려함이 다해 추락할 때도 안간힘으로 추해지지 않으려고 노력하는 정신성 때문일 것이다.

딸아이가 활짝 피어날 때 자신의 여성성의 가장 중요한 부분을 잃어버린다는 작가 양인자는 가끔 딸아이에게 이런 말을 하며 자신의 품위를 찾는다고 했다.

"난 네가 부러워. 나 같은 엄마가 있어서."

그렇게 품위는 때로 웨이팅 리스트에 줄을 서서 구한 샤넬2.5백보다 높은, 그러니까 미학적 제스처보다는 끝없는 노력과 신념의 문제로 승화된다.

그러나 젊은 세대는 점점 더 윗세대를 단지 '어른'이라는 이유만으로 존중하지도 두려워하지도 않는다. 그렇게 사회적 품위가 무너진 상태에서 성장한 신인류와 공생하며 품위를 지킨다는 것은 영원히 어려운 숙제로 남는다. 또다시 Seven up을 떠올리며 시시각각 '신용카드를 꺼내야 할까, 말아야 할까?', '컴플레인을 해야 할까,

말아야 할까?’, ‘좋은 차를 사야 할까, 말아야 할까?’, ‘허리를 세우고 미소만 띄워야 할까, 게걸스럽게 수다라도 떨어야 할까?’ 고민한다. 몸과 마음이 부끄럽거나 초라해지지 않기 위해, 품위 있게 나이 들기 위해!

하루쯤 시계 없이 지내는 거, 어때?

새로운 세기가 열린다는 흥분으로 전 세계가 소란을 피웠던 밀레니엄의 호들갑을 기억하는가? 뉴욕의 타임 스퀘어에서는 24시간 축제가 열렸고, 텍사스의 사업가들은 그리니치에서 천 년의 마지막 5분을 담은 필름의 저작권을 사려고 아우성쳤다. 호화 종족들은 핀란드 라플란드의 곧 녹아내릴 얼음 호텔에서 20세기 마지막 보드카를 마시고 눈을 떠 2000년의 아침을 맞았다. "Y2K = 666?"이라고 외쳐대던 일단의 종말론적 예언자들은 '내일엔 내일의 태양이 뜬다'는 평범한 진리에 딱 죽고만 싶었을 테지만 말이다. '버그'는 기우였고 시간은 총총한 걸음으로 지나갔다. 그런데 "나 사는 생애에 천 년의 신세기를 맞는 게 얼마나 영광이냐"고, 좀체 들뜨지 않던 사람들마저 동요했던 그 밀레니엄이 어째 한 30년쯤 지난 것처럼 느껴지는 것은 왜일까? '진짜 천년동이'를 정한답시고 시보 운영자인 9시 뉴스가 경박한 솔로몬처럼 시시비비를 가리던 그 코미디 같은 일도 먼 옛일처럼 느껴진다.

몇 해 전 일이다. 시보가 울리기 직전 나는 울부짖었다!

"1월 1일의 내가 작년 12월 31일의 나보다 팍삭 늙기라도 했을까? 혹은 하룻밤 사이 지혜의 질량이 기절할 정도로 늘어났거나. 그저 계수화된 시간 때문에 안절부절하는 게 얼마나 바보 같아?"

도시 근대성의 심장인 시계의 지배에 반기를 든 회의론자들도 얘기했다.

"이 테이블 위에 12월 31일 23시 59분까지가 유통 기한인 우유가 있어. 이 우유가 1분 후인 24시가 되면 부글부글 끓어올라 요구르트가 된다? 제발 그 어리석은 우유팩의 시간은 집어치워. 우리가 느껴야 할 건 바로 젖소의 시간이라고."

하지만 우리는 여전히 그런 실수를 되풀이해왔다. '서른'이라는 나이는 너무도 특별해서 그 나이에 도달하면 동방박사 같은 예지력이나 장자의 '호접몽'처럼 시공간을 비행하는 사유의 능력이라도 생기는 줄 알았다. 반대로 아웃사이더적인 태도는 기포처럼 증발시킨 채 멋진 수트와 하이테크 시스템 사이에서 기계적인 미소를 지을 것이라 절망한다. "스물아홉 살에 자살할 거야" 같은 20대의 유행어는 이제 추억의 개그처럼 되어버렸지만, 그러나 우리는 여전히 고여 있는 우유팩의 시간을 살고 있음을 부정할 수 없다. 20대는 다가올 30대의 시간을 위해 억류되어 있다. 혹시 우리가 과거나 미래의 시간대를 두려워하거나 간절히 바라는 것은 시간과 제대로 교감하지 못했기 때문은 아닌지.

근대 이후의 시간은 개인이 아닌 거대한 공공의 스톱워치로 조절되어왔다. 여배우들은 20대 초반에 스톱워치가 멈춰버린다. 나

같은 잡지기자는 매월 초순경에 작동하기 시작한 스톱워치에 맞춰 반복적인 한 달 살이를 한다(흡, 지금 이 순간도 데드라인이 숨통을 조인다!). 디자이너들은 컬렉션의 시계에 맞추느라 종종 해와 달과 바람의 순환을 느끼지 못한다. 그러는 사이 20대는 시간의 지혜를 잃은 30대를 존경하지 않고, 30대는 직업의식이 취약한 젊은이들을 자랑스러워하지 않게 되었음을 알고 있나? 시계 시간의 분할이 우리를 현실적이고 미학적인 시간 경험에서 격리시켰기 때문이다. 때로 시간과 인간의 관계는 서로를 예리하게 반영한다. 시간에 대해(나이의 경계에 대해) 지나치게 정확한 사람은 타인에게 가혹하고 스트레스를 준다. 누군가를 기다릴 때를 보자.

아주 먼 데서 지금도 천천히 오고 있는 너를

너를 기다리는 동안 나도 가고 있다

남들이 열고 들어오는 문을 통해

내 가슴에 쿵쿵거리는 모든 발자국 따라

너를 기다리는 동안 나는 너에게 가고 있다.

황지우의 '너를 기다리는 동안'의 한 부분이다. 사람들은 이 시를 암송하는 대신 강박적으로 시계의 분침을 노려보곤 한다. 그리고 시계의 화살표가 마침내 스스로 정한 우유팩의 유통 기한에 다다르면 우리는 부글부글 끓어올라 포효(!)한다.

결국 우리에게 유통 기한은 데드라인이다. 지나치게 잦은 데드

라인은 인간의 시간 인지 능력을 왜곡하고 심장 박동을 교란해 심장병과 죽음을 유발할 수 있는, 말 그대로 죽음의 선deadline이다. 그것은 또한 마라톤과 같다. 아테네의 전령은 승리의 메시지를 알리기 위해 42.195km를 달리고 쓰러져 죽었다. 하지만 현대인은 메시지를 잃어버린 마라톤 경주에 내몰리고 있다. 승리의 기쁨을 전하기 위해 누군가를 만난다는 기쁨으로 심장 박동이 빨라지는 것이 아니다. 다만 내용을 추월해 성공 시간을 단축하기 위해 내 시간을 훼손당했다는 불쾌감에 피가 거꾸로 도는 것은 아닌지. "나 다시 돌아갈래"라고 〈박하사탕〉의 설경구처럼 외쳐도 그것은 이미 '돌이킬 수 없는' 경주다. 그리니치 표준시의 단일 시간(영국이 해상권을 제패했다는 이유로 전 세계적으로 그리니치가 자오선 0도로 받아들여졌다)이 당신에게서 관용의 시간, 자연의 시간, 경험의 시간을 박탈했기 때문이다. 안타깝게도 우리가 익히 알고 있어 자신 있게 이야기할 수 있는 경험의 시간이란 노동 시간과 러시아워, 그리고 백화점의 세일 타임 정도일 것이다.

생각해보라. 자연의 흐름과 격리된 후로 우리는 모든 것을 숫자로만 기억하기 시작했다. 우리는 종종 "몇 살이죠?", "며칠이죠?", "몇 시예요?"를 하루에도 몇 차례씩 무의식적으로 반복하고는 곧 백치처럼 잊어버린다. 순간 측정에 광분하는 디지털시계는 만성적 찰나주의로 '지금'이라는 생명의 고유한 박동을 마비시킨다. 아무도 더 이상 "그대는 참 좋겠네. 마흔둘인 그대와 함께 있으니"라고 내 나이를 축복해주지 않는다. 어린아이들이 걸음마를 떼는 시기는 점점 빨라지고 언어 습득 능력은 2세 미만으로 단축되었다. 심지어 미국 여자아이들의 1퍼센트는 만 3세에 가슴이 발달하고 음모가 난다고 하니, 이것을 과연 과진화의 축복으로 경축해야 할지 잘 모르겠다.

일찍이 회중시계도 없이 산책의 시간을 정확히 누렸던 철학자 칸트를 제외하고는 세기의 지식인들조차 시간을 두고 저마다 왈가왈부하긴 마찬가지였다.

- 시간은 영혼의 생명이다. _ 헨리 롱펠로
- 시간은 가장 위대한 개혁자다. _ 프랜시스 베이컨
- 시간은 가장 위대한 의사다. _ 벤저민 디즈레일리
- 시간은 돈이다. _ 벤저민 프랭클린
- 사람이 시간을 낭비하는 것은 일종의 자살이다. _ 핼리팩스
- 시간을 갖는 사람이 인생을 갖는다. _ 존 플로리오
- 가장 바쁜 사람이 가장 많은 시간을 갖는다. _ 알프레드 비네
- 하루는 영원의 축소판이다. _ 에머슨

난 벤저민 프랭클린보다는 브라질 마투그로스 고원에 사는 인디언들의 이야기에 귀를 기울이고 싶다. 그들은 상대의 나이를 알고 싶을 때 "당신 생애에 구아바 꽃이 몇 번 피었나요?"라고 묻는다. 인도의 라자스탄에서는 저녁에 가축 떼가 돌아오는 시간을 '소 먼지 시간'이라고 부른다. 벌들은 몸의 시계를 갖고 있기 때문에(마치

철학자 칸트처럼) 시간을 말할 수 있으며 매일 먹이 리듬이 정확하다. 몇몇 바다 조개들은 달이 차고 기우는 데에 따라 살이 쪘다가 빠지고(화학식품과 더러운 공기에 오염되지 않은 정결한 여성의 몸도 달의 주기에 영향을 받는다), 해마는 만월이 되면 짝짓기를 한다.

하지만 여전히 우리는 매일 귀를 찢을 듯한 자명종 알람에 쫓겨 7시에 일어나고, 12시에 점심을 먹고, 다시 자정 뉴스를 보며 잠이 들 수밖에 없는 운명이다. 그러고는 연말엔 이토록 야만적으로 흘러간 시간을 애도하고 새 다이어리와 달력 위에 상처 입은 심정을 보상받기 위해 과장된 맹약을 남발한다. 우리가 살아온 어제의 시간이 여행과 경험의 시간이 아니라 어리석고 값싼 패키지 관광의 균일한 시계였음을 깨닫지 못한 채 말이다.

우리에겐 한결 부드럽고 친절하며 다양한 시간이 필요하다. 고작 1분 차이로 '특종'이라는 '바보상'을 놓쳤다고 개탄하는 미디어, 라디오의 잦은 뉴스 속보나 CNN에서 복제한 속사포 수다, 더욱 짧아진 유행과 단어와 문장……. 그 대신 우리는 좀 더 날카롭고 신중한 분석이나 개성 넘치는 은유와 유려한 묘사를 받아들여야 한다. 일찍이 아일랜드의 제임스 조이스와 영국의 버지니아 울프가 그 일을 저질렀다. 울프의 소설 『파도』에는 물체의 속도에 자유를 부여한 아인슈타인적 사유가 춤을 춘다.

우리가 정장을 단정히 차려입고 약속 시간에 정확하게 도착한다 해도, 늘 그 아래 심연에서는 산산조각 난 꿈과 격랑과 자장가와 거리의 함성과 미처 마침표를 찍지 못한 문장과 광경들 — 느릅나무, 비질하는 정원사, 글을 쓰고 있는 여인들 — 이 부침하고 있다.

제임스 조이스는 『율리시스』에서 천편일률적인 24시간을 무려 287쪽에 걸쳐 복원했다. 하루 8시간을 투자해 고작 두 문장을 완성하는 제임스 조이스 식 시간의 사유에 대해, 담배 한 대 피우는 시간인 90초 만에 예술을 창조한 현대 미술가 데미언 허스트라면 기절할 노릇일 테지만.

'시간의 부자가 되라', '여러 일을 동시에 처리하고 자투리 시간을 활용하라'라고 교육받던 우리 '시테크'의 후손들은 이제 '얼굴에서 시간의 풍경을 지워라. 그리고 나이에 맞는 존엄과 나이를 파괴한 사교법을 익혀라'라고 재교육받고 있다. 맙소사! 여전히 시간은 싱싱한 젊은이들을 위해서만 존재한다(어린아이는 발육촉진제를, 성인 여성은 호르몬제를 맞으면서!). 얼마 전에 만난 아베다의 창시자는 "지금 당신의 자녀는 무엇을 하고 있느냐"는 질문에 이렇게 답했다.

"딸은 아이를 임신 중이고, 아들은 아이를 갖기 위해 준비 중입니다."

그의 현답 안에서 인간은 자연과 시간의 조화로운 일부가 된다.

여전히 우리는 황금초가 피면 아침 6시, 팬지가 피면 정오, 달맞이꽃이 피면 밤이라는 걸 가늠할 수는 없다. 〈반지의 제왕〉의 호빗족처럼 부드러운 아침을 하루에 두 번씩 먹지도 않을 것이고, 조명이 발달하기 전 에디슨 시대의 사람처럼 하루에 두 번 잠을 청하지도 못할 것이다. "당신의 시계를 수장하라"는 『시계 밖의 시간』의 저자 제이 그리피스의 선동을 모방한다면, 온갖 명품 시계 회사에서 '머저리' 소리를 들을 것이 분명하다. 하지만 적어도 새해 아침에 한 살 더 먹었다고 감상에 휘몰리지는 않을 것이다. 다만 내 안에 감겨 있었던 시계태엽 장치의 명복을 빌 뿐!

용서, 심리적 화상의 온전한 처방

'자랑하거나 화내거나'로 정리되는 트위터 멘션의 거대한 흐름 중에서 '성냄'의 기능을 차단한다면 트위터는 아마 '140일'도 안 돼 사라질 것이다. 우리는 점점 더 화를 많이 내고, 그 화를 표현하지 않으면 못 견뎌 한다. 화가 나서 투표를 하고(혹은 하지 않고), 화가 나서 상대에 대한 부정적인 소문을 퍼뜨리고, 화를 어쩌지 못해 소리를 지르고, 화가 나서 잠 못 이루고, 화를 안으로 삭여서 건강을 해친다. 한 해의 마지막을 앞두고 있던 어느 시기에 내가 가장 많이 소모한 감정 또한 분노였다. 차선을 끼어드는 차를 향해 클랙슨을 울리는 남편에게 나는 "앵거 매니지먼트가 필요해"라고 충고하고, 갈등이 깊어진 후배들에게 "먼저 소리 지르는 자가 실수하는 거다"라고 잘난 척을 했지만, 정작 끝없이 화를 내고 있는 사람은 나였다.

내 마음은 마치 건조한 짚풀더미 같아서 누군가 작은 불씨만 던져도 거세게 불길이 치솟았다. 며칠 밤을 공들여 쓴 인터뷰 기사에 왜 이혼한 전처 이야기가 들어가 있느냐고 매니저가 닦달할 때("상처를 품위 있게 쓰다듬어줘서 고맙다"고 할 줄 알았다), 의상 협찬을 부탁

한 디자이너에게 "이번 한 번만이에요!"라는 심드렁한 대답을 들었
을 때("당연히 해드려야죠"라고 싹싹하게 말할 줄 알았는데), 아파트 수위
아저씨가 나를 지나쳐 모피 입은 7층 여자의 장바구니를 들어줄 때
(선량하고 안목 있는 사람인 줄 알았건만) 분노가 치밀어 오른다. 세상의
중심은 나인데, 왜 세상의 규칙은 나를 중심으로 돌아가지 않을까.

그러나 화를 낸다고 해서 상황이 개선되는 게 아니다. 어긋난 질
서를 회복하기 위해, 혹은 내가 받은 상처를 환기시키기 위해 상대
에게 문제점을 지적했을 때 "어머! 그 점을 제가 놓쳤네요. 제 실수
예요. 다음부턴 주의할게요"라고 머리를 조아리며 달콤한 사과를
줄줄이 쏟아내면 얼마나 좋으랴! 나는 '용서하는 자'의 아량만 베풀
면 되는 그런 아름다운 상황. 그러나 아니었다. 직업적인 감정 노동
자가 아니라면 현대 사회는 그 누구도 타인의 화를 고스란히 받아
내지 않는다. 세상 모든 사람은 다 각자의 프레임으로 사건을 재구
성하며 가해자와 피해자 역할도 스스로 신파적으로 선택할 뿐이다.
화를 내는 사람은 있는데 사과하거나 반성하는 사람이 없으니 아무
도 용서할 수 없게 되고, 관계만 피차 난감해진다. 화재가 일어난
이후 거뭇거뭇 황량해진 들판처럼.

아리스토텔레스가 말했다.

"누구나 화를 낼 수 있다. 그것은 쉬운 일이다. 하지만 올바른
대상에게 알맞은 정도로 알맞은 시간에 정당한 동기로, 그리고 적
절한 방식으로 화를 내는 것, 이것은 누구나 할 수 있는 일도 아니
고 쉬운 일도 아니다."

아! 화를 낸다는 것이 그토록 고도의 심리적 기술일 줄이야. 상대를 향해 화를 내는데 그 화상은 내가 입고 마는 자해 구도가 반복되면서 나는 분노가 참 다루기 힘든 감정이라는 걸 알았다. 분노의 불씨를 다룰 수 있는 방법은 과연 성경에서처럼 용서밖에는 없는 걸까? 분노의 화재가 일어날 때마다 용서는 과연 소방관의 호스처럼 내 마음의 화재를 조기 진화할 수 있을까? 하지만 우리는 안다. 앙갚음과 단죄는 발사되는 그 순간부터 눈덩이처럼 불어나 더 큰 비극을 초래한다는 건 지구 곳곳의 연쇄적인 테러 사태에서 익히 보아왔지만, "누구든지 죄 없는 자, 저 여인을 돌로 쳐라"라는 예수님의 말씀은 현대 사회에서 너무도 무력한 메아리로 돌아온다는 것을.

그렇게 매일매일 분노의 도가니 속에 끓탕을 하던 차에 영화 〈도가니〉와 〈오늘〉을 봤다. 분노를 증폭시키기 위한 절대악의 캐릭터로 집중됐던 〈도가니〉와 오래 묵은 증오로 표정 없는 피해자의 얼굴로 가득한 〈오늘〉은 지금 한국 사회의 분노를 대변하는 거대한 심리 드라마였다. 특히 청각장애인들을 성폭행한 교사들을 고발한 영화 〈도가니〉가 일으킨 분노의 파장은 놀라웠다. 관객들은 '용서받지 못할 자'를 지목했고, 사회적으로 처벌을 강화하는 일명 '도가니법'이 만들어졌다. 반면 영화 〈오늘〉은 용서 후의 시간을 다룬다. 자신의 약혼자를 치어 죽인 뺑소니 오토바이 청소년을 용서한 결과, 그 청소년이 더 끔찍한 살인을 저지르게 되었다는 범죄의 연쇄반응이 주요 스토리다. 영화는 내내 강요된 용서에 대한 저항, '용서하지 않을 권리'라는 새로운 도덕적 결론을 향해 간다.

　두 영화의 공통된 결론은 용서만큼 사회적으로 비효율적이고 개인적으로 부정직하며 윤리적으로 매력 없는 단어는 없다는 것이다. 하지만 아이러니하게도 나는 비로소 두 편의 영화를 보고 나서야 어렴풋이 왜 용서가 필요한지 알게 되었다. 특히 피해를 입은 장애인 아이들이 앞으로 어떻게 살아갈지를 생각하면 분노만큼 용서라는 치료가 절실해 보였다. 심리학자 딕 티비츠가 쓴 『용서의 기술』을 보면 용서는 잘못된 행동을 정당화하거나 그런 행동을 묵인하는 게 아니라 내가 건강한 사람으로 회복되기 위해 피해자 위치에서 벗어나는 개인적인 처방이다. 용서는 기억을 지우는 것도 아니고 현실을 없애는 것도 아니라고 한다. 심리학적으로 정말 용서했는지 판단하는 기준은 내가 그 사건을 '어떻게' 기억하느냐다. 만약 장애 아이들에게 용서를 가르쳐주지 않는다면 그 아이들은 끝없이 '성적인 고통'을 리와인드하며 자신의 영혼을 파괴할 것 아닌가.

　어렸을 때 나 또한 곤란한 일이 생기면 용서라는 것을 어떻게 적용해야 하는지 배운 적이 없다. 나는 관용이나 용서 대신 남을 비난하는 법만 배웠다. 그래서 성인이 돼서 누군가를 사랑하는 시간 또한 몇 번의 설렘이 지나면 매 순간 판단하는 시간이었고, 상대의 흠을 잡아 비난하며 이별을 향해 달려가는 시간이었다. 사랑이 고통이라면 그건 그를 너무 사랑해서가 아니라 그를 너무 미워해서였다. 나는 미워하기 위해서 사랑하고, 분노하기 위해서 성실했던 셈이다.

모든 것이 실수가 전공인 인간이라는 허약한 존재를 용서하지 못해서였다는 것을 몇 해 전 내적 치유 캠프에서 알았다. 나와 함께 캠프에 참가했던 한 동갑내기 친구는 아버지와 오빠에게 받은 성적 학대, 엄마의 방관, 남편의 착취를 눈물로 고백했다. 삶은 그녀에게 왜 그런 폭력을 허락했을까? 어쨌든 그녀도 캠프 참가자들과 함께 자기 삶의 가해자들을 용서하는 편지를 썼고, 형식적으로나마 그들을 용서했다. 그리고 훨씬 강해진 모습으로 세상 밖으로 나갔다. 그 이후 일주일에 한 번씩 참가했던 자존감 회복 모임에서도 많은 상처받은 여성들을 만났다. 그중 한 젊은 여성은 자신의 어머니가 현재까지 자신을 얼마나 정신적으로 학대하고 있는지에 대해 강박적으로 떠들었다. 자기가 뚱뚱하고 직업이 없는 것도 엄마 탓이라고 했다. 그런데 점점 듣다 보니, 그녀에게 제발 어머니의 희생양 노릇을 그만하라고 충고해주고 싶어졌다. 용서란 어쩌면 '네가 나를 괴롭혔으니 나도 너를 괴롭히겠다'는 권리를 포기하는 것이기 이전에 '네가 나를 괴롭혔으니 나도 나를 괴롭히겠다'는 중독에서 해방되는 것일지도 모른다. '일흔 번씩 일곱 번이라도 용서하라'는 신의 가르침은 우리에게 선을 행하라는 과도한 명령이 아니라 상처 입은 과거를 끊고 자유로워지라는 지혜의 카운슬링이었을지도 모른다.

나를 상처 입힌 사람에게 복수하고 손해를 벌충할 방법을 생각하느라(그래서 다시 한 번 공정함의 균형을 되찾을 온갖 방법들을 생각하느라) 잠도 편히 못 이루는 현대인들에게 복수의 부메랑만큼 그 인과율이 확실한 행동은 드물다. 사실 복수는 순간적인 분풀이 이상의 도덕적 효용이 없다. 나 또한 고의적 냉대, 고자질, 악소문 퍼뜨리기, 험담하기, 대놓고 모욕 주기 등으로 소심한 복수를 해보았으나 남는 건 불면의 밤과 더 나빠진 관계에 대한 죄책감뿐이었으니……. 내 임의로 타인의 죄의식을 자극하기가 얼마나 어려운가 말이다.

그러나 생각만큼 용서도 쉽지 않다. 영화 〈밀양〉은 인간이 용서에 얼마나 서툰지를 보여준 대표적인 영화다. 이 영화의 하이라이트는 전도연이 자신의 아들을 유괴해서 죽인 범인을 용서하기 위해 교도소로 찾아가는 장면이다. 정작 범인에게 들은 대답은 "이미 신에게 용서를 받아서 평온하다"였다. 이럴 수가! 극도로 열 받은 전도연은 신을 향해 다양한 방식으로 복수를 한다. 전도집회에서 '거짓말이야'라는 노래를 틀고, 남자 신도를 유혹해 하늘을 바라본 채 섹스를 하고, 자살 소동을 벌이는 등 말이다.

몇 년 전 영화를 볼 때는 몰랐지만, 지금에서야 나는 반성 없는 범인의 뻔뻔한 태도뿐 아니라 전도연의 용서 행위에도 문제가 있었다고 느낀다. 용서는 대단한 수혜를 베푸는 것이 아니다. 내가 상대를 용서했다는 사실만으로 내가 상대보다 도덕적 우위에 선 것은 더더욱 아니며, 그 보상으로 상대의 인생을 선하게 컨트롤할 수 있는 것도 아니라는 것을 그녀는 몰랐을 것이다. "누군가를 찾아가서 용서를 선언하는 것은 위험한 행동입니다. 자칫 잘못하면 반발심을 불러일으키죠. 그저 조용히 관용을 베풀면 됩니다"라고 한 목사님이 내게 조언해주었다.

“저는 매일매일 속으로 용서합니다. 아내를 용서하고 자식을 용서하고 동료를 용서하죠.”

더불어 실수를 인정하고 먼저 용서를 구하는 행위 또한 현대 사회에서 드문 ‘클래식한’ 미덕이다. 패션계에서 함께 일하며 ‘신뢰감을 주는’ 사람은 아부에 능하고 빈틈없이 일을 처리하는 자부심 강한 사람이 아니라 자신의 부족한 점을 인정하고 문제가 생겼을 때 자기 위주로 변명하지 않는 사람이다. 얼마 전 함께 일했던 비즈니스 파트너가 그랬다. 호텔 예약에서부터 연예인 컨트롤까지 실수가 많았지만, 화를 내는 내가 무색할 정도로 “제가 잘못했어요. 용서해주세요. 다음엔 더 잘할게요”라는 진심 어린 말로 상황을 역전시키곤 했다.

어쩌면 우리 모두는 용서를 필요로 하는 존재들이다. 나 역시 시시각각 잘못을 저지르고 은연중에 용서를 받았다는 사실을 깨달으면 나에게 상처 준 사람을 기꺼이 용서하려 할 것이다. 나에게 의자를 권하지 않은 후배, 내가 아플 때 찾아오지 않은 친구, 내 결혼식에 너무 적은 축의금을 낸 선배, 내 부모에게 자주 전화하지 않는 남편, 내 의견을 묻지 않고 촬영 프로젝트를 취소한 파트너, 내 실적을 축소해서 비아냥대는 경쟁자에 대해. 언젠가 소설가 은희경은 용서란 살면서 경험하는 실망에 대처하는 아주 실용적인 습관이라고 했다.

“저는 제가 편해지기 위해 타인을 내 식대로 용서했어요. 심지어 소개팅에서 애프터 신청을 안 하는 남자도 이해했어요. 너무 수

줍은 성격이거나 데이트를 할 여건이 안 돼서일 거야, 이런 식으로. 어떤 방법으로라도 타인을 이해하려고 했더니 실망하거나 화낼 일이 없고 내가 편해져요."

그리고 또 한 가지 놀라운 사실을 깨달았다. 내가 화를 낸 많은 다양한 이유가 내가 현재 받고 있는 대접보다 더 중요한 대접을 받아야 한다는 나의 착각에서 비롯된 것이라는 것을. 심리학자이자 용서 전문가인 딕 티비츠는 잘 용서하기 위한 성격적 특질을 '겸손'이라고 결론 내렸다.

"겸손이란 자신을 낮추어 평가하는 것이 아니라 자기가 남보다 더 낮다거나 더 못하다고 생각하지 않는 것이다. 이런 깨달음이 용서를 실천할 수 있는 길을 만들어준다."

어떤가. 분노하기 위해 상황을 내 식대로 짜 맞추기도 쉽지만, 용서하기 위해 상황을 상대의 편의에 맞춰 해석하는 것도 어렵지 않다. 세상에 진리는 없다. 개개인마다 일리가 있을 뿐이다. 다만 더 옳은 것을 선택하기보다 덜 해로운 것을 선택해야 한다. 그리고 가슴 아프지만 삶은 공평하지 않다는 것도 인정해야 한다.

목소리가 다이아몬드보다 빛날 때

예전에 뉴욕 출장길에서 유명 미술품 경매 회사의 큐레이터이자 『경매장 가는 길』이라는 책을 쓴 박정민 씨를 소개받았다. 그녀는 단아한 숙녀풍의 외모이긴 하지만 그렇다고 눈에 띌 만큼 미인은 아니었다. 그런데 시간이 지날수록 그 자리에 모인 패션 피플들은 그녀의 말을 듣기 위해 가슴을 앞으로 바짝 당기고 눈을 반짝였다. 테이블 앞을 지나가던 웨이터들도 발소리를 죽이고 조심스럽게 빈 와인 잔을 채웠다. 듣기에 따라 지루할 수도 있는 현대 미술품 옥션의 흐름에 대한 이야기였는데도 말이다. 그건 바로 그녀의 목소리 때문이었다. 모든 사람의 귀에 밀크 초콜릿을 불어넣듯 관능적이고 따뜻하며 차분하고 안정돼 보이는 목소리였다.

그렇게 때에 따라 목소리는 여성에게 해리 윈스턴의 다이아몬드보다 빛나는 작위를 부여한다. 이젠 지방 흡입이나 보톡스를 넘어서 망가진 얼굴에 뇌사자의 얼굴을 이식시키는 '페이스오프'도 가능한 시대. 그러니 아름다움에 있어 신종 우생학의 조건이 돈과 시간만 있으면 개조할 수 있는 하드웨어보다 소프트웨어인 것은 당연한 일이다. 게다가 목소리는 단순히 음성학적 개념보다 어조와 매너를 포함해 일종의 정신적 지분도 갖는다.

학창 시절 내내 방송반 아나운서를 했기 때문인지, 나는 사람을 처음 만날 때면 발음과 목소리에 많은 주의를 기울이곤 했다(지금은 바뀌었지만, 예전엔 잘못된 발음을 즉석에서 지적해서 상대를 곤혹스럽게 만들기도 했다). 주의를 기울이고 들어보면 한 사람의 목소리엔 '조명발'이나 '옷발'로는 가릴 수 없는, 오래도록 숙련된 범절과 학식, 품성과 유머 감각, 때로는 성적 능란함까지 담겨 있다. 어떤 목소리는 교만하고 너무 빠르고 징징대며 가엾고 불안하게 들리지만, 어떤 목소리는 침대에서 듣는 바리톤처럼 유혹적이고 부드러워서 도저히 자리를 떠날 수 없게 만든다.

후음성의 농밀한 음색으로 "I am your man"이라고 속삭이던 캐나다 가수 레너드 코헨의 낮은 목소리를 처음 들었을 때, 나는 그의 뒷방 후처 자리라도 애걸하고 싶었다. '거리에서'를 부르는 김광석과 '내 사랑 내 곁에'를 부르는 김현식의 목소리엔 그 발성의 높낮이가 다른 채로도 '요절한 음유 시인'이라는 운명이 후두에서부터 종양처럼 퍼져 나왔다.

목소리가 좋은 사람이 꼭 노래를 잘 부르는 건 아니다. 하지만 양희은과 심수봉, 한영애 같은 여성이 천천히 성대를 울려 레어 상태로 말을 걸어올 땐, 차갑거나 뜨거운 음표의 가열 없이도 목소리 자체가 광대한 소울의 세계임을 알 수 있다. 그러니까 매일 모래로 닦은 듯 갸르릉거리는 한영애의 마호가니 빛 탁성을 들을 땐, 그 포스의 열기에 정신이 아득해지고 만다. 이른 아침 창 너머에서 새어 들어오는 빛 조각처럼 청명하고 정의감 넘치는 양희은의 두성, 그리고 한 번도 마스카라를 지우거나 코르셋을 벗어본 적 없는 여성처럼 관능과 충동을 유포하는 심수봉의 미성.

스크린에 소리를 입힌 유성 영화가 창궐하고 동시 녹음의 시대가 열린 이래로 목소리는 배우들에게도 연기적 스펙트럼을 결정 짓는 중요한 요소가 되고 있다. 배우들은 목소리의 힘을 잘 안다. 목소리는 얼굴만큼 자신의 이미지를 결정 짓는다. 흐르는 강물처럼 낮고 굵은 보이스 톤 때문에 그 고운 미모로도 평생 며느리와 어머니 역할만 했다는 고두심, 20대 시절부터 쉰 소리를 섞어 육순의 할머니를 연기한 김수미. 하긴 "아름다운 밤이에요", "떡 사세요"를 모두 아리아 주인공 같은 발성법으로 연기한 장미희도 있지만 말이다. 반대로 빠른 하이 톤에 주이시juicy한 비음이 관능적인 배종옥의 목소리는 그녀에게 홈드라마의 안락하고 수동적인 여주인공 대신 독립적이며 당차고 불안한 로맨스를 갈구하도록 운명 지었다.

목소리의 고저, 공명, 그리고 정확한 발음의 유혹을 보여주는 예도 있다. 〈바람난 가족〉에서 윤여정이 아들 황정민에게 "나, 남자 있다. 가끔 섹스도 해"라고 할 때, 와인 냄새 풍기는 똑떨어진 그녀의 목소리가 고두심처럼 저음인 채로 수줍거나 다정했다면 어쩔 뻔했나(고두심은 딱 한 번 〈사랑의 굴레〉에서 목소리를 변조해, 말끝마다 "잘났어, 증말"을 달고 사는 자기 파괴적 신경증 환자 역을 소화했는데, 날아갈 것 같은 기분이었다고 소회했다). 〈장희빈〉의 귀청을 찢는 고성보다 〈얼굴

없는 미녀〉처럼 낮고 건조한 보이스 톤에서 매력을 발하는 김혜수도 있지만, 반대로 구름을 뚫고 솟구쳐 오르는 복엽기 조종석에서 태양을 향해 뒷목을 젖힌 채, "으아아~!" 하고 내지르던 〈청연〉의 장진영이 들려준 복성은 또 얼마나 감격적인가.

〈올드보이〉와 〈쓰리, 몬스터〉에서 강혜정을 연달아 기용했던 박찬욱에게 여배우로서 그녀의 매력을 물었을 때, 대답은 이랬다.

"강혜정은 비명을 참 잘 질러요."

목소리의 마력을 너무도 잘 아는 영리한 두 영화감독 임상수와 박찬욱은 〈그때 그 사람들〉의 엔딩과 〈친절한 금자씨〉의 오프닝을 윤여정과 이영애의 내레이션으로 장식하기도 했다. 도도한 노처녀나 학구파 커리어 우먼이 정답이었던 이영애의 가늘고 새침한 보이스 톤은 굵고 울림이 강하며 마력적으로 완급이 조절된 후시 녹음으로 새롭게 탄생했다. 소란한 구세군 냄비 위로 오버랩됐던, 낮고 음산하며 소름 돋게 나른한 여섯 음절, "너나 잘하세요!" 그리고 〈올드보이〉에서 뱃속부터 길어 올린 바람으로 정수리 끝까지 벌겋게 마른 불을 공명시키는 최민식의 복식성 보이스 "누구냐, 너"를 잊을 수 있을까(번역체 리듬이 그토록 현실감 있어 보인 적은 없었다). 빨려 들어갈 듯한 검은 터널 위로 설경구의 붉은 목젖이 오버랩됐던 〈박하사탕〉의 "나 다시 돌아갈래"는 어떻고. 그때 설경구는 마치 장마로 터져버린 도시의 하수관처럼 축축하고 절박한 비명을 토해냈다.

언제나 가장 불가해하게 느껴지는 건 송강호의 엇박자 보이스다. 〈살인의 추억〉에서 살인용의자 박해일에게 "밥은 먹고 다니냐"

던 다이얼로그, 반대로 〈복수는 나의 것〉에서 신하균의 아킬레스건을 자르며 "나, 미워서 이러는 거 아니다"라고 할 땐 모래알 서걱이는 비감한 얼굴 위로 난데없이 꽂힌 아버지의 다정한 음성에 온몸의 독성이 다 빠져버렸다. 〈넘버 3〉에서 "배신이야, 배신! 배반!"을 유행시킬 때부터 송강호의 낯설고 다중적인 하이 톤 악센트는 기묘한 카타르시스를 안겨주곤 한다.

이렇게 독백으로(최민식), 비명으로(설경구), 다이얼로그로(송강호) 새로운 보이스를 갖춘 배우들로 풍요로운 영화계. 여전히 목욕탕 수증기 속에서 울리는 목소리라고 자신을 비하하는 이병헌도 쉼표 하나 없이 〈올인〉에서 송혜교에게 "방 하나 얻어 같이 살까?"라고 단숨에 말해버릴 땐 얼마나 섹시한가.

나는 사실 다이얼로그를 하는 남성보다 모놀로그를 하는 남성의 목소리에 반하곤 한다. 영화 〈글래디에이터〉에서 황금빛 밀밭을 손바닥으로 훑어갈 때 러셀 크로우의 더운 아열대 밤 같은 낮은 목소리나, 〈화양연화〉에서 양조위가 "옛날엔 뭔가 감추고 싶은 비밀이 있으면 산에 가서 나무를 하나 찾아 거기 구멍을 파고는 자기 비밀을 속삭이고 진흙으로 봉했다고 하죠. 비밀은 영원히 가슴에 묻고"라고 이야기할 때, 우리는 그 비밀의 봉인 속으로 빨려 들어갈 것만 같다. 〈비트〉에서 "나에겐 꿈이 없다"고 방백하는 정우성의 보헤미안 풍 목소리엔 여성의 성대로 닿을 수 없는 남성만의 우수와 고독이 깃들어 있다.

기실 진짜 근사한 남성의 목소리는 세월의 흐름 속에서 더욱 우리를 매혹시킨다. 칼럼니스트 김규항의 목소리를 수화기 너머로 처음 들었을 때 보이스 톤이 너무 아름다워 말문이 막혀버렸다. 복부 근육을 당겨서 내는 공명이 웅장한 바리톤에는 삶에 대한 비의와 정의가 고스란히 배어 나와, 다급하게 핸드백에서 담배라도 꺼내야 할 것처럼 느껴졌다. 그 말의 내용이 고작 "원고를 늦게 줘서 미안하다"였는데도. 수화기 너머 목소리가 헬륨 풍선을 마신 것처럼 우스꽝스럽게 변조되는 휴대폰 컬러링도 인기였지만, 왠지 자동응답기에 녹음된 음성을 듣기 위해 부재중인 남자 집에 전화를 걸던 그 시절이 그립기도 하다.

어떤 자리에서는 가끔 자기도 모르게 잊었던 목소리가 튀어나오기도 한다. 40대가 된 아줌마들이 조용필 콘서트장에서 "오빠!" 하고 부를 때가 그렇다. 그 목소리엔 오랜 시장판의 흥정에서도 마모되거나 변성되지 않은, 가슴에 막 젖멍울이 맺히기 시작한 소녀의 순정이 되살아난다. 이제는 부끄럼도 휘발돼 어질러진 침실이 아닌 햇빛 쏟아지는 광장에서 내지르는 교성, 연모의 용기가 돋은 채로. 출렁이는 머릿결을 쓰다듬으며 노래하는 로렐라이 처녀나 사라진 목소리로 눈물만 흘리는 인어공주가 아닌 채로도, "오빠" 하고 비명을 지르는 그 순간, 소녀와 처녀와 아줌마는 모두 즐거운 교성의 공모자가 된다.

목소리는 타고난 것이긴 해도 분명 훈련을 통해 매력적으로 변화시킬 수 있다. 방송국 아나운서만 봐도 타고난 미성이라기보다는 개성이 강하고 전달력이 분명한 음성일 뿐이다. 일례로 MBC의 김주하 앵커를 사석에서 인터뷰할 땐 벨벳 같은 저음에 '혹시 남자 아 닌가' 싶었을 정도다. KBS의 오유경 아나운서와 황정민 아나운서 가 같은 해에 방송국에 지원했을 때(둘은 내 대학 시절 방송국과 학보사 선배다), 첫해에 고배를 마신 쪽은 오히려 더 명료하고 프로페셔널한 음성을 지녔던 오유경 아나운서였다. 물론 지금이야 신뢰감을 주는 편안한 진행, 야무지고 똑떨어지는 진행으로 둘 다 당대의 아나운 서가 됐지만 말이다.

매혹적 목소리의 핵심 요소는 공명, 분명하게 발음되는 모음, 그 리고 적절한 쉼표다. 소리가 입 밖으로 나오기 위해선 성도를 통해 후두의 진동이 공명하는 과정을 거친다. 당연히 공명이 충분히 일 어나면 일어날수록 좋은 목소리가 나온다. 매일 몇 분 동안 낮은 음 역에서 말하는 연습을 하거나 평소 입술을 다문 채 "음~", "흠~" 등 공명음을 반복하는 습관을 들이면 그 과정에서 자신에게 가장 편안하고 아름다운 목소리를 찾을 수 있다. 좀 우습긴 하지만, 나는 요즘도 가끔 밤에 혼자 시집을 낭송하거나 신문 사설을 뉴스 톤으 로 읽어보곤 한다. 그리고 내 인터뷰 상대들이 장단음과 모음을 정 확하게 발음해서 얘기하면 말의 내용과 상관없이 그들이 너무 멋지 고 근사해 보이는 건 어쩔 수 없다.

아부라는 재능이 몰고 오는 것들

누군가 당신에게 "당신의 후배가 무척 통찰력이 있다"고 말하면, 당신은 속으로 '과연 그럴까'라고 의구심을 갖는다. 그런데 그 후배가 당신에게 "선배님은 정말 인텔리전트하십니다"라고 말하면, '으음, 애는 통찰력이 좀 있군'이라고 받아들인다. 우리가 믿고 싶어하는 말이 우리의 허영심을 향해 정확히 날아와 꽂히는 순간, 아부는 놀라운 마력을 일으킨다.

지금 유쾌한 언어 트레이드 놀이가 우리 사회에 퍼지고 있다. 이 놀이의 규칙은 '나에 대해 좋은 말을 해주면, 나도 당신에게 기쁜 말을 해줄게'이다. 그래서 우리는 적당히 아부하고, 상대방이 아부할 때도 적당히 눈감아준다. "아이, 그렇게 비행기 태우지 마세요"라는 표현은 황홀감의 표현이다. 아부는 이제 토익 점수만큼 유용하지 않지만 최신 유행 넥타이보다는 훨씬 효율적인 또 하나의 새로운 출세 도구가 되었다.

편집계의 거물로 이름을 떨치며 유능한 감각과 냉철함을 자랑하던 한 여사장이 있었다. 그녀와 단둘이 엘리베이터 앞에서 마주치는 것만큼 공포스러운 일은 없었다. 그러던 중 출간하던 잡지의 판매가 순조롭지 않아 편집 방향을 대대적으로 수정하는 회의가 소집되었다. 표지에 대한 아이디어와 부록에 대한 사례를 독려하는 그녀의 말이 끝나기도 전에 평소 목이 간당간당했던 데스크가 손을 번쩍 들면서 흥분한 목소리로 말했다.

"사장님! 정말 훌륭하십니다. 사장님은 편집계의 잔 다르크 같은 분이십니다. 사장님의 빛나는 아이디어가 우리 잡지의 고속 엔진이 될 것이 분명합니다. 존경합니다!"

평소 위아래서 왕따 취급을 받던 데스크의 뚱딴지같은 발언에 사장이 어이없다는 한숨을 쉬고 직원들이 조롱하듯 비웃음을 보낼 것은 분명했다. 하지만 아니었다. 사장의 얼굴은 자랑스럽다 못해 감격스러워 보였고 직원들은 조용히 고개를 끄덕였다. 어린아이처럼 흥분한 사장은 데스크를 불러 자신의 아이디어를 실현시키기 위한 구체적 내용을 지시하고 다정하게 등을 두드려주었다. 입의 혀처럼 노골적인 아부에 철의 여인 같던 사장도 녹아버린 것이다.

오, 놀라운 아부의 힘이여! 모든 윗사람은 아부를 좋아한다. 자긍심 강하고 쿨한 표정을 짓고 있지만 실상 누군가가 낭만주의 시대에나 통할 법한 과장된 찬사를 자신에게 쏟아 부어주길 진심으로 바란다. 평소 친하게 지내던 한 회사의 대표는 말했다.

"요즘엔 정말 아부가 그립다네. 이해할 수 있겠나? 아부가 없으면 외로워진다네. 안타깝게도 세련된 아부를 할 수 있는 놈들이 점점 줄어들고 있어."

영국의 극작가 버나드 쇼는 "당신이 누군가에게 아부한다는 것은 곧 당신이 그를 아부할 만한 가치가 있는 사람이라고 여기기 때문"이라고 말했다. 당연히 아부를 받는 당사자는 그것이 전략적이고 뻔한 칭찬이더라도 기특하고 고맙게 생각한다는 것이다.

나로 말할 것 같으면, 월 초가 다가오면 하루에도 몇 번씩 독자 엽서를 체크한다. 독자들의 취향과 반응을 냉정하게 검토해서 다음 달 기획에 참고한다는 명목 하에 말이다. 하지만 엽서를 쥐면 내심 "당신이 쓴 지난달 ○○칼럼은 정말 훌륭했어요. 아름다운 문장력과 독창적 구성…… 패션지에서는 볼 수 없는…… 진심이 담긴……" 등등의 찬사를 찾아내기 위해 혈안이 된다. 왜냐하면 현실에서는 내가 기대하는 만큼의 그런 낯간지럽고 구체적인 아부를 하는 사람을 자주 만날 수 없기 때문이다(딱 한 사람 있는데, 나는 그를 최고의 후배로 생각한다!). 그런 독자 엽서를 읽으면서 나는 어떤 생각을 할까?

'정말 「보그」 독자들은 대단해! 여타 잡지의 과장된 표현이나 사탕발림에 넘어가지 않는 것만 봐도. 인터뷰 칼럼에서 내가 숨겨둔 기호학적 플롯을 눈치 채다니, 정말 놀라운 안목이라니까!'

일반적인 생각과 달리 달콤한 아부 세계의 명예 시민권을 가진 자들은 귀가 얇고 콤플렉스가 심한 권력자가 아니라 자긍심이 강하고 화려한 직업을 가진 보통 사람들이다. 그들은 자신을 칭찬하는 소리를 결코 과장된 거짓이라고 여기지 않는다. 오히려 그렇게 평가해주는 타인의 안목이 뛰어나다고 받아들인다. 17세기 프랑스 작가 라 로슈푸코가 "자기애self-love만 한 아첨꾼이 없다"고 말한 것처럼 어쩌면 자기 스스로 더 심한 아부를 하고 있을지도 모른다. 그렇다면 이런 호환적 아부는 어떤 결과로 나타날까? 진실을 보지 못하고 자아도취의 안개에 빠져 결국 자기 도태와 타락의 길을 걸을까? 그렇지 않다. 아부를 받는 사람과 아부를 하는 사람 모두 행복해진다. 이런 식의 전략적 칭찬은(의도하진 않았지만) 서로에게 더 많은 동기와 열성을 제공한다. 독자들에게 아부하기 위해 한여름에 유타 사막이라도 날아갈 수 있다는 뜻이다.

그런데 사람들은 왜 이토록 아부를 원할까? "사회적 인간은 다른 사람들의 생각에 매달려 살아간다"고 루소는 말했다. 현대인들은 칭찬을 받고서야 자신의 가치를 깨닫고 파편화된 정체성을 회복하는 것이다. 본질적으로 타인의 시선에 집착하는 패션계는 더더욱 아부 게임이 절정을 이루는 곳이다. 사진작가, 패션 스타일리스트, 연예인, 기자, 홍보 담당자, 모델과 디자이너의 말은 90퍼센트가 진심처럼 습관화된 아부다.

"당신 사진은 정말 근사해요. 이런 부드러운 빛이라면 모든 모델이 솜사탕처럼 녹아버릴 거예요."

"얼마 전 출판한 스타일링에 관한 책, 최고였어요. 유명 작가님, 제발 사인해주세요."

"당신보다 잘생긴 배우는 있겠죠. 하지만 우아하면서도 거친 그 아이러니한 표정 연기는 오직 당신뿐이에요."

대부분의 패션 피플들은 아침 인사를 하는 것처럼 자연스럽게 아부를 늘어놓고 듣는 일에 중독돼 있다. 만약 이런 천성적 아부 기질이 없다면 매달 잡지엔 프로모션을 원하는 삼류 연예인만 등장하고, 광고 비주얼은 진부해지며, 컬렉션 기사는 냉소로 가득 찰 것이다. 아, 건조한 세상이여!

사실 아부가 가장 잘 먹히는 부류는 대중의 시선을 먹고사는 연예인들이다. 그들은 찬탄받기 위해 드러내놓고 걸어다니는 광고판이기 때문에 하루에도 "예쁘다!", "멋있다!", "연기력 좋다!", "노래 잘한다!"라는 말을 듣지 못하면 불안해한다. 한때 '컴퓨터 미인'이라는 별명을 얻은 여배우에게 대중의 판에 박힌 아부가 질리지 않느냐고 묻자 이렇게 답했다.

"전혀 안 질려요! 하루에도 수백 번 듣고 싶은 걸요."

7년 만에 복귀해서 불같은 연기를 한 성격파 여배우에게 "마음을 울리는 대사였다"는 문자를 보내자 즉시 전화벨이 울렸다.

"아부라도 좋으니 그런 말은 입이 닳도록 해주세요. 전 그걸로 먹고살아요."

한때 아부는 권위주의 시절의 악습으로 취급받았다. 방귀 뀐 대통령에게 "각하, 시원하시겠습니다"라고 첨언했다는 일화는 유명하다. 권력자의 귀를 꿀물로 길들인 후 부패를 일삼았던 각료들에게 아부는 상대의 이성을 마비시키는 고도의 최면술이었던 것이다. 권위주의의 냉기가 사라지자 '딸랑이'나 '손을 비비는' 행위가 개그 프로그램으로 풍자되기도 했다.

시대가 바뀌었지만 자신의 권위를 노골적으로 과시하기 위해 아부를 강권하는 경우는 지금도 있다. 내가 아는 한 나르시시스트 선배는 항상 자신의 업적을 늘어놓기를 즐긴다. 그리고 자신이 성사시킨 해외 프로젝트, 현란한 카피에 대해 어떻게 생각하는지 구체적으로 칭송할 것을 요구한다.

"3가지로 정리해서 말해봐. 너라면 이게 얼마나 대단한 일인지 느낄 수 있을 거야."

자기 자랑을 동반한 강요된 아부가 얼마나 꼴불견인지는 경험한 사람만이 안다. 하지만 자잘한 아부는 조직이나 사회를 하나로 묶는 요소가 될 수 있다. 생일 카드에 "도저히 존경하지 않고는 배길 수 없는 우리 부장님!"이라고 적는 것, 돌잔치에 가서 돌쇠의 후예처럼 생긴 아기에게 "사랑스러워서 깨물어주고 싶군요"라고 인사하는 것, 실수를 반복하는 부하 직원에게 "하루가 다르게 직장에 적응하고 있군. 미래가 기대돼"라고 격려하는 것……. 지금 아부는 우리가 원하는 사회를 만드는 데 도움이 되는 일상적 예의로 변모하고 있다.

1994년 미네소타 대학교의 심리학자들과 아부에 관한 경험적 조사를 했던 사회심리학자 랜달 고든은 지나친 자기 자랑만 제외하면 모든 형태의 환심 사기, 즉 비행기태우기, 칭찬하기, '맞습니다' 전략 등이 자신의 이미지에 긍정적 영향을 미치는 것으로 발표했다. 놀랍게도 고든의 연구 결과에 의하면 아랫사람이나 동료에게 하는 아부가 윗사람에게 하는 아부보다 더 효과적이다. 내 주위의 성공한 사람들은 대부분 이것을 지킨 사람들이다. 그들은 건물의 수위 아저씨나 청소부 아줌마, 커피 타는 여직원에게 신경을 가장 많이 쓴다. 그리고 직속 부하 직원에게는 관리의 일환으로 가장 조용한 아부, 즉 '반어적 아부'를 실행한다. 그것은 실수를 그럴 듯하게 얼버무려주고 완화시켜주는 것으로, 바로 생략의 아부다.

가장 호들갑스러운 아부는 누군가를 설득하고 싶을 때 쓰인다. 예를 들어 미국의 유명 앵커 바버라 월터스가 콜린 파월을 초대 손님으로 모시기 위해 보낸 편지가 있다.

"존경하는 장군님…… 수많은 시청자가 장군님과의 인터뷰를 애타게 기다리고 있습니다……."

나 또한 유명 정치인, 영화배우, 작가를 초대하기 위해 한 달에 두세 번씩 이런 편지를 보낸다. "이 시대 최고의 ○○로서 대한민국 ○○계의 미래를 밝혀주시는 ○○에게"로 시작해서 "부디 우리 시대의 가장 현명하고 세련된 「보그」 독자들이 당신으로 인해 기쁨을 누리길 기대하면서!"로 끝나는 편지. 그리고 이런 아부에 녹아들지 않은 취재원은 거의 없었다.

그러나 아무래도 똑같은 말을 반복하는 아부는 힘이 떨어진다. 아부에도 수사학은 필요하다. 내가 본 가장 품위 있는 아부는 론 하워드 감독의 영화 〈뷰티풀 마인드〉의 한 장면이었다. 정신분열증을 이기고 다시 강단에 선 수학자 존 내시(러셀 크로우 분)를 향해 은발의 교수들이 차례로 줄을 서서 자신의 만년필을 헌정하던 장면. 나는 그 장면을 보면서 "당신처럼 훌륭한 학자와 동시대를 살아간다는 것에 감사한다"는, 그 정중한 아부의 격식을 창조한 인간이라는 종이 눈물겹도록 자랑스러울 정도였다.

『아부의 기술』의 저자 리처드 스텐걸은 점점 더 자연스럽고 세련된 아부가 중요해지고 있다며 그것을 위한 몇 가지 방법을 제시한다.

첫째, 구체적으로 칭찬하라! "당신의 첫 번째 작품이 아주 마음에 들어요. 뉴질랜드에서만 출시되었는데도 벌써 매진이라니, 아주 훌륭해요!"

둘째, 칭찬과 동시에 부탁하지 마라. 칭찬하면서 동시에 부담을 주면 칭찬받는 당사자는 무조건 조심스러워지는 법이다.

셋째, 충분히 칭찬받는 사람에게 아부하는 것을 두려워하지 마라. 평소 아부를 많이 받아온 사람이라면 계속 아부를 받고 싶어하는 법이다.

넷째, 당사자가 없는 곳에서 그를 추켜세워라.

다섯째, 여러 사람에게 같은 칭찬을 되풀이하지 마라. 같은 칭찬을 여러 사람에게 반복하면 사람들은 당신의 칭찬을 대수롭지 않게 여긴다.

여섯째, 상대방이 솔직함을 요구해도 절대 솔직하게 답하지 마라. 아주 사소한 단점만 지적해도 혹독한 비난으로 받아들인다.

일곱째, 조언을 구하라. 인간이라면 누구나 자신의 권위를 인정해주는 사람을 좋아하는 법이다.

여덟째, 약점을 파악하고 전혀 반대되는 자질을 칭찬하라. 잘난 체하는 여성에게는 대단히 겸손하다고 칭찬하라.

그렇게 권위주의가 사라지고 인터넷 악플이 횡행하는 시대에 아부는 유용한 '대화의 기술'로 인정받고 있다. 실제로 여태껏 살아가면서 아부로 손해를 본 적은 없었다. 리처드 스텐걸이 제시한 모든 '아부의 황금률'을 실행하진 못했지만 나만의 노하우인 진심 섞인 과장된 칭찬은 닫힌 마음을 열고 관계의 고속도로를 내는 데 큰 역할을 했다. 그러니 혹시 여러분이 취업 준비생이라면 "타사와 비교해서 우리 회사 상품의 장점과 단점을 말해보라"는 신입사원 면접의 필수 질문에 두 손 불끈 쥐고 비판적 견해를 앞세우는 행동은 피하라. 그것은 신선한 소비자에게서 공식적으로 칭찬을 듣고 싶다는, 바꿔 말해 창의적 아부의 재능을 시험하는 질문일 뿐이다. 어쩌면 아부란 생각보다 훨씬 간단하다. 다른 사람들이 나에게 해줬으면 하고 바라는 것을 그 사람에게 하는 것이다.

귀를 쫑긋해야 하는 시대

우리는 모두 웅변과 달변이 대접받는 환경에서 성장했다. 거대한 이상과 이데올로기가 만연했고 지시와 복종이 세상을 움직였다. 그런 세상에서 불행히도 난 어릴 때부터 청력에 문제가 있었다. 선생님이 지우개를 가져오라면 분필을 가져오고, 컵에 물을 따라오라면 대걸레를 적셔서 대령하고, 바닥에 기름칠을 하라면 창문의 먼지를 털었고, 체육 시간에 오른쪽으로 돌라고 하면 혼자 왼쪽으로 돌았다. 군대 용어로는 '고문관', 캐릭터 용어로는 '사오정', 그러니까 말귀를 잘 못 알아듣는 아이였던 것이다. 따라서 사제지간의 의사소통과 동료지간의 협동이 중요한 방과 후 환경 미화 프로젝트 같은 데는 절대 낄 수 없었다.

어쩔 수 없이 나는 약간 주눅 든 채로, 내성적인 기질로 성장했다. 일상적으로 스치는 말을 제대로 포착할 수 없었기 때문에 대신 수업 시간이나 일대일 대화같이 공식적으로 듣기로 약속한 시간에는 최대한 주의를 집중하도록 스스로를 단련했다. 결론적으로 나는 '선택적 경청'에 가능한 인간형으로 성장했다. 여럿이 웃고 떠드는 수다에는 약하지만(외국인들 앞에서 그렇듯이 대부분 그냥 웃는다) 대신 대중에게 잠재된 목소리, 타인의 충고와 고민에 대한 깊은 공감으로 마음의 귀를 열게 됐다.

하지만 어른이 되고 나서도 난청에 대한 콤플렉스는 사라지지 않아, 나는 기자 생활 초기에 몇 번 이비인후과를 찾은 적이 있다. 의사는 일상생활을 하는 데 큰 지장이 없다는 진단과 함께 "정 원한다면 귀를 파드리죠"라며 나를 피해망상 환자처럼 물끄러미 쳐다보았다. '한 번에 말귀를 잘 못 알아듣는' 나의 지병을 인정하고 나자, 나는 직업에 방해가 되는 이 직업병을 극복하기 위해 항상 메모를 하기 위한 노트, "다시 한 번 말씀해주시겠어요?"라는 질문, 상체를 앞으로 깊이 숙이고 오른쪽 귀를 갸웃하는 자세를 유지하게 되었다. 그런데 내가 이런 태도를 취할 때마다 놀라운 일이 벌어졌다. 거드름을 피우던 취재원, 피로와 눌변으로 침묵하던 인터뷰이가 그들의 가정사, 성장 과정의 비밀, 자만과 자조가 뒤섞인 직업 생활의 고충 등에 대해 마술처럼 입을 열기 시작한 것이다. 그러고는 꼭 이런 말을 덧붙였다.

"이상하네요. 내가 대체 오늘 왜 이렇게 말을 많이 하죠?"

어쩌면 난청을 극복하고자 하는 안간힘이, 열심히 '듣고' 창의적으로 '기록하는' 기자의 길로 이끌었는지도 모르겠다. 나중에야 알았지만, 나의 이런 태도는 래리 바커가 지은 『마음을 사로잡는 경청의 힘』이라는 책에 듣기 기술의 전형적 사례로 적혀 있었다.

"질문을 던진 후 상대방의 대답을 재촉하지 않고 그저 그를 바

라보며 가만히 앉아 있는다.”(나 또한 질문에 대한 예상 답안을 모르거니
와 딱히 할 말이 없어서 그냥 함께 침묵한다.)

“메모를 하기도 하고 상대방 쪽으로 몸을 숙이기도 하며 동의한
다는 표시로 고개를 끄덕인다.”(녹음기를 사용할 줄 모르는 기계치인 데
다 난청으로 잘 듣기 위해 몸을 숙이고 습관적으로 고개를 끄덕인다.)

“자신이 듣는 단어 하나하나를 중요하게 생각함을 보여준다.”
(원래 발음과 어휘에 대한 강박적 집착이 있다.)

“아무 말도 하지 않고 상대방의 말에 반응만 함으로써 상대방에
게서 완벽하게 정보를 빨아들이고 있으며 진정으로 그의 말에 귀
기울이고 있음을 알게 한다.”(위의 상황들을 종합하면 결과적으로 그렇게
된다.)

결론적으로 경청은 상대방의 말에 시각, 후각, 촉각, 미각, 청각
을 다해 집중함으로써 그 사람에게 특별한 가치를 부여하는 것이
다. 실제로 경청을 하다 보면 상대방에 대한 호기심과 공감이 증폭
되고 사소한 것에도 감탄과 경이를 느낀다. 그 대화는 마치 입이 아
닌 귀로 하는 듯한 느낌을 받는데, 내 귀가 마치 청진기처럼 상대의
뇌와 심장의 박동까지 촉진해서 그 사람이 말하지 않은 과거와 미
래까지도 화자의 입장에서 들리게 된다.

파티에서 처음 만난 낯선 상대, 얄미운 친구, 야비한 경쟁자, 무
능한 상사, 까탈을 부리는 고객 등 그 누구라도 ‘경청의 덫’에 걸리
면 쉽게 빠져나갈 수 없다. 사실 누가 존중과 위로로 충만한 그 순
간을 마다하겠는가. 일찍이 래리 킹이나 오프라 윈프리 같은 공감

화법의 마술사들 역시 '경청은 달변의 어머니'라고 증언해오지 않았던가.

하지만 나이가 들고 부장이라는 직급을 달자, 나는 몇 년을 귀가 닫힌 채로 지냈다. 주변 사람들의 말이 들리지 않는 것은 특유의 집중력 때문인 줄 알았고, 들을 필요가 없다고 생각한 것은 주변 사람들이 나보다 더 똑똑하지도 더 노력하지도 않는다는 자만 때문이었다. 문제는 내 자신이 내 귀가 닫혔음을 몰랐다는 사실이다. 진실을 알 수 없다는 것, 들을 기회를 박탈당하는 것은 무서운 결과를 초래했다. 어느새 나는 소문과 정보로부터 차단된 고립된 섬이 되어 있었고, 그 섬은 이미 타인들에게 한 점 햇살도 한 뼘 쉴 곳도 없는 위험한 절벽으로 오인받고 있었다. 나이 먹고 위로 올라갈수록 '귀에 쓴 소리'보다 '귀에 단 소리'만 듣고 싶어진 것도 이유였다. 하지만 일찍이 위대한 경영의 구루 피터 드러커는 경청의 필요성을 이렇게 역설했다.

"위로 올라갈수록 많이 들어야 합니다. 듣기 위해서는 상대를 가르치겠다, 혹은 지도하겠다는 생각을 하지 말아야 하고요. 그럴 경우 설득은커녕 대화의 가능성마저 사라지고 맙니다. 우리의 뇌가 청각 신호를 차단해버릴 테니까요."

사실 경청이 "학교 가서 선생님 말씀 잘 들어라"에서 기원한 의례적 도덕률을 넘어서서 성공의 키워드로 각광받기 시작한 것은 아마도 삼성 이건희 회장의 발언 때문일 것이다. 선대 회장에게서 물려받은 '제1의 경영 철학은 경청'이라는 발표는 그간 삼성의 엘리트 식 시스템 경영, 독선적 질주라는 기업 이미지를 깨는 파격으로 다가왔다. '말 잘하는 법'으로 일관된 비즈니스 출판계에 『경청』, 『듣기력』, 『마음을 사로잡는 경청의 힘』 등이 베스트셀러 위치를 선점하기 시작한 것도 분명 '혀의 가치에서 귀의 가치로 변환'이라는 21세기 커뮤니케이션 패러다임을 반영하고 있다. 바야흐로 혀를 어떻게 사용하느냐가 아니라 귀를 어떻게 사용하느냐가 중요한 시대라는 말이다.

사실 말을 하고 있는 동안에는 아무것도 배우지 못하지만, 말을 듣고 있는 동안에는 수많은 정보를 입력할 수 있기 때문에 경제적 효율에 있어서도 혀보다는 귀의 가치가 높지 않은가. 게다가 무슨 말이든 하고 싶어 안달하는 사람들 사이에서 듣고자 하는 사람은 희소가치도 높다. 또한 우리는 청자가 된 순간부터 상대방의 말을 들어줄지 말지 결정할 수 있는 권력의 우위에 선다. 우리가 의식적이든 무의식적이든 간에 듣지 않는 쪽을 선택할 경우(귀에 딱지가 앉도록 입이 아프게 떠들어도) 말하는 사람은 그걸로 끝이다.

사실 듣기에 관한 가장 직접적인 오해는 직장 상사와 부하 직원 간의 의사소통에서 발생한다. 주위를 둘러보라. 젊은 직장인들은 상사의 말을 듣지 않기 위해 이어폰으로 귀를 막고, 나이 든 사람들은 고개도 들지 않고 "알았다"("듣기 싫으니 입 닥쳐라"의 우회적 표현)고 응수한다. 그러고는 "제가 말씀드렸는데요"와 "그런 말 들은 적 없는데", "내가 말하지 않았나"와 "그런 말씀을 하신 적 없습니다"가 반복된다. 분명 누군가는 거짓말을 하는 것일 텐데, 문제는 증거가 없다는 것. 두 명 중 한 사람이라도 메모를 할 만큼 경청자였다면 이런 논쟁은 벌어지지도 않을 것이다. 사람들은 듣는 입장이 된 순간부터 자신의 기억력을 과대평가하는 버릇이 있다. 사실 대부분의 사람들은 일반적으로 대화를 마치고 10분도 채 안 돼서 절반 이상의 내용을 잊어버린다. 그리고 24시간이 지나면 대화 내용의 10퍼센트도 기억하지 못한다.

최악의 듣기 습관을 가진 선배가 있었다. 그녀는 상대가 말을 하기 시작하면 사정없이 말끝을 자르고 들어와서 "그 얘기를 하니까 생각나는데……"로 장황하게 자신의 이야기를 늘어놓는다. 오로지 먹이를 낚아채는 매처럼 자신의 화두를 위해서만 귀를 열었다. 심지어 "내가 너한테 누차 얘기했지만"으로 시작하는 그녀의 직업적 충고는 항상 이론적으로 완벽했지만, 이 시대에 어느 누가 우월감을 바탕에 깐 톨스토이 식 설교를 듣고 싶어하겠는가.

다른 사람들의 입을 틀어막아야만 직성이 풀리는 사람도 있다. 만일 누군가 주말에 바닷가에 다녀왔다고 말하면, 자신은 지중해에서 요트를 타며 샴페인을 마셨다고 자랑을 늘어놓는다. 만일 내가 전날 갑작스러운 독감과 고열로 밤잠을 못 잤다고 하소연하면, 자신은 반 년째 후두염과 불면증으로 고생한다고 목소리를 높인다. 어제 약혼자에게 청혼 반지를 받았다고 하면, 자신은 얼마 전에 시어머니가 다이아 반지를 선물했다고 허풍을 떤다.

하지만 사람들은 주어진 시간의 80퍼센트 이상을 혼자 떠드는 사람을 좋아하지 않는다. 상대의 이야기는 귓등으로 흘리고 오직 많이 말하려는 대화의 독식가들은 본인도 모르는 사이에 독선과 소외라는 비참한 결과에 직면한다. 어느새 경청이 사라지면서 현대 사회의 대화는 극히 비생산적으로 변질돼버렸다. 수많은 사람이 간단한 대화나 의사소통에 어려움을 호소하고, 예술가들은 현대인의 소통 불능을 관습적 주제로 팔아먹는다.

합리와 공정함을 최고의 가치로 쳤던 내 친구는 비즈니스에 있어서는 논리적으로 완결된 말이 아니면 그 자리에서 듣기를 거부하고 공격해대는 전형적 독불장군이었다. 당연히 사람들은 그녀 앞에 서면 말하기를 주저하고 두려워했다. 위험을 각오하고 쓴소리를 했던 측근조차 '왜냐하면'으로 시작하는 그녀의 훈시성 변명만 들어야 했다. 놀라운 건 그런 그녀가 홈쇼핑 쇼호스트의 말에 홀려 집안 전체를 필요 없는 잡동사니로 채우고, 중요한 결정을 할 때마다 점쟁이의 말에 귀를 기울인다는 거였다. 귀가 얇은 사람은 귀가 닫힌 사람과 일맥상통하며 같은 중량으로 경청과는 반대편에 있는 사람이다. 이 말을 들으면 이 말이 옳고 저 말을 들으면 저 말이 옳은 사람은 이 말도 저 말도 귓등으로 흘려듣는 사람과 똑같이 암흑 속을 배회한다.

사실 모든 말이 다 숙지해야 할 가치가 있는 것은 아니다. 그래도 충고의 말, 유혹의 말, 불평의 말 같은 화자가 말하고자 하는 목적이 분명한 말은 뇌의 온도를 낮춘 차가운 경청으로 말 속의 **뼈**와 허를 분별할 줄 알아야 한다. 상대방의 말에 집중하다 보면 허풍이나 과장, 눈앞의 이익만을 특화시키는 사기, 아첨, 앞뒤의 부조응

등이 읽히기 때문이다.

달변가이면서 동시에 경청 훈련가이기도 한 회사의 한 어른은 내게 그간의 경험을 들려주었다.

"경청 실험이라는 걸 했어요. 한 사람이 주말 중 하루 일과를 이야기한 후 저를 포함한 두 명의 청자가 그 이야기를 다시 반복하는 실험이었죠. 하지만 청자 두 사람의 이야기가 각각 달랐어요. 0.1초 샛길로 샌 생각 때문에 말하는 사람과 듣는 사람의 방향이 달라진 거예요. 잘 듣는 게 얼마나 어려운 일인지를 실감했죠."

의식적 노력을 하지 않을 경우 성인이 주의를 집중할 수 있는 시간은 대략 10~20초다. 그리고 말이 귀에 도달하는 0.0001초 '청간'의 시간 동안 주관적 해석과 확장에 더 열을 올린다. 상대방의 말을 듣는 것처럼 보이지만 생각은 수천 킬로미터 떨어진 곳에 가 있다. 때론 지난밤의 악몽이 침입하기도 하고, 점심 메뉴를 고르고 있기도 하며, 상대의 옷차림을 눈으로 비평하기도 한다. 순수한 경청이 그만큼 어렵다는 말이다.

그러나 경청이 반드시 물리적 사운드에 대한 반응으로만 한정되는 것은 아니다. 그것은 '당신의 이야기를 듣고 싶다'는 삶의 진솔한 태도로서 가치가 있다. 지갑 속에 '경청의 원칙을 상기시키는 키워드가 적힌 경청 카드'를 넣고 다니는 그 어른은 일상의 따뜻한 기적에 대해 말했다.

"하루에 일정 시간 동안 기도와 묵상을 통해 아내의 목소리를 들으려고 노력했어요. 처음엔 내가 아내에게 하고 싶은 말이 아우

성치더군요. 그 다음엔 내가 아내에게 듣고 싶은 말이 들렸어요. 그 다음엔 아내가 했던 말이 들리고, 그 다음엔 아내가 하고 싶지만 하지 못했던 말이, 그 다음엔 아내 자신도 몰랐지만 아내의 내면이 원하는 말이 들리더군요. 정말 놀라웠어요. 아내도 얘기합니다. '내가 하려던 말을 먼저 알고 하다니, 당신이 꼭 나보다 더 나 자신처럼 느껴져요' 라고요."

일상에서 우리는 말을 하기 위한 자리, 말을 듣기 위한 자리, 적당히 듣고 적당히 하기 위한 자리를 은연중에 분별한다. 통념적으로 발언권은 하나의 권력이다. 위로 올라갈수록 발언권이 강해진다. 명령할 수 있고 훈계할 수 있으며 마음껏 비판할 수 있으니 이보다 더 기쁜 일이 어디 있으랴. 하지만 발언권을 가진 권력자가 '듣기로 작정할 때' 세상은 반전의 선물을 선사한다. 죽어가던 거대 공룡 IBM을 새롭게 부활시킨 루 거스너가 그 경우다. 그는 중역과 기술자들에게 겸손하게 질문을 던졌다.

"당신들은 자랑스러운 IBM을 회생시킬 방안을 알고 있습니다. 저에게 그 방안을 들려주십시오."

거스너는 그것을 경청했고, 발언한 사람들이 책임지고 추진하도록 권한을 위임하고 독려했다. 삼성 이병철 회장의 두 마디 어록도 유명하다.

"자네가 생각하는 문제가 뭔가? 그렇다면 어떻게 할 건가?"

귀를 잘 사용한다는 것은 말을 잘 듣는 것, 말을 주의 깊게 듣는 것, 말을 가슴으로 들어주는 것 모두를 포함한다. 자신의 몸을 낮춰

말을 잘 듣는 순종적 태도나 뇌의 온도를 식혀 주의 깊게 듣는 지적 태도, 가슴으로 들어주는 공감적 태도는 경청의 삼박자라고 할 수 있다. 어쩌면 우리는 경청의 태도를 레스토랑 종업원에게 배워야 할지도 모른다. 패밀리 레스토랑이 처음 생겼을 때 버라이어티한 아메리칸 식 메뉴보다 감탄했던 건 무릎을 꿇고 앉아 주문을 받아 적고 일일이 재확인하는 종업원들의 겸손한 태도였다.

'저 사람과 대화하고 싶어'라고 느끼게 만든다는 점에서 경청은 유혹의 기술이기도 하다. 상대방의 모든 것이 궁금한 연인은 서로를 향해 귀를 활짝 열어둔다. 하지만 시간이 지나고 긴장이 떨어질수록 상대방이 입을 열고 뭔가를 말하지만 듣는 척만 할 뿐 그저 뻐끔거리는 물고기 입처럼 무시하고 만다. 그러면 그들은 서로에게 실망해서 고함친다.

"내 말을 듣고 있기나 한 거야? 만약 듣고 있으면서도 내 말을 수용하지 않는다면 나를 사랑하지 않는 거라고!"

대부분의 카운슬러들은 허물어진 관계를 돌이킬 최고의 처방으로 경청을 권유한다. 만약 당신이 주변에서 당신의 이름을 불러도 곧잘 알아듣지 못한다면, 혹은 주변의 사람이 당신에게 용건만 간단히 얘기하고 서둘러 떠난다면 스스로를 점검해보라.

『마음을 사로잡는 경청의 힘』이라는 책에서는 경청을 위한 몇 가지 훈련법을 제시한다. 전자레인지를 30초 후로 맞춰놓고 30초 동안 눈을 감고 주변에서 들려오는 모든 소리에 귀 기울인 후 그 소리를 모두 적는다. 에어컨 돌아가는 소리, 자동차 소리, 복도의 발자국 소리, 문 닫히는 소리, 엘리베이터 소리, 자신의 숨소리, 새소리나 귀뚜라미 소리 등. 그런 소리에 주의를 집중함으로써 소리들을 식별해내고 중요한 것과 중요하지 않은 것을 분류할 수 있다는 것이다. 내가 다니는 교회의 목사님은 성숙한 기도란 쇼핑 리스트처럼 '해주세요'를 늘어놓기보다 고요한 상태에서 신의 목소리를 듣는 것이라고 했다.

얼마 전 나는 청각장애인 발레리나를 인터뷰한 적이 있다. 아무것도 들리지 않는 상태에서 어떻게 춤을 출 수 있는지를 물었을 때 그녀는 수화 통역자의 도움을 받아 이렇게 말했다.

"들을 수 없기 때문에, 고요한 세상 속에서 살기 때문에 더 내밀한 집중으로 음악을 몸에 감고 춤을 춰요. 진동이나 강약으로 박자를 마음속으로 세면서 춤을 추죠. 끝없는 연습을 통해서 고요 속에서도 소리의 작은 입자, 공기의 흐름을 느끼며 나아가요. 듣지 못하기 때문에 역설적으로 만물의 고유한 소리가 들리기도 해요. 새소리, 물소리, 바람 소리, 달의 소리……. 다 저마다의 소리로 내게 얘기하는 걸요."

그녀는 나의 말을 듣기 위해 움직이는 나의 입술을 경이로운 눈빛으로 집중했다. 그녀의 눈에서 뿜어져 나오는 빛이 내 입술을 황금으로 코팅하는 것 같았다.

요즘 내가 다시 경청의 태도를 회복하려고 노력하자, 주위의 많은 소리가 들리기 시작했다. 강남으로 사무실을 옮겨오면서부터는 아예 내 책상을 두 후배의 책상 가운데에 평행으로 놓았다. 불평의 소리, 감사의 소리, 축하하는 소리, 사랑하는 소리, 우는 소리, 웃는 소리, 책상 저 너머에서 들려오는 온갖 소리들. 때론 타인의 경청하는 태도에 감동을 받기도 한다. 사무실에서 지나가는 말로 "이번 휴가 때 강아지와 함께 펜션에 가고 싶은데"라고 혼잣말을 했을 뿐인데, 그날 저녁 내 책상 위에 '전국의 강아지 동반 가능 펜션'이라는 프린트물이 놓여 있을 때 나는 '등 뒤의 보이지 않는 경청자'(그녀는 「보그」의 교정 담당이다)가 가진 마음의 청력에 감탄한다.

완벽한 상사, 완벽한 부모, 완벽한 드레스는 없어!

모든 회사의 비상계단, 화장실, 흡연 구역, 문을 잠근 회의실은 지금 이 시간에도 분노와 한숨이 소리 없이 쌓이고 있다. 나를 쳐다보지도 않고 내 존재를 지운 나쁜 X와 냉랭하고 쇠꼬챙이 같은 목소리로 내 프로젝트를 깔아뭉갠 미친 Y와 내 휴가계획서를 발기발기 찢어버린 악마 같은 Z를, 부디 신이시여, 용서하지 마소서! 대낮의 음습한 우범 지역에서 발작적 눈물과 죄 없는 테이블을 향한 폭력, 같은 처지의 피해자 동료와의 덤 앤 더머 같은 푸념이 끝나면 본격적으로 밤의 하이에나처럼 술집으로 향한다. 그곳엔 친하지도 않은 고교 동창이 나를 기다리고 있다. 오로지 송곳니를 빛내며 자신의 직장 상사를 물어뜯기 위해. 나를 모욕하고, 나를 속이고, 나를 착취하고, 나를 유린한 그 혹은 그녀. 내 정신적 평화를 제물 삼아 내 아름다운 미래에 재를 뿌리는, 직장이 있는 한 영생을 누릴 악마. 늘어가는 새치와 주름살, 오르지 않는 연봉과 감퇴되는 기억력, 성기능 저하와 신용카드 연체와 그리고 또, 또, 또…… 나에게 일어난 모든 백만 가지 비극의 원흉! 80년대 〈전설의 고향〉이 또다시 부활한다면 못된 시어머니와 들판의 고양이 떼와 도깨비 대신 다종다양한 공격 무기를 든 '직장 상사'를 등장시키면 될 것이다.

"상사만 없으면 살 것 같아!"

영화 〈스트레스를 부르는 그 이름 직장 상사〉에 나오는 비명 같은 대사다. 출근한 사람에게 억지로 위스키를 먹이고, 사람들 앞에서 "아침부터 취해 있다"고 누명을 씌우는 상사 케빈 스페이시는 지그시 웃으며 빈정댄다.

"난 널 언제든 내 맘대로 할 수 있어. 왜? 난 너의 상사니까."

오, 마이 갓! 영화는 상사에게 당한 모욕이 한계점에 이른 직장인 세 명의 보스 죽이기 대작전이다. 제목만으로 대한민국 직장인들을 통쾌하게 하는 이 영화의 결론은 그러나, 최악의 직장 상사 한 명을 제거했다고 직장생활이 활짝 펴지지 않는다는 것이다.

직장 생활에서 한창 패기가 있었던 1990년대, 나는 드라마 대본에 등장해도 좋을 각종 캐릭터의 괴상한 상사들을 겪었다. 첫 번째 상사는 아동도서 편집부에서 쫓겨나 신생 부서인 홍보팀을 맡게 된 소심하고 편집광적인 40대 남자였다. 발간이 보류된 아동물 원고 뭉치를 끌어안고 시급한 기안 서류에 빨간 펜으로 하루 종일 교정을 보던 그 상사는 결국 예고된 무능으로 팀원들을 낙동강 오리알 신세로 만들어놓았다. 팀 해체가 임박한 레임덕 시기에 그는 거의 '우리의 밥'이었다.

그러나 상사를 우습게 배운 죄는 초기 내 직장 생활의 불행한 화두가 됐다. 혁신적인 매체를 만들겠다던 철없는 이상주의자 편집장

A는 사장실을 향한 기자들의 끈질긴 투서에 쫓겨났고, 막말을 일삼던 팀장 B는 단체 사표를 쓴 팀원들과 함께 실업자 신세가 됐다. 매거진 춘추전국시대에 비일비재했던 낭만적인 '하극상' 스토리지만, 그때 배운 결론은 '악법도 법'이다. 아무리 무능한 상사라 할지라도 그의 다리를 걸면 모두가 도미노처럼 무너진다는 사실!

다음 직장에서는 팀장과 상사가 전투를 벌이다 순차적으로 전사하는 것도 봤다. 아삼륙으로 죽고 못 살던 두 사람은 자아도취적인 팀장이 상사의 명령을 슬슬 우습게 여기면서 끝내 진흙탕 수준의 싸움을 벌였다. 상사가 가르치고 싶었던 건 단순했다.

"나는 신이야. 네가 나를 믿지 않는다고 해도 나는 신이야. 너는 지휘하지. 그건 별거 아냐. 그 권한을 준 게 누구지? 그걸 기억해. 나는 말이야, 군림하거든. 나는 인간인 네 위의 권력자야."

그러나 꽤 심각한 부상을 당한 걸 보면 상사는 신이 아니다. 팀장이 나가면서 모든 사람의 이메일에 상사의 해외 출장 비밀 장부와 뇌물 리스트를 낱낱이 까발렸기 때문이다.

내 마지막 사이코 상사는 노처녀였다. "나는 너만 믿어. 다른 사람은 쓰레기야"라고 분열적인 멘트를 속삭이던 그녀는 하루에도 열두 번 사무실 한가운데에 멈춰 서서 점심을 달라고 요구하는 식인귀의 목소리로 소리를 질렀다. 변비부터 자궁근종, 대장 질환까지 많은 팀원들이 질병에 걸려 그녀를 떠나갔다. 지나치게 건강했던 그때 내가 낸 사직 이유는 '어머니 병환 간병'이었다. 언젠가 나는 그 상사를 우연히 카페에서 만난 적이 있다. 병색이 완연한 퉁퉁 부은 그 중년 여자는 애처로워서 차라리 눈을 감고 싶었다.

알다시피 직장 생활은 누구에게나 어렵다. 하나의 지뢰를 없애면 다른 지뢰가 나타난다. 다종다양한 캐릭터와 이해관계가 얽힌 정글에서 누군들 맘 편히 한 달의 월급을 챙겨갈까? 매일매일 더 복잡한 미로에 던져져 출구를 찾는 실험쥐 같은 신세. 그리하여 우리는 스스로를 희생양 삼아 공분을 토할 절대악이 필요하다. 우리가 그걸 모르는 바는 아니다. 직장 상사는 독립 전까지 내가 먼저 살갑게 공존을 모색해야 할 의붓아버지 같은 존재다. 어쨌든 그는 나보다 힘이 세다! 오이디푸스 콤플렉스를 자극하는 존재지만 내가 극도의 인내심을 키운다면 나보다 먼저 회사를 떠날 사회적 부모인 것이다. 운 좋으면 구원의 로프를 남겨둔 채.

물론 상사보다 내가 먼저 떠날 수도 있다. 그것도 굉장히 치밀한 복수극을 준비해서. 가장 재미있게 읽은 상사 밀고형 소설은 프랑스 소설가 아멜리 노통브의 자전적 기록 『두려움과 떨림』이다. 일본 무역 회사에서 일했던 1년간의 경험을 바탕으로 이 천재 소설가는 직장 생활과 상사에 관한 전대미문의 풍자적 시트콤을 만들어냈다.

미스터 하네다는 미스터 오모치의 상사였고, 미스터 오모치는 미스터 사이토의, 미스터 사이토는 미스 모리의, 미스 모리는 나의 상사였다. 그런데, 나는, 나는 누구의 상사도 아니었다.

소설은 무서운 실존적 고백으로 시작한다. 우리가 직면하는 고

We Can Do It!

통스러운 실존! "나는 누구의 상사도 아니었다"라는 말은 복수하고 분풀이할 실체적 대상이 없다는 것. 통역사로 입사해 44층의 화장실 청소원으로 추락하기까지 절대 복종을 원하는 상사들과의 끝없는 전쟁은 이런 식이다.

"당신이 정신지체아 부류에 속한다면 내가 이 일을 맡기기 전에 그렇다고 얘기를 했어야죠."

"그게 나 같은 부류의 사람들한테 나타나는 문제인 것 같아요. 지능이 발휘될 필요가 없으면 두뇌가 잠을 자거든요."

그러고 보면 상사를 향해 부글부글 끓어오르는 원한의 에너지도 쓸모가 있다. 아멜리 노통브는 그후 세계적인 소설가가 됐으니. 그리고 그의 직속 상사 미스 모리가 소설가가 된 그녀에게 보낸 한 통의 편지. "아멜리상, 축하해요."

그러나 이런 통쾌한 해피엔딩은 애초에 직장에서 밥 벌어먹을 생각이 없었던 오만한 천재에게나 가능한 일이다. 로렌 와이스버거도 편집장 안나 원투어의 비서로 일하며 칼을 갈았던 일화들을 각색해서 베스트셀러 작가가 됐다. 현대판 직장 노예의 유머러스한 피해망상 스토리 『악마는 프라다를 입는다』로 말이다. 아직도 "앤드리아~ 내 차를 차고에 갖다놔. 우린 오늘 밤 그 차로 햄튼 씨 댁에 가야 해. 서둘러. 이상!"이라고 명하는 상사 미란다의 귀족적이고 명랑한 목소리가 들린다. "이상!", "나가봐!" 네 의견 따윈 필요없다는(제 주제도 모르고 토를 다는 멍청이를 기죽이는) 절대 권력형 말투가 대한민국 패션 악마들의 유행어가 됐음은 물론이다.

안나 윈투어에 이어 얼마 전까지 내가 가장 관심을 가졌던 상사
는 스티브 잡스다. 잡스는 반대 의견을 절대 수용하지 않았다. 부하
직원들은 그에 대해 이렇게 증언했다.

"스티브는 '현실 왜곡장'을 갖고 있어요. 그 사람이 나타나면 현
실이 유연해진다는 얘기죠. 그는 사실상 어떤 것이든 상대방에게
납득시킬 수 있어요. 그가 자리를 뜨면 왜곡장도 서서히 걷힙니다."

"그의 현실 왜곡장은 카리스마 넘치는 수사와 굴하지 않는 의
지, 그리고 어떤 사실이든 당면 목표에 부합하도록 변형하려는 열
성이 뒤섞인 결과물이었어요."

"한마디로 자기충족적인 왜곡이라고 할 수 있어요. 불가능하다
는 사실을 깨닫지 못하고 불가능한 일을 해내도록 했으니까요."

스티브 잡스 전기를 쓴 월터 아이작슨은 그를 이렇게 정의했다.

"잡스는 니체를 공부한 적이 없었다. 그럼에도 니체의 힘 의지
개념과 특별한 본성을 지닌 초인 개념을 자연스럽게 터득했다."

니체의 초인을 철학 교실이 아닌 직장에서 실천한 절대 상사 스
티브 잡스. 그의 동료 스티브 워즈니악은 조심스럽게 말했다.

"스티브는 그렇게 공포 분위기를 조성하지 않고도 얼마든지 회
사에 기여할 수 있었어요."

자신이 함께 일한 직원들의 업무를 최고가 아니면 완전 쓰레기
로 평가했던 상사. 그 결과 그는 세상을 바꾼 21세기의 영웅이 됐
다. 나중에 스티브 잡스는 이렇게 말했다.

"지난 수년 동안 배운 것은 정말로 훌륭한 직원들이 있다면 그

들을 어린애처럼 다루지 않아도 된다는 사실입니다.”

이쯤 되면 상사만큼 그 자리의 성숙도가 극과 극으로 평가되는 역할도 드물다. 나는 정신과 의사 친구에게 ‘상사의 보편적 정신세계’에 관한 조언을 구하는 메일을 보냈다. 친구는 위대한 업적을 쌓은 초인의 반대편에서 상사는 심리학적으로 어린아이와 같다는 의견이 있다며 한 권의 책을 권했다. 인터넷으로 주문한 『철없는 상사 길들이기』라는 책이 도착했을 때 나는 폭소를 터뜨렸다. 표지 그림은 상사가 공갈젖꼭지를 물고 떼를 쓰고 있는 모습이었다. 서문에는 이렇게 적혀 있었다.

당신이 회의장을 아이들이 노는 운동장으로, 상사를 아이로, 그리고 그의 핸드폰을 유아용 젖꼭지로 생각하고 바라본다면 회사의 모든 일들이 다르게 보이고 당신이 상대할 수 있는 일들이라고 생각하게 될 것이다. 또한 회사 내의 말도 안 되는 상황과 스트레스를 주는 모든 일들이 아기 악마가 모래성을 쌓으면서 칭얼대는 것처럼 보일 것이다.

스티브 잡스가 봤다면 분서갱유를 시킬 책이었다.

직장 문화 전문가로 『철없는 상사 길들이기』라는 책을 쓴 린 테일러는 “대부분의 아이들처럼 상사도 자신이 세상의 중심이라고 생각하지만 그나마 다행인 것은 아이들처럼 바닥에 드러누워서 울지는 않는다”고 말하며 현실적인 조언을 추가한다. 상사에게 “그거 하면 절대 안 돼요”라고 아기 다루듯 얘기하지 말고, 좋은 부모가 타이르듯 상사가 긍정적인 방향으로 나아갈 수 있도록, 실수를 통해 배울 수 있도록 이야기해줘야 한다고 말이다. 나는 정신과의사 친구가 나에게 이 책을 권한 이유를 생각해보았다. 그것이 내 기사를 위한 진정한 전문가적 의견인지, 아니면 늘 폭발 직전인 내 머리를 쉬게 하기 위한 실용적인 유머인지 판단하려고 애썼다. 그때 문득 〈섹스 앤 더 시티〉의 명대사가 기억났다. "세상에 완벽한 상사, 완벽한 부모, 완벽한 드레스는 존재하지 않는다. 있는 것을 활용해 최선을 다해 즐겨야 한다"는 캐리의 '좋은 게 좋다'는 결론!

상사는 초인일 수도 있고 어린아이일 수도 있다. 그건 실제로 나의 행, 불행과는 무관하다. 완벽한 상사는 없으니 때로는 초인처럼 동기를 부여하고 때로는 어린아이처럼 신경질을 부리는 상사와 그때그때 장단 맞춰 즐겨야 한다.

불쌍한 일개미의 최후를 예감한다면

나는 전철 문이 닫히는 순간 계단을 쏜살같이 내려가 우당탕탕 착지하는 걸 좋아했다. 종종 사람들이 "웬 원더우먼이야"라고 웅성거리는 소리를 뿌듯한 마음으로 들었다. 왜냐하면 그건 좀 희극적이긴 하지만, 내가 치열하게 살고 있다는 것을 공증하는 탄성이기 때문이다. 무엇보다 이런 절묘한 노력으로 다음 전철을 기다리기까지의 3분이란 시간을 절약했다. 그런데 내가 그런 식으로 아등바등해서 얻은 건 무엇일까? 그건 다소 비관적이다. 나는 전철역 벽면에 매주 아름다운 시편이 교체되어 걸린다는 사실을 그 역을 이용한 지 무려 3년이 지나서야 알게 됐다.

"초원의 꽃이여, 빛의 영광이여……."

장작을 패던 워즈워스가 돌아보며 나무라는 소리가 들린다.

나는 '치열하다'(목적의식적으로 부지런해서 단 1초의 삶도 낭비하지 않는)라는 형용사를 편애했으며, '게으르다'라는 표현은 지구상의 사전에서 사라져버려야 할 저주받은 어휘라고 단정 지었다. 당연히 20대까지 나는 주어진 시간에 남보다 많은 일을 빨리 처리하는 데

능숙했다. 새벽까지 이어진 마감으로 다음날 오후 2시 회의에 맞춰 출근 시간이 조정되었을 때, 동료들은 그들이 잠으로 '허비한' 시간에 내가 목욕을 하고 마사지를 받고 헤어숍에서 머리카락을 자른 후 조조 영화 한 편까지 보고 유유히 출근한 것을 알고는 경악을 금치 못했다. 친구들은 그들이 몇 달을 고민하다가 결정하는 일들, 가령 헬스클럽에 등록하는 일이나 위내시경 검사를 받는 일 따위를 내가 토요일 오후나 월요일 이른 아침에 결정해서 가볍게 해치워버린다는 사실에 경의를 표했다. 어쨌든 나는 그런 나의 생산성을 은근히 나의 경쟁력이라고 자부해왔다. 그런데 바로 그런 무지막지한 생산성이 내 삶을 온통 불안으로 지배하고 지금의 나를 혼돈 속으로 빠뜨릴 줄이야! 문제는 원더우먼은 한물간 1970년대의 스타라는 사실이었다.

얼마 전에 나는 사촌 언니의 추도식에 참석했다. 여승의 집도에 따라 반야심경을 읊고 절을 하고 다시 묵념을 하고 절을 하면서 나는 일찍 세상을 떠난 고인과의 추억을 떠올리며 진심으로 그녀의 죽음을 애도했다. 시계 분침이 30분을 지나자 과연 저 여승의 시간당 노임은 얼마인지 궁금해졌고, 1시간이 지나자 핸드백 속의 휴대폰을 켜고 말았다. 그후의 시간은 온갖 불경스러운 상상으로 오염되었다. 이 모든 일은 '한가로움' 혹은 '쉼'에 대한 엄청난 불안과 죄의식에서 나온 것이다.

때때로 더욱 끔찍한 일들이 벌어진다. 나는 집에서 할 수 있는 생산적 일이란 고작 쓰레기 분리수거밖에는 없음을 상기하고 휴일에도 회사에 나간다. 그날따라 교통 체증은 더욱 심하게 느껴진다. 회사에 도착하니 이메일로 신청한 도서는 출고 지연이다. 휴일의 화장실은 더럽고, 도서 전화 상담원은 불친절하며, 택시는 잡히지 않고, 서점에서 내가 원한 책은 품절이다. 나는 마치 카프카 소설의 주인공이 된 것처럼 세상이 낯설고 무섭고 대단히 불쾌해진다. 이런 악순환은 나뿐만 아니라 주위의 많은 동료를 질겁하게 만든다. 여가에 대한 죄의식은 부정적 경쟁을 부추길 뿐이다.

언젠가 마감 중에 나는 절친한 대학 동창의 결혼식에 다녀왔다. 왕복 26시간 걸리는 샌프란시스코를 단 2박 3일 만에! 나는 전날 회사에서 블랙커피 일곱 잔을 마시며 밤을 새웠다. 노트북을 들고 트랙을 오를 때 내 안의 멍청한 노동 인자는 나를 은근히 자랑스러워했다. '비행기 안에서도 열심히 일하다니, 근사하잖아?' 라고 말이다. 그러나 샌프란시스코 공항에서 나를 맞은 친구의 눈은 말하고 있었다.

'정말 불쌍한 일개미군.'

나는 노트북을 부끄럽게 뒤로 감추며 말했다.

"일의 성격이 너무나 크리에이티브해서 오로지 나만이 그 일을 할 수 있거든."

그 말은 사실이 아니다. 인간 복제도 가능해진 시대에 예술가를 제외하고 대체할 수 없는 노동이란 없으니까. 친구가 보내온 겨자색의 실크 들러리 드레스를 입고 참석한 결혼식은 정말 근사했다. 교회에 울리던 부드러운 파이프 오르간, 하객들을 태우고 이동하는

낭만적인 오픈 전차, 피로연장인 뱅크 오브 아메리카 52층의 통창
으로 내려다보이는 초현실적인 전망, 흥을 돋우던 DJ, 현명한 좌석
배치, 정성 어린 선물과 유머러스한 연설……. 이날 하루의 여흥을
위해 신부인 친구는 1년을 투자했고, 축하객들은 웨딩드레스를 입
고 디스코를 추는 그녀를 에워싸고 기꺼이 하루를 즐겼다. 만 하루
를 보내고 떠나는 내게 친구는 충고했다.

"어쩌면 너는 여가의 세계, 그러니까 미적 풍요로움으로 가득
차 있는 그 시간들을 즐길 수 없는 장애인이야. 눈을 떠! 이젠 쉬기
위해 일을 유보해야 할 때라고. 이걸 네가 캘리포니아 식 오만이라
고 해도 할 말 없지만 말이야."

나는 많은 커리어 우먼들이 빠져드는 그런 모순과 맞닥뜨렸다.
시간의 생산성을 극대화시켜 아주 열정적으로 일하고 성취해야 한
다는 것과 동시에, 이제 적극적으로 여가를 음미할 줄 알아야 한다
는 것을 말이다. 모든 일을 전투적으로 처리하는 데 익숙해진 나 같
은 사람들(심지어 여가조차도 일처럼 해내려고 드는 업적과 생산성의 노예
들)은 당황할 수밖에 없다. 나는 우리 삶이 이런 식으로 전개될 것이
란 걸 미처 예측하지 못했다. 주5일제 확산으로 여가가 본격적인 화
두가 되면서 명성과 돈, 일벌레 혹은 일중독 등의 낱말은 가치가 폭
락했다. 가령 노트북 자판을 두드리며 영국산 홍차를 마시는 무뢰
한들처럼 여가를 한낱 일의 들러리로 삼고 낭비하는 사람들을 전근
대적인 사람들로 취급하기 시작한 것이다.

'여가'라는 말이 처음 등장한 고대 그리스 시대에는 여가의 본뜻

이 '문화'에 가까웠다. 여가는 인간의 본질 가운데 하나로, 예술과 학문, 나아가 철학적 성찰을 아우르는 말이었다. 그러나 일과 여가를 분명하게 구분하기 시작하는 산업화 시대를 맞아 여가는 종종 일보다 가치가 뒤떨어지는 것, 또는 생산을 지속하기 위해 필요악으로 주어져야 하는 것으로 여겨졌다. 지금 우리 사회에 통용되는 여가의 개념은 20세기 초 미국의 자동차왕 포드의 대량 생산 모델에서 생겨난 '노동하는 인간' 모형에 뿌리를 둔 것이다. 고장 나지 않게 하기 위해서는 기계도 가끔 쉬게 해주어야 한다는 논리, 노동자의 생산성을 유지하기 위한 안전장치로서의 여가 말이다.

그러나 『포스트모더니즘과 여가』의 저자 크리스 로젝은 "산업 사회의 삶의 모더니티가 여가를 축복했지만 동시에 탈출에 대한 의지를 가로막는 마음의 족쇄를 형성했다"고 개탄했다. 그의 말은 '진정한 여가를 누리지 못하는' 현재 나의 상태, 또는 주5일제를 대면해서 다시 한 번 자신의 부가가치를 높이기 위해 회계 학원과 제2외국어 학원에 등록하느라 분주한 우리나라 사람들(여가를 경제적으로 환산하고 싶어하는 강박적 승부사들)을 시사한다. 생각해보라. 당신은 지금 개인적 성장을 도모함으로써 스스로 자유 시간에도 가치를 뽑아내라고 요구하고 있지는 않은가? 그렇다면 당신에게도 여가는 이루지 못할 유토피아다.

유럽에서는 어디서나 적극적으로 여가를 즐기는 사람들을 볼 수 있다. 노르웨이의 어떤 변호사는 의뢰인에게 컨설팅을 한 후 에스프레소를 한잔하자고 한다. 런던의 택시 기사는 택시비를 받으려고도 하지 않고 오후 2시에 뜬 햇빛을 감상한다. 여가는 특별한 시간에 우리의 특별한 관심을 요구할 수 있는 자격을 부여하는 태도다. 서울은 그런 기준에서 보자면 너무 번잡스럽다. 사람들은 커피를 사서 들고 다니며 마시고 피자나 아메리칸 풍의 달짝지근한 음식을 사다 먹으면서 늦도록 야근을 한다. 커리어 우먼들에게 여가란 책상에 앉은 채 커피를 홀짝거리는 것이 고작이다. 이런 행동은 대단히 야만적인 행동이며 무언가를 먹으면서 일한다는 것은 '가장된 노동'일 뿐이다. 예전에 함께 일했던 한 아트 디렉터는 천안에서 서울까지 기차를 타고 출퇴근을 했다. 왜 그런 바보 같은 낭비를 하느냐고 했을 때 그는 말했다.

"낭비라뇨? 기차 안에서 보내는 그 시간은 무엇과도 바꿀 수 없는 행복한 여가인 걸요. 시집도 읽고 하늘도 보고. 서울은 너무 번잡스러워요. 이 도시는 발을 딛자마자 엄청난 시간의 소용돌이 속으로 사람을 몰아가거든요. 그러니까 나는, 나를 음미할 시간이 필요해요."

그렇다. 나이가 들수록 '음미한다는 것'에 더욱 가치를 둔다. 진정한 여가 또한 시간을 음미하는 것일 게다. 여가를 무시하는 여성들은 과거의 나처럼 매주 점점 불안해하다 마침내 1년도 못 가서 사표를 쓰고 마는 불쌍한 커리어 우먼의 말로를 겪을지도 모른다. 일에 대한 과도한 욕구가 미래를 확실하게 하기 위한 전략적 행동이 아님을 깨달을 때 비로소 현재의 시간을 음미할 여유가 생긴다. 게다가 '시간은 흘러간다'는 뉴턴의 계산법보다 사람들은 이제 '인간은 시간에 간섭할 수 있으며 시간은 여행자의 속도에 따라 좌우된다' 는 아인슈타인적 개념을 선호하기 시작했으니 말이다.

세상은 어쩌면 더욱 양분될 것이다. 테이크아웃 음식점이나 실용적 브랜드들처럼 가볍게 쓰고 버리는 방법으로 시간의 생산성을 따지는 일회성 문화만큼이나, 영국의 티타임이나 12가지 코스로 먹는 정통 식사, 침몰한 타이타닉호에서 수십 년간 전혀 물에 젖지 않게 소지품을 보호한 루이비통 여행 가방처럼 시간을 한없이 늘려서 음미하려는 진정한 여가의 추종자들로 말이다. 물론 영리하게 행동할 수도 있다. 영화 관련 일을 하는 한 친구는 1주일에 한두 번쯤 집에 가는 길에 바에서 와인을 마신다고 했다. 정신없고 바쁜 일상 속에서 그 1시간이 가져다주는 마음의 여유는 100시간 그 이상이라고 한다.

이렇게 말하고 있지만 여전히 적극적 여가는 내게도 힘겨운 '일'이다. 그리고 그리스 해변에서 진흙 마사지를 받으며 신혼여행을 즐기고 있을 친구에게 방금 전 나는 이런 구제불능의 메일을 보내고야 말았다.

"네 결혼식날 오전에 샌프란시스코 박물관을 방문했더니 오노 요코 특별전을 하더라. 돌아와서 혹시 그 전시회를 취재해줄 수 있겠니?"

아마도 그 친구는 내가 예상하는 답을 할 것이다.

"No! I am refreshing now!"

메모가 가진 매력을 아는가

부끄러운 고백이지만 중학생 때 일기장을 제외하고는, 나는 학창 시절 제대로 된 필기 공책을 가져본 적이 없다. 고등학생 시절 수업 시간은 거의 기면증 상태에서 흘려보냈기에 시험 때면 심 봉사 젖동냥하듯 친구들의 노트를 동냥질했다. 그 버릇은 대학에 가서도 못 고쳤는데 불행히도 복사기라는 편리한 놈이 복도마다 구비되어 있었기 때문이다. 메모와 기록의 습관을 들인 건 잡지사에 입사하고 나서부터다. 인터뷰와 취재는 1차적으로 상대방의 말과 정보를 기록하는 것이다. 천재적 기억력의 소유자도 아닐뿐더러 결정적으로 나 말고는 대신 해줄 사람이 없기 때문에 울며 겨자 먹기로 메모를 하지 않을 수 없었다. 그렇게 해서 쌓인 내 취재 노트(손바닥만 한 수첩에서부터 대학 공책까지)는 이미 100권이 훨씬 넘는다.

어쨌든 연초가 되면 이 디지털 정보의 홍수 시대에 고전적 메모가 다시 주목받고 있는 것처럼 보인다. 서점가에는 『무딘 연필이 뛰어난 기억력보다 낫다』, 『메모의 기술』, 『공병호의 성공 제안, 기록하는 리더가 되라!』, 『일하는 사람을 위한 노트법』, 『1%의 영감을 깨우는 에디슨의 메모」, 『당신을 부자로 만들어주는 메모하는 습관』, 『포스트잇 100% 활용법』 등과 같은 메모에 관한 다양한 실용서들이 쏟아져 나온다. '내 머릿속의 지우개'에 대한 반작용이 아니더라도 일상생활에서 두뇌를 창의적으로 활용하는 가장 확실한 방법은 메모다. 메모는 두뇌가 부담하는 일의 일부분을 종이에게 위임하는 일이기 때문이다.

비즈니스 강연가 공병호는 말한다.

"두뇌는 자신이 정말 필요로 하는 정보를 포착하고 자동으로 기억할 수 있다는 점에서 자동 기계인 오토마톤automaton과 비슷한 기능을 한다. 뚜렷한 관심사나 문제의식만 있으면 두뇌는 성능 좋은 안테나처럼 쉼 없이 주변으로부터 정보를 포착하고 그것이 가치 있는지 아닌지를 판명해준다. 바로 이 시점에 메모가 필요하다."

잡지를 보면 기자마다 기록하는 취향이 달라서 어떤 사람은 녹음기를 사용하고, 어떤 사람은 머릿속 카메라로 영상과 느낌을 녹화하며, 어떤 사람은 몇 개의 주요 단어만 적는다. 하지만 휘갈겨 쓴 글씨를 추리하느라 아리송한 적이 많아도 나는 일단 모조리 쓰고 본다는 무식한 방식을 신뢰한다. 그건 메모가 내포한 보이지 않는 힘을 믿기 때문이다.

메모는 단순히 사고와 정보의 기록을 넘어서 그 형태 속에 놀라운 가치와 체계를 함축하고 있다. 일례로 너무 눌변인 취재원을 만나서 거의 시늉만으로 메모를 할 때가 있다. 한참 후 기사를 쓰기 위해 노트의 메모를 뚫어져라 쏘아본다. 그러면 놀랍게도 무질서하게 흩어져 있는 의미 없는 어휘와 어휘의 난수표가 퍼즐처럼 맞춰지고, 심지어 빈 여백은 적절한 상상력으로 메워지기도 한다. 그 과정에서 소박하지만 빛나는 사건과 인물의 개연성들이 꿈틀거리며 살아난다.

기대하지 않은 것을 우연히 발견하는 능력을 '세렌디피티serendipity'라고 한다. 그것을 영화 〈세렌디피티〉의 행운에 비할까. 서로에게 호감만을 가진 채 이름도 모르고 헤어진 두 사람이 7년 만에 재회한다는 그 영화는 오로지 고서적과 5달러짜리 지폐에 적어 놓은 서로의 이름과 연락처가 적힌 메모의 단서로 우연을 극대화한다. 좀 더 오두방정을 떨자면 영화 〈뷰티풀 마인드〉의 수학자 존 내시가 창고 전체를 메모지로 채우고 패턴을 찾아내기 위해 집착하는 모습이 이해가 된다고나 할까. 어쨌거나 그런 경험을 한 후로 나는 메모광은 아니지만 메모 자체를 무척 신봉하게 되었다.

한 해가 시작되면 신문들은 앞 다투어 성공한 기업인과 정치인, 세기의 천재들의 메모 습관을 친절한 방식으로 보도한다. 이를테면 삼성의 이병철 회장이 아침 6시에 일어나서 제일 먼저 하는 일은 간밤에 생각한 것들을 메모하는 것이었다, 박근혜는 문구점을 지날 때마다 한꺼번에 수첩을 서너 개씩 사들인다, 에디슨은 보거나 들은 건 뭐든 주머니 속 노란 노트에 곧바로 옮겨 적었는데 평생을 기록한 메모 노트가 3천4백 권이다, 레오나르도 다빈치는 3만 7천여 장의 메모장을 남겼다, 링컨이나 잭 웰치 등이 성공한 이유는 두뇌가 기억해야 할 짐을 메모에 맡기고 나머지 두뇌를 창의적으로 쓴 덕분이다 등등. 기록하는 습관을 가진 사람과 그렇지 않은 사람의 차이는 사소해 보이지만 그 사소함이 인생의 명암을 가른다는 제언은 '노테크'(노트와 테크놀로지의 약자)라는 신조어까지 낳았다.

메모의 달인으로 알려진 사카토 켄지는 메모 방법을 7가지로 정리해서 제시하기도 한다. 첫째, 메모는 타이밍이다. 언제 어디서든 메모하라. 둘째, 주위 사람들을 관찰하라. 셋째, 기호와 암호를 활용하라. 넷째, 중요 사항은 한눈에 띄게 하라. 다섯째, 메모하는 시간을 따로 마련하라. 여섯째, 메모를 데이터베이스로 구축하라. 데이터베이스를 만드는 가장 중요한 목적은 정리한 후 잊어버리자는 것이다. 일곱째, 메모를 재활용하라.

'메모광'이라는 별명이 붙은 사람이라 해도 이 모든 원칙을 지키는 것이 대체 가능할까? 특히 기호와 암호로 시작하는 세 번째 방법에서 데이터베이스에 이르는 여섯 번째 방법에 이르면 그야말로 '허걱'이다. 물론 메모의 원초적 본능은 "기록은 기억보다 강하다"라는 말이 잘 말해주고 있다. 그것은 이하윤의 수필 '메모광'에도 잘 나타나 있다.

불을 끄고 자리에 누웠을 때, 흔히 내 머리에 떠오르는 즉흥적인 시문詩文, 밝은 날에 실천하고 싶은 이상안理想案의 가지가지, 나는 이런 것들을 망각의 세계로 놓치고 싶지 않다. 그러므로 내 머리맡에는 원고지와 연필이 상비되어 있어 (중략)

두뇌의 일부를 메모지로 가득 찬 포켓으로 묘사하고 하찮은 메모지라도 고액의 지폐보다 소중하다는 이 사람(그 또한 기자 출신이다!)의 편집증적 메모 사랑은 정말 인상적이다.

하지만 내가 괴벽으로서의 메모 습관보다 메모라는 행위 그 자체에 처음으로 매력을 느낀 건 영화감독 레오 카락스 때문이다. 문제는 기록으로서의 메모가 이후 어떻게 창의적으로 사용되느냐다. 레오 카락스는 밤에 꿈을 꾼 내용을 아침에 일어나서 기록하는 일에 심취해 있으며 그것을 영화로 만든다고 했다. 오, 늘 기억의 건너편에 존재할 것 같은 레오 카락스의 몽상적 내러티브가 '꿈의 메모지'에서 시작되었다니! 하긴 '꿈의 기록'이라는 말은 이미 살바도르 달리에게도 유용하게 사용됐었지. 한때 나는 그것을 흉내 내기 위해, 떠오르는 착상을 말로 녹음하는 보이스 레코더를 이용해보기도 했다. 하지만 역시나 보이스를 문자화하는 기록법은 나의 취향이 아니었다(요즘엔 보이스 레코더로 기록한 음성 메모를 언어 인식 프로그램을 활용해서 문장으로 전환할 수 있다고 한다).

어쨌거나 메모는 잊지 않기 위해서 하는 것이지만 때로 기록이나 기억은 그 자체로도 독립적일 때가 있다. 나는 두 명의 소설가를 차례로 만나면서 메모와 기억력, 그리고 그것의 재생에 대해 생각하게 되었다. 이를테면 소설가 김훈 선생은 이야기를 나눌 때도 원고지에 연필로 꾹꾹 중요한 단어들을 적어 나갔다. 듣는 이, 말하는 이에게 동시에 어휘의 중요성을 환기시키기 위해서이고, 또한 메모와 기록으로 반생을 보낸 기자의 습관일 것이다. 그의 작업실에는

메모를 하기 위한 녹색 칠판도 걸려 있었다! 반대로 소설가 故 박완서 선생은 기록보다 기억에 의존하는 사람이었다. 금전출납부 같은 단순한 기록에조차 공포심을 가지고 있었을 정도였다. 그녀는 단 한 장의 메모에 의지하지 않고도 유년 시절과 전후의 풍경을 풍속 사진보다 더 세밀하게 묘사해내는 것으로 유명하다. 박완서 선생은 순전히 기억력에 의지해서『그 많던 싱아는 누가 다 먹었을까』,『그 남자네 집』등을 써냈고, 김훈 선생은 이순신의 기록 일기인『난중일기』를 기초로『칼의 노래』를 써냈으니, 두 거장의 예만 보더라도 기록과 기억의 우위를 가리는 것 자체가 모순이다.

그러나 아직 나 같은 범인들에게 메모와 기록은 잊지 않으려는 초보적인 목적에서 출발한다. 그중에서 '운동을 하자', '책을 읽자', '저축을 하자' 등의 새해 결심을 다이어리에 메모하는 것은 단순히 쓰는 것 이상의 의미가 있다. 무언가를 기록하는 행위 자체가 삶에 대한 자신의 태도를 바꾸어놓는다고나 할까. 수시로 묻고 답하는 일은 단순히 머릿속으로 그리는 것만으로는 충분하지 않다. 이럴 때 메모는 자신과 하는 커뮤니케이션이라고 할 수 있다.

"자신과 부단히 대화하는 수단과 도구를 가진 사람이라면 언제 어디서나 기회와 문제 해결책을 구할 수 있어."

메모광인 내 친구는 자신 있게 말한다.

"그건 습관이야. 규칙적으로 해야 할 일을 차근차근 적어두는 습관."

시간과 장소를 막론하고 루이비통 다이어리부터 꺼내드는 그녀는 한때 나의 사소한 말들(이를테면 "봄이 오면 시를 쓸 거야", "다음 주엔 꼭 여행을 갈 거야", "다음부턴 저런 유형의 사람을 만나지 않겠어" 등등)을 기록해놓고서는 휴대폰과 이메일로 내 행동을 점검하고 채근하기도 한다. 또 한 친구는 '잘 싸우기' 위해서 메모를 한다고 했다. 작은 뉘앙스에 따라 의견과 해석이 달라지는 게 인간사. 그래서 그때그때 대화와 회의 내용을 기록해두지 않으면 나중에 미스 커뮤니케이션의 오명을 뒤집어쓰기 십상이라는 것이다.

"특히 공동 작업을 할 때 메모는 정확한 단서가 되지. 딴소리를 할 경우에 다이어리를 펼치고 '몇 날 몇 시에 이렇게 말씀하셨다고 적혀 있는데요?' 라고 들이밀면 꼼짝 못하거든."

그런데 이런 커뮤니케이션의 증거가 되는 메모, 즉 기록은 역사적으로도 대단히 중요하다. 만약 우리나라에 기록의 문화가 제대로 정착됐다면 국민의 의지를 배반한 일부 위정자들이 어떻게 "후대의 역사가 나를 평가하게 하리라"라고 파렴치하게 외칠 수 있었을까. 일례로 미국의 클린턴 전 대통령이 8년의 재임 기간 동안 남긴 통치 사료만 7천7백만 쪽인 데 반해, 우리는 초대부터 김영삼 전 대통령까지 남긴 전체 통치 사료 분량만 50만 쪽에 불과하다. "기록 관리가 없으면 민주주의도 없다"는 말은 '공정한 증거물'로서의 기록의 가치를 잘 보여준다.

사소한 메모는 말보다 큰 정서적 효과를 불러일으키기도 한다. 인간관계는 꼭 대화를 통해서만 깊어지는 것이 아니다. 현장에 메모를 남기는 일은 일종의 놀람과 충격을 상대방에게 선물하는 것이다. 컴퓨터 자판 위나 아파트 현관에 붙은 "날씨도 추운데 수고했어"라는 메모 한 장이 놀랄 만큼 관계를 결속시켜주기도 한다. 나또한 도우미 아주머니가 나한테 남기는 두 줄짜리 메모, "새로 씌운 침대 시트가 맘에 들지 모르겠어요" 등이 없는 날은 얼마나 서운한지 모른다.

메모는 또한 관찰력의 수단이기도 하다. 그저 주변의 사물과 사람을 기록하는 것만으로 세상의 흐름을 읽어내기도 해서 자신도 모르게 인생의 놀라운 통찰자가 되기도 한다. 가장 대표적인 것이 사적 기록인 일기다.

20대 여성이 30대에 접어들면 남녀 간 권력의 균형이 슬그머니 뒤바뀐다. 실존적 공허감과 싸우다 보면, 가장 드세다는 말괄량이들도 얌전한 척 애쓰고 처음으로 느끼는 생존 불안 — 홀로 숨을 거두고 죽은 지 3주쯤 후에 애완견에게 반쯤 뜯어 먹힌 시체로 발견될 거라는 섬뜩한 두려움 — 에 사로잡힌다.

영국의 칼럼니스트 헬렌 필딩이 쓴 노처녀의 일기 〈브리짓 존스의 일기〉가 30대 여성들에게 한때 일기 쓰기 붐을 일으킨 것은 이런 솔직한 자화상, 일상에 대한 통찰이 주는 카타르시스 때문이었다.

사고 이전의 기억은 완전하지만 사고 이후부터는 10분이 지난 일은 전혀 기억하지 못하는 단기 기억상실증 환자의 영화 〈메멘토〉의 주인공 레너드는 폴라로이드 카메라와 수많은 메모지를 사용해서 기억의 부재를 헤쳐 나간다. 나는 그의 안간힘을 보면서 메모가 가진 힘과 매력에 대해 다시 한 번 상기해본다. 그 옛날 인쇄술이 확산되기 전까지 수도원의 수도사들은 쓰고 또 쓰며 필사본을 만들고 수련했다지만, 현대의 우리는 기억을 위해 메모하고 망각을 위해 메모하며 보존을 위해, 분류를 위해, 확인을 위해 어떠한 이유에서든 쓰고 또 쓴다. 요컨대 메모는 알 수 없는 미로의 세계를 헤쳐나가는 나의 발자취이며, 수필가 이하윤의 표현처럼 "소멸해가는 전 생애의 설계도"이다. 그리고 결정적으로, 설사 난지도에 버려진 난수표 같은 존재일지언정 메모와 기록 없이 나는 아무 일도 할 수가 없다.

Herstory

3.

여자라서
말하게
되는 것

가방을 들으렴

지난 봄 파리에서 꾸뛰르 쇼를 보면서 재미난 차이를 발견했다. 아르마니 모델들이 가방을 든 포즈와 장 폴 고티에 모델들이 가방을 든 포즈가 너무 다르다는 것. 드레스를 입은 아르마니 레이디들은 작은 클러치백으로 가슴을 가린 채 좁은 보폭으로 종종거렸다. 마치 그 작은 백에 권총이라도 들어 있을 것만 같았다. 반면 고티에 걸들은 실크 수트에 곰방대 하나를 넣은 것 같은 기다란 백을 쥐고 건들건들 걸었다. 양쪽은 꼭 베르사유 궁전에서 열리는 상류사회 파티로 향하는 여자와 섹스의 열기로 충만한 난장 파티로 향하는 여자처럼 뉘앙스가 달랐다. 가방을 쥔 자세는 남자들이 무기를 쥐는 자세를 연상시켰다. 암살용으로 19경 권총을 가슴에 안을 때와 사격용으로 M16 소총을 늘어뜨릴 때의 자세가 다른 것처럼 말이다. 가방은 이 패션 전쟁터의 여성용 무기처럼 보였고, 가방을 든 모습은 전투 자세와 유사했다.

캣 워크는 물론 패션 부르주아들이 몰리는 오뜨꾸뛰르 쇼장 바깥도 온갖 백 포즈의 전시장 같았다. 우아한 여인들은 켈리백을 손에 들거나 팔꿈치 안쪽으로 걸치고, 트렌디한 잇걸들은 알렉사백을 팔찌처럼 걸쳐 손목을 추켜올렸다. 샤넬2.55백을 무심하게 늘어뜨린 채 커피 잔을 그러쥐거나 마치 애인의 팔짱을 끼듯 옆구리에 끼고 다니기도 했다. 패션 에디터들은 핸드백이 없으면 손발이 잘리거나 벌거벗은 기분이라고 했다.

마가렛 대처가 그랬다. 대처 수상만큼 핸드백을 정치적 무기로 잘 사용한 여자도 드물다. 작은 페레가모 클래식 백을 분신처럼 들고 다니던 이 철의 여인을 기려 '핸드백하다to handbag' 라는 동사가 신조어로 만들어지기도 했다. 그 말은 '무자비하다' 또는 '몰인정하게 대하다' 라는 뜻이다. 가장 여성적인 액세서리가 가차없는 최강 권력으로 바뀐 것이다.

어쨌든 오뜨꾸뛰르 쇼의 관람객들 중에 유일하게 나 혼자 흰색 아디다스 백팩을 메고 있었다. 뭐랄까, 그건 내가 이 매머드급 패션쇼를 외부자의 시선으로 관찰하고 있다는 헐렁한 시선의 포즈이기도 했고, 도시를 활보하는 나의 쿨한 제스처기도 했다. 현대 미술가 김수자의 작품 속 보따리를 쥔 유랑객처럼 가방은 항상 나와 함께였다. 때로 적진을 향해 수류탄 가방을 메고 뛰어드는 소년병처럼 인터뷰하는 배우 앞에서도 배낭을 멘 채였다.

"가방 좀 내려놓으세요."

"아뇨, 가방은 제 몸의 일부예요. 전 이게 편해요. 그냥 가방을 제 등에 업은 아기려니 하세요."

이렇게 나처럼 몇 년간 내내 동일한 가방을 들고 다니는 여자들은 공식 파트너가 있다고 알리는 셈이다. 연애를 효율적으로 즐기는 여자들은 새 남자친구가 생길 때마다 전리품처럼 새 가방을 챙긴다. 그리고 옷장에 수많은 가방을 쌓아두고는 내 맘에 꼭 드는 가방이 없다고 불평한다. 그런 여자들이 무엇보다도 두려워하는 상황이 있으니, 다른 여자의 팔에서 자기 가방과 똑같은 분신을 발견하게 될 때다. 소설 「핸드백과 살인」의 주인공 헤일리에게 이런 두려움은 악몽으로 변한다. 그녀의 남편이 단 두 개밖에 제작되지 않은 근사한 가방을 샀는데, 하나는 그녀를 위한 것이지만 다른 하나는 분명 다른 여자를 위한 거라는 사실이다.

전통적으로 남자들은 여자의 가방에 경외감을 느낀다. 그들은 그저 한 손으로 책을 들거나 양손을 주머니에 찌르는 것 이상의 멋진 포즈를 발견하지 못했다. 가방에 일상적으로 휴대해야 할 것이 무엇인지조차 가늠하지 못해서(오죽하면 콘돔조차 여자가 핸드백에 넣어두어야 했을까), 가방이라고 하면 의사의 왕진 가방이나 제임스 본드의 007가방 이상의 상상력을 발휘하지 못한다. 그래서 남자들은 애인의 환심을 사기 위해 값비싼 명품 백을 선물하고 그 가방을 충직하게 들어주는 것으로 자신이 '사랑의 포로'가 되었다는 사실을 만천하게 고한다. 가끔 애인의 브래지어 안쪽을 탐색할 수는 있지만 결코 애인의 가방 속에 손을 집어넣을 순 없다. 그 비밀스러운 세계에서 립스틱이나 거울, 초콜릿이나 탐폰이 나오는 걸 얼이 빠져 바라볼 뿐이다.

어쩌면 가방에 관한 한 남자들은 진화가 정지되었다는 게 옳다.

홍상수의 영화 〈밤과 낮〉에서 김영호는 가방 대신 내내 검정색 비닐 봉지를 들고 다닌다. 낭만과 패션의 도시인 파리에서 말이다. 생각해보면 그 옛날의 기억을 아무리 뒤져봐도 아버지가 가방을 든 모습을 본 적이 없다. 아버지는 언제나 양복을 입고 빈손으로 휘적휘적 앞으로 걸어갔다. 가방을 들고 뒤를 따르는 쪽은 엄마였다.

가방을 든 남자에 대한 쓸쓸한 뉘앙스는 아무래도 영혼을 훑어내듯 '가방 속'을 들여다보는 시인의 몫이다. 시인 천서봉은 '서봉氏의 가방'이란 시에서 이렇게 읊고 있다.

집어넣을 수 없는 것을 넣어야 한다,

는 강박관념에 시달렸다. 거리는

더 커다란 가방을 사주거나

사물을 차곡차곡 접어넣는 인내를 가르쳤으나

바람이 불 때마다 기억은 짐을 놓치고

어느 날, 가방을 뒤집어보면

낡은 공허가 쏟아져, 서봉氏는 잔돌처럼 쓸쓸해졌다.

시인 기형도는 종로의 심야영화관에서 가방을 안고 심장마비로 죽었다. 가방 속에는 시작詩作 메모로 채워진 푸른 노트, 인도에서 온 여성 작가 K의 편지, 몇 권의 책과 소화제 같은 소지품이 들어 있었다.

공개적으로 '금단의 성역'인 여자의 가방 속을 들여다본 남자도 있다. 『여자의 가방』이라는 책의 저자 장 클로드 카프만은 70여 명의 여성의 허락을 받고 가방을 들여다보았다. 여자의 가방 속은 작은 잡동사니의 비밀들로 가득했다. 신분증이나 지갑, 열쇠부터 사진, 씹다 버린 껌 종이에서 속옷까지 예상을 뒤엎는 물건들도 있었다. 심지어 작은 돌멩이나 빈티지가 적힌 포도주 뚜껑도 보였다.

내 가방 속에서 가장 많이 발견되는 물건은 볼펜과 명함이다. 그리고 물티슈, 립글로스, 갈색 참빗, 선블록, 뱃살크림(이게 왜 여기 있지?), 동전, 주간지 몇 권과 취재 노트. 예민한 사회학자의 말처럼 "여자의 가방을 들여다보는 건 그녀의 영혼을 들여다보는 것"이다! 여자들에게 가방은 '제2의 집', '또 다른 나'였다. 몇몇 증언들을 들어보자.

"하루에 12시간 이상 집을 벗어나 익숙한 기준들과 멀어져 있는 동안 내 가방은 어찌 보면 우리 집과도 같았어요. 아기가 갖고 다니는 담요의 어른 버전이라고도 할 수 있죠."

"요양원에 있는 노인 분들을 지켜보고 있으면 가슴이 뭉클해져요. 가방을 팔 밑에 꼭 끼고 있거나 무릎 위에 단단히 올려두고 있거든요. 가방은 그분들에게 남은 여성성이고 품위인 것 같아요. 자기 정체성의 최후의 보루에 매달리듯 거기에 매달리는 거예요."

요즘엔 드디어 15개월 된 딸아이가 내 가방을 뒤지기 시작했다. 왜 모든 여자들은 태어날 때부터 뱃속에 작은 가방(자궁)을 가지고 있지 않나. 내 몸속 가방의 지퍼를 열고 나온 딸아이는 이제 살짝 주위를 살핀 후 내 배낭의 지퍼를 열고 볼펜을 꺼내 잠재적 사건들

이 가득한 나의 취재 노트 어딘가에 자신의 필적을 더한다. 유아기야말로 가방을 매지 않아도 되는 완벽한 자유의 시간이지만, 뒤뚱뒤뚱 걸음마 시기가 지나면 아이들은 가방에 애착을 느끼고 그것을 만지면서 여성성을 배우고 엄마를 닮고 싶어한다. 어릴 적에 나 또한 엄마의 가방 속이 얼마나 궁금했던가. 외출한 엄마의 사각 핸드백을 헤집어놓고 또 얼마나 회초리를 맞았던지. 가방을 든다는 건 여자가 된다는 것이다. 중학교 2학년 때 생리를 시작하고 나서 유일하게 시장의 좌판에서 훔친 물건도 핸드백이었다. 검정색 가죽에 빨간 리본이 달린 핸드백을 훔쳐 숨 가쁘게 달리던 그때, 아마 나는 첫 섹스를 할 때보다 더한 오르가슴을 느꼈을 것이다. 이후로 누군가에게 가방을 선물로 받을 때마다 쓰다듬고 껴안는 버릇이 생겼다.

지금도 핸드백은 한 여성의 인생을 아주 강렬하게 표현하며 그녀의 길동무 역할을 한다. 그레이스 켈리의 켈리백처럼 파파라치 카메라 앞에서 임신한 배를 가리는 데 유용하기도 하고, 때론 진짜 비밀의 저장소가 될 수도 있다. 불심검문이 잦았던 대학 시절, 핸드백에 반체제 유인물을 담은 선배들과 사복 경찰 앞을 지날 땐 얼마나 두근두근 심장이 뛰었는지 모른다. 분쟁 지역을 취재하는 저널리스트 김영미는 여행 가방 안에 생리대로 잔뜩 위장한 비밀 카메라를 숨기고 다녔다. 그녀만큼 담대하지 못한 나는 가끔 공항 트레일러 앞에서 창자를 토해내듯 사람들 앞에서 내 속옷 나부랭이를 전시하는 '열린' 트렁크의 공포에 시달리곤 한다. 그럴 때면 여행 갈 땐 꼭 가족 수만큼 루이비통 트렁크를 챙겨야 안심이 된다는 디자이너 J 선생이 부럽기도 하고.

　살면서 내가 본 가장 근사한 백 포즈의 주인공은 제인 버킨이다. 1970년대 제인 버킨을 찍은 사진을 보면 거의 대부분 한 팔에는 고리버들 바구니를 걸고 다른 한 팔로는 아기인 샤를로트 갱스부르를 안고 있는 모습을 볼 수 있다. 내추럴 본 시크! 얼마나 근사한가! 그런데 버킨은 1980년대 또 다른 스타일을 선택하면서 백에 인공적인 생명을 불어넣었다. 〈섹스 앤 더 시티〉의 사만다가 세상에서 가장 많은 이들이 탐내는 핸드백의 대기자 명단이 5년 치나 밀려 있다는 말을 듣고 비명을 지르자, 거만한 판매원은 이렇게 말한다.

　"그건 백이 아닙니다. 버킨이죠."

　여자의 가방을 뒤흔드는 모순들 중에서 핵심은 가방의 실용적 기능과 자신을 드러내고자 하는 과시품 사이의 모순일 것이다. 재기발랄한 브랜드 모스키노는 호화 핸드백에 목을 매는 패셔니스타들의 천박하고 끝없는 소유욕을 조롱하는 백을 만들기도 했다. 바닐라 케이크 위로 녹아내리는 초콜릿 형상을 띤 이 백의 이름은 '퍼지 더 패셔니스타 — 케이크나 먹으라고 해Fudge the fashionistas-Let them it cake'이다. 마리 앙투아네트가 빵이 없어 굶고 있다는 백성들에게 그럼 케이크를 먹으라고 했다는 일화를 가방에 빗대어낸 재치는 가히 현대 미술의 메시지를 닮았다. 물론 그 가방도 내가 살 수 없을 만큼 비싸다는 게 흠이지만. 비슷한 관점으로 스타일리스트 B는 명품 백을 명품답게 쓰는 건 '좀 막 대하는 것'이라는 신조를 갖고 있다.

"〈악마는 프라다를 입는다〉에서 메릴 스트립이 에르메스 백을 책상 위에 내팽개치는 걸 보면 좀 후련하지 않니? 명품이라고 떠받들기보다 좀 팽개치면 왠지 내가 그보다 위에 선 느낌이 들거든."

한없는 애착의 대상인 가방을 때론 하찮게 취급하고 싶어하는 건 여자의 이런 이중성 때문이다. 피팅룸, 지하철, 레스토랑, 촬영장 바닥이나 심지어 공중화장실에도 가방은 알을 품은 암탉 자세로 놓여 있다. 행인의 발에 차이거나 쏟아지기도 한다. 가방이야말로 온갖 세균의 온상이라는 걸 암묵적으로 알고 있지만 누가 가방을 세탁할 생각을 할까. 그건 마치 오래 묵은 빈티지 와인의 코르크를 따는 것과 같다. 가방은 그렇게 세상의 때를 묻힌 채 클래식 백의 이름으로 영예롭게 거듭난다.

요즘 내 가방은 점점 더 커져가고 있다. 외출할 때 들고 다니는 빨간 배낭에는 온갖 아이 용품들이 가득하다. 그리고 현대 사회에서 여자가 남자보다 돌봄의 능력이 뛰어난 동물이라는 결정적 증거야말로 가방이라고 생각한다. 남편은 매번 내 가방에서 상황을 해결할 족집게 같은 물건이 나오기를 기대한다. 우유, 기저귀, 손수건, 사자가 튀어나오는 손바닥 책과 흰 토끼 인형과 딸기와 방울토마토와…… 장 클로드 카프만의 말에 동의한다. 여자의 가방은 자신에게 주는 선물인 동시에 사랑의 세계다. 사회에서 사랑을 짊어지고 다니는 이들이 바로 여자이기 때문이다.

여자의 니코틴에 관해

담배의 참수기가 어디 오늘뿐인가. 그러나 요즘은 "우리 동네 담뱃가게 아가씨는 마음씨가 예쁘다네"라며 흥얼거리는 사람도 없다. 조그만 담뱃가게는 온통 복권 가게로 간판을 바꿔 달고, 카페 여급의 노동을 대신하는 편의점 총각들만 팔다리가 분주하다. 21세기가 되면 도무지 '터부'라고는 없어져서 길거리에서, 오픈 카페에서 프랑스 여자들처럼 멋들어지게 푸른 연기를 피워댈 줄 알았건만, 그 담대한 자유를 맘껏 누려보지도 못한 채, 길고 아름다운 검지와 중지 사이에서 교차되는 흰 담배의 미학은 이제 잔인한 추억으로 남을 것인가.

커피나 술과 함께 담배를 앞에 둔 심정은 무엇도 달래지 못한다. 데이트 중에 다소곳이 눈을 마주치다가 "나, 담배 피워도 돼요?", 이제 막 줄다리기를 시작한 남성이라면 "그럼~", 마치 가스레인지 앞에 선 공처가처럼 라이터를 켜서 자상하게 불까지 붙여준다. 하지만 이 에로스의 정신착란 증상이 진압되고, 더 이상 '페미니스트라는 배역'에 몰입되지 않을 때 그는 낮은 목소리로 경고한다.

"내 친구들 앞에서는 담배 피지 마!"

담배가 지닌 마술이 동등한 연애에 얼마나 도움이 되는지는 오로지 여성들만 안다. 담배 피는 여성은 내숭을 떨 필요가 없다. 이미 그것만으로 "난 쉽지 않아"라고 말하고 있다. "나를 사랑해?" 혹은 "첫 키스는 언제 해봤지?"라는 곤혹스러운 질문 앞에서 시선을 피하며 수줍음과 신파적인 분위기를 풍기거나 "모든 게 네가 처음이야"라고 악녀의 이중성을 내보이는 대신, 그저 "잠깐만!" 하며 담뱃갑에서 3.3인치의 흰 연초를 꺼내면 된다. 그리고 라이터를 열면 강렬한 불꽃과 함께 불이 붙고 립스틱의 붉은 즙, 뜨거운 들숨과 날숨의 호흡이 만들어낸 인장을 한번 쳐다본다. 환호해 마지않는 인디언 영화의 봉화처럼 연기가 둥그렇게 피어오르기 전까지 그녀의 입에서 어떤 진실도 피어오르지 않으리라는 것을 그는 예감한다. 입으로 빨아 불을 지피고 그 유혹의 스모그로 공간을 채우는 여사제의 엄숙한 제의를 지켜보면서 그는 건전한 신하처럼 나쁜 진실을 향한 욕망을 잠재우는 것이다.

하지만 몰래 화장실에서 담배를 피우고 들어오는 여성은 '방탕함'이라는 죄의식에 사로잡혀 있다. 그가 안아준다고 다가와도 연기 냄새를 맡을까 봐 전전긍긍. 돌연한 키스라는 낭만적 무드가 감지되면 다시 "잠깐만!"을 외치며 진토닉의 애꿎은 매실 한 알을 베어 무는 것이다. 이미 담배와 먼저 불장난을 벌였다는 죄책감에 사로잡혀 감미로움은 간데없다. 어떤 마초는 혐오감을 감추지 않는다. 담배 피는 여성과 키스하는 건 재떨이를 빠는 것과 똑같은 느낌이라고 말이다. 섹스 후 담배를 피워 무는 그 쾌감을 죽어도 여성들과 공유하기 싫은 마초라면 더더욱 그렇다. 시가를 피워 문 여성은 본 적이 없다. 하지만 남성들은 종종 베스트까지 갖춘 아르마니나 에르메네질도 제냐 수트를 입고 시가 바에서 아바나 시가를 잘근잘근 씹어대며 스노비즘snobbism의 연기를 피워 올린다. '이것이 바로 상류의 남성이다'라는 오르가슴에 젖어서 말이다.

그러나 담배를 피우는 일은 '허파 지상주의자'들에겐 너무나 위험한 저쪽 동네 이야기다. 곧 처치해야 할 강 건너 난지도의 쓰레기를 태우는 악취. 고급 레스토랑에서 숯불 냄새 그윽한 스테이크를 씹고 난 후 그 포만감으로 행복해할 때 난데없이 다이옥신 같은 니코틴을 피워 올려 가족과 친구와 불특정 다수의 기관지를 오염시키는 천하의 눈치 없는 무뢰배들. 흡연에서 성적인 상상을 하는 비흡연자들은 이렇게 경고하고 싶을 것이다.

"우리가 보는 앞에서 그렇게 즐기지 마시오. 그런 짓은 은밀한 곳에서나 하는 거요."

하지만 이 입술의 블루스에 빠진 사람들은 바다와 산과 목장의 선물인 음식물이 식도를 지나 위에 닿기 전에 어서 빨리 리드미컬한 호흡으로 입속을 훈연시켜야 한다는 절박함에 사로잡혀 있다. 만약 그것을 용납하지 않는다면 바람피우는 여성과 방화하는 여성이 두 배쯤 늘어날지도 모른다. 하긴 다이어트를 하기 위해 혀에 니코틴을 코팅하는 여성들도 있다. "담배를 끊으면 사탕과 초콜릿과 아이스크림이 그 자리를 차지해버리지. 지방을 늘리는 것보다는 허파의 무게를 줄이는 게 더 절실해"라고 말하면서 말이다.

옛날에 터키와 페르시아에선 담배를 피우는 사람은 사지가 잘릴 위험을 감수해야 했다. 코를 꿰거나 입술을 잘라버리는 형벌도. 터키에서는 1633년 담배를 피우는 카페를 모두 없애고 흡연자는 사형에 처했다고 한다. 모스크바에서는 화재 위험이 있다는 이유로 담배를 피운 사람의 발바닥을 60대 때렸다는 이야기도 들린다. 금연 구역이 늘어나고 범죄자들은 'SMOKING AREA'라는 좁은 피난처로 몰려야 한다는 현실이 슬프다. 담배가 유례없는 성공을 거뒀던 영국에서는 제임스 1세가 『연기 혐오Somke Disgust』라는 책을 만들어 담배를 박해했다. 탄압의 구실은 공중 보건. 하지만 지금 런던은 흡연자들의 천국이다. 1년의 반은 자욱한 연기 속에서 아예 목욕을 한다. 안개 말이다. 커다란 흡연실 같은 그곳에서 예술과 사랑이 무르익었다.

가끔씩 도지는 궁금증이 있다. "아니 땐 굴뚝에 연기 나랴"라는 속담이 가진, 측량할 수 없을 만큼 무한대의 은유. 연기처럼 쉬쉬 피어오르는 모든 소문에는 불을 지핀 사람이 있다는. 하지만 그 어떤 것보다 확실한 음모 이론은 바로 흡연자와 담배 회사와 국가의 밀월 관계다.

"그만큼 많은 수익을 올릴 수 있는 좋은 습관을 단 한 가지라도 생각해낼 수 있다면, 그 같은 악습은 당장 금지시키겠다."

나폴레옹 3세가 솔직하게 고백한 말이다.

어서 빨리 어른이 되고 싶은 여자아이들은 교복을 입고도 담배를 피워 문다. "담배는 임산부와 청소년에게는 해롭습니다"라는 경고문을 또박또박 읽어가면서 말이다. 이미 몽정을 경험한 소년들처럼 초경을 시작한 소녀들은 그 금기의 매혹적 작대기가 '어른을 위한 젖꼭지', '사회적으로 공개된 움켜쥔 어머니의 유방'임을 알고 있을까? 그래서 언젠가 점점 유방이 커지고 딸이라는 정체성에서 어머니의 몸이 되어가는 임신의 와중엔 신기하게 담배라는 공갈젖꼭지와도, 연기라는 불안한 유혹의 아우라와도 결별하고 만다는 것을. 불꽃을 피우는 순간 재가 되는, 그 쾌락과 위험이라는 생의 이중성에 더 이상 중독되지 않고, 어머니가 되면 오로지 밥을 짓고 찌개를 끓여내기 위해서만 불을 피운다는 것을 말이다. 그리고 추억의 무의식적 집합체라던 후각은 어찌된 일인지 '매캐한 청춘'에 대한 어떤 연민과 기억도 까맣게 잊어버린 채, 그저 된장찌개와 빵 굽는 냄새를 맡으며 인생의 기나긴 평화를 예찬하는 것이다.

그래서 그랬을 것이다. 예전엔 여성에게 담배는 붉은 등불 아래서 밤을 지새우는, 과거가 복잡한 술집의 마담이나 창녀들에게, 그리고 출산과 육아의 모든 의무를 끝내고 지나온 생을 가만히 응시하는 할머니들에게만 허락된 쾌락이었다. 그녀들은 손가락 사이에 끼워진 이 불의 모래시계를 본다. '담배를 피우면서 나는 기다리네, 사랑하는 그이를. 이 담배가 타는 동안 내 삶은 꺼지지 않으리', 혹은 '담배를 피우면서 나는 기다리네, 영원한 피안을. 이 담배 다 타버리면 내 삶도 연기처럼 사라지리라' 노래하면서. 재는 시간을 흘려보내는 가장 훌륭한 수단이다. 누군가는 생명을 흘려보낸다고 하겠지만.

하지만 지금 여성들은 어떤가. 모국의 마리화나를 직접 말아 피웠던 자메이카 가수 밥 말리, 입을 열었다 하면 말과 함께 담배 연기를 피워 올렸던 미국 배우 프랑크 시나트라, 영화 〈카사블랑카〉에서도 마구 연기를 뿜어대던 애연가 험프리 보가트, 그리고 평생을 천식으로 고생하면서도 시가 골초였던 체 게바라처럼 자신들만의 낭만적 시간을 음미하고 싶어한다. 측량할 수 없을 만큼 가볍고 미묘한 시간의 무게를 느껴보기라도 하려는 듯이.

명품과 짝퉁 사이에서

대학 시절의 내 패션은 한마디로 우스꽝스러웠다. 뱅 헤어의 단발머리에 뉴스보이캡, 일명 도리구찌를 쓰고, 꼭 끼는 턱시도 재킷에 변형된 남자 한복 바지, 모카신을 신고 다녔다. 벙거지 모자에 미니스커트, 기다란 머플러와 숄을 휘날리고 다니기도 했다. 다른 사람에겐 어떻게 보이는지 몰랐지만 나는 내 자신의 스타일을 무척 자랑스러워했다.

그러던 어느 겨울, 고개를 들어 세상을 보니 모든 사람이 똑같은 머플러를 하고 다녔다. 여대생의 하프 코트 위에도, 교수님의 모직 코트 위에도, 시장 아줌마의 파카 위에도, 회사원의 수트 위에도 재질과 체크의 간격은 조금씩 다르지만 비슷한 스타일의 베이지색 체크무늬 머플러가 둘러져 있었다. 당시에 나는 왜 사람들이 별로 예쁘지도 않은 체크무늬 머플러를 교복 깃을 단 듯 목에 두르고 다닐까 조금 궁금했다. 그게 짝퉁과 명품이 뒤섞인 1990년대 초 버버리 머플러의 키치한 풍경인 줄은 나중에 알게 됐는데, 그즈음엔 나도 이 베이식한 명품 아이템을 길이별, 색깔별로 몇 개쯤 옷장에 걸어놓았다.

솔직히 말하면 최초의 버버리 머플러는 내 자발적 취향은 아니었다. 하지만 기다란 숄을 휘날리고 다닐 만큼 젊지도 않고 내 삶이 독창적일 거라는 자신감도 마모되어갈 즈음, 버버리는 어느새 내 미적 취향이 아니라 사회적 취향이 되어 있었다. '버버리'라는 취향을 선택한 것이 곧 유서 깊은 신사 숙녀의 무드로 통하고 있었으므로. 그 뒤로 한동안 나는 명품 셀린 원피스를 입고 펜디 백을 들기도 했지만, 그럴수록 내 인생이 더 짝퉁처럼 느껴졌다. 명품은 일종의 가면이 되었다. 사람들은 "어머! 이영애 스타일의 셀린 원피스를 입었군요", "어머! 그 블루 컬러의 펜디 백은 어디서 샀어요?"라고 호들갑을 떨었지만, 정작 '나'라는 고유명사에 대해서는 별다른 호기심을 드러내지 않았기 때문이다. 미적 취향과 사회적 취향 사이에서 조화로운 변별력을 가진 건, 내가 최고가 아닐지는 모르지만 적어도 최선을 다해 살고 있다는 느낌이 들기 시작할 때부터다.

나 자신에 대한 어정쩡한 태도에서 벗어나 나를 고유한 브랜드로 인지하기 시작하자, 명품에 기댈 일도 주눅 들 일도 줄어들었다. 오래 쓸 수 있는 명품 가방과 선글라스도 옷장 안에 차곡차곡 갖추었고, 짝퉁인지 아닌지는 그다지 중요하지 않은 채로 내 취향에 맞는 동대문표 의상들도 기분 좋게 쇼핑했다.

하지만 나의 소비 의지와는 상관없이 명품과 짝퉁 사이에서 종종 혼란스러운 일에 맞닥뜨렸다. 이태원과 제일평화시장에서는 유통 과정에서 틈새로 샌 고가의 명품들을 라벨만 뜯은 채로 저렴하게 판매했다. 가윗날로 라벨을 날카롭게 도려낸 끝으로 원피스를 들고 어쩔 줄 몰라 하는 내게 친구는 말했다.

"심각할 거 없어. 그 도려내진 라벨만 보면 명품이라고 하기엔 좀 문제가 있지. 하지만 넌 적어도 짝퉁이 아닌 진품을 사는 거야."

진품과 명품이 아닌 짝퉁 사이에서 나는 현기증을 느꼈다. 비정상적 유통 경로로 고유한 정신성을 상징하는 가문의 문장을 압수당한 명품이 90퍼센트 유사한 소재와 공정으로 만들어진 짝퉁보다 더 명품답다고 말할 수 있을까? 게다가 라벨이 뜯긴 진짜 명품 중에 짝퉁의 또 다른 변형이 섞여 있다면 문제는 더 복잡해진다. 명품의 노예가 되지 않겠다는 견고한 소비 태도를 갖추었다 해도 명품과 짝퉁, 진짜와 가짜 사이에서 더 큰 의미의 덩어리에 직면한다. 짝퉁 양주, 짝퉁 와인, 짝퉁 담배, 짝퉁 성형, 짝퉁 예술가, 짝퉁 연예인, 심지어 짝퉁 김정일 정력제까지 들어왔다 나가는 세상.

포스트모더니즘 논리에 의하면 진짜보다 더 진짜 같은 가짜가 도처에 존재한다. 흐릿한 원본을 정교하게 복사하면 훨씬 더 선명한 복사본을 얻는 경험도 '과연 무엇이 진짜인가'를 질문하게 하는 일상사 가운데 하나다.

유명 온라인 마켓에서 판매하는 명품 시계 여덟 개 중 일곱 개가 가짜였다는 결과도 나왔다. 브랜드들은 홀로그램 포장에서부터 마이크로칩 라벨 부착, 레이저 색인 등 첨단 기술까지 동원하고, 문화재 감정위원들이 둘러앉아 가치를 구별해내는 프로그램처럼 명품 브랜드의 제품을 놓고 가치를 감정하는 동호회가 많아졌다는 얘기도 들린다. 짝퉁 신고자, 이른바 '짝파라치' 중 5천만 원의 상금을 챙긴 사람도 있다. 펜디는 월마트를, 루이비통은 까르푸를 짝퉁 판매 혐의로 고소하기도 했다. 어디 그뿐인가. 명품 브랜드들은 눈에 보이는 짝퉁뿐 아니라 자신의 브랜드 이미지를 깎아먹는 '짝퉁' 소비자들과도 전쟁을 선포했다. 라벨도 떼지 않은 프라다 운동화에 버버리 체크 모자 등을 쓰고 나이트클럽에서 패싸움을 일삼는 일명 '차브Chav족'은 이미지를 파는 명품 브랜드들에게 짝퉁보다 더 무서운 저승사자다. 이쯤 되면 짝퉁과의 전쟁은 누가 적이고 누가 아군인지도 모호한 산업 사회의 3차 대전이다.

짝퉁은 태생적으로 상처를 안고 있다. 그건 날고뛰어도 명품의 품질보다 못하다는 외형적 상처보다 태생 자체가 '모방과 거짓말'이라는 실존적 상처다. 내가 처음 명품에 의존했을 때가 언제인지를 생각해보면, 나의 독창적 인생 스타일을 잃어버리고 자신감이 바닥까지 떨어졌을 때였다. 독창적이지 못할 바에야 남들과 비슷해지고 싶었고, 그 '안전하게 축적된 오리지낼러티'로 잠시라도 내 삶의 불완전함을 감추고 싶었다. 삶의 페이크를 위해 한때 명품이 간절하게 필요했다고나 할까.

한때 브랜드조차 존재하지 않았던 가짜 명품 빈센트 앤 코 시계와 쓰리랩 화장품 사기 사건이 터지면서 온 세상이 짝퉁으로 소란스러웠다. 사람들은 어쩐지 시계 디자인이 어설펐다거나 화장품 효능이 의심스러웠다는 말 대신, 전무후무한 '사기의 스케일'과 '속았다'는 데 더 큰 충격을 받았다. 혹자는 조선 후기 신분 사회를 조롱

한 박지원의 『양반전』의 현현이라고 했고, 혹자는 비쌀수록 지갑을 연다는 경제학자 베블런의 속물 졸부 유한계급론을 들먹이기도 했다. 연예인을 비롯한 수많은 짝퉁 피해자들은 피해를 당해서 억울하다고 분통을 터뜨린다.

문득 '나는 그 제품의 스타일이 진심으로 마음에 들었고, 지금도 만족하고 있다'는 사람이 나오면 어떨까 하는 생각을 해본다. 국적과 역사를 속이긴 했지만, 독특한 디자인에 자기만의 고유한 브랜드, 한정된 숫자에 높은 가격을 매긴 그 제품은 구매자의 미적 신념에 따라 짝퉁이 될 수도 명품이 될 수도 있지 않았을까? 혹은 그 아슬아슬한 허영 마케팅으로 '자본주의 모독죄'를 저지른 대담하고 머리 좋은 당사자가 언론에서 때리기 직전에 "이 모든 것이 '명품과 짝퉁'이라는 테마의 거대한 퍼포먼스였습니다"라고 발표했다면? 그리고 한정 판매한 시계를 자본주의 사회의 속물 효과를 온몸으로 표현한 주인공으로 극상시키고 아티스트 에디션 넘버를 붙였다면?

세기의 거장 미켈란젤로도 진짜와 똑같은 가짜 그림들을 그렸다. 그림에 연기를 쐐 오래된 것처럼 만들기도 했다. 때론 빌려온 원본 그림을 갖고 대신 자신이 그린 가짜를 돌려주기도 했다. 살바도르 달리는 어떤가. 제자들에게 모작을 만들게 하고 서명만 한다거나 마침내 아무 작품에나, 심지어 백지에도 서명을 했다. 달리는 재능 없는 달리의 작품이 천재 달리의 작품을 괴멸시켜야 한다는 일종의 '사보타주sabotage'로 그런 식의 괴상한 짝퉁 행각을 벌였다. 물론 그 시계 사기꾼은 세기의 아티스트가 아니었고, 사람들은 모호한 예술품의 희생양이 되길 원하진 않을 것이다(알고 속아준 게 아니라 모르고 속았으므로).

변하지 않는 것은 어차피 '내가 아닌 그 무언가가 나를 명품으로 만들어줄 거라고 착각하는 한' 세상은 앞으로도 명품과 짝퉁이 뒤섞여서 돌아갈 것이라는 거다. 그러다 보면 가끔은 나는 내가 맞나, 혹 나 자신이 누군가의 짝퉁으로 살고 있는 것은 아닌가 하는 매트릭스적 상상까지 하게 된다.

나이가 들어서, 살아온 날들의 시간만큼 앞으로의 나날도 비슷비슷한 생의 반복이고 모방이 될 것임을 알았을 때, 더더욱 일명 짝퉁이 아닌 유서 깊은 명품에 기대게 됨을 알게 된다.

10년 전인가, 어머니께 진품의 3분의 1 가격에 해당하는 정교한 고가의 짝퉁 루이비통 가방을 선물해드린 적이 있다. 소재와 지퍼, 바느질, 포장까지 진품과 다름없는, '루이비통'이라는 오리지널 카드까지 구색을 맞춘 가방이었는데, 어머니는 그 가방을 딱 한 번 드셨다.

"음, 처음엔 정말 맘에 쏙 들었단다. 그런데 걸어다니면서 다른 여자의 가방을 볼 때마다 저 사람이 든 건 진짜일까, 혹시 내 것처럼 가짜일까, 근데 저 사람은 내 것이 가짜라는 걸 알까, 알면 뭐라고 생각할까 하고 많은 생각이 들더라. 그러니까 영 들기가 싫어지더라고."

어머니는 음지 속 시든 식물처럼 말씀하셨다. 나는 무척 송구스러웠다. 차라리 진짜라고 거짓말했더라면 더 나았을까?

　세월이 흐를수록 사람은 물건과 자신을 동일시한다. 사람의 성격은 곧 물건의 성격으로 구체화되고, 자신이 살아온 날들의 추억과 가치로 물건과 교감을 나눈다. 어머니는 내게 버버리 트렌치코트와 펜디 금장 시계를 물려주셨다. 그 뒤부터 버버리와 펜디는 내 삶 속으로 걸어 들어와 진정한 명품이 되었다.

생의 애절한 포즈들이 머무는 집

처음으로 여관방에 들어선 스무 살 시절의 부끄럽고 서툰 사랑. 여관방은 참 슬픈 정경이다. 체액과 타액으로 범벅이 될 덩그런 침대와 정사 뒤에 허망한 열정을 씻어낼 욕실만 있을 뿐, 성급한 포옹에 이어지는 잠깐의 고양감만 있을 뿐……. 하지만 그곳엔 숱한 이야기가 쌓여간다. 니코틴으로 누렇게 찌든 벽에, 빗물이 새는지 시커멓게 썩어내려 앉은 천장 구석에. 가끔 나는 대낮에 여관에 들어가보는 상상을 하곤 한다. 낯선 여행지의 숙소가 아니라 익숙한 도심에 숨어 있는 여관, 낮술에 취해 부끄러운 취객 같은 벌건 대낮의 외로운 여관.

10년 전쯤 '여관'이라는 잡지를 만들면 어떨까 하는 아주 황당한 계획을 세워보기도 했다. 여관의 서비스, 인테리어, 행동 수칙, 주인의 매너, 여관에서 할 수 있는 다양한 일, 동행자와의 해프닝 등을 치밀한 관찰자의 시선으로 다룬 B급 장르 잡지. 신도시를 교회와 여관이 경쟁하는 도시라고 명명한 한 소설가는 제발 모텔들이 차 번호를 가리는 비닐 커튼을 세련된 것으로 교체해줬으면 좋겠다고도 했다.

완전한 내 공간으로 소유할 수 없는 임시 휴게소, 내가 자고 나간 자리가 또 다른 손님을 맞이하기 위해 깨끗하게 정리되는 모두의 공적 장소, 길 위의 집이라는 여관의 이런 공간적 특수성은 일찍부터 휴식, 도피, 기행, 젊은 날의 사랑과 정사 등 생의 이면을 들여다보고 싶어하는 예술가들의 애간장을 녹였다. 1990년대에는 장선우의 영화 〈너에게 나를 보낸다〉와 마광수의 시 '가자, 장미여관으로'가 여관 미학의 포문을 열었다. 어쩌면 1990년대는 배설의 시대였다.

만나서 이빨만 까기는 싫어

점잖은 척 뜸들이며 썰풀기는 더욱 싫어

러브 이즈 터치

러브 이즈 휠링

가자, 장미여관으로!

이렇게 시작하는 마광수의 '가자, 장미여관으로'는 혼전 순결 이데올로기에 억압된 젊은이들에게 해방의 쾌감을 선사했다. 장선우는 〈너에게 나를 보낸다〉에서 배설의 사회를 배설의 여관으로 환치시켜버린다. 주인공들은 여관에서 사회적 위상이 전도되거나 새로운 의미를 얻는다. 여관에서 예쁜 엉덩이를 돌리던 영화 속 정선경은 영화감독을 만나 도주해 영화배우가 되고, 소설가였던 '나'는 소설을 포기하고, '나'의 은행원 친구는 소설가가 된다. 여관이 삶의 근거지였던 전작과 달리 원조 교제라는 비난 속에 개봉했던 〈거짓말〉에서 두 주인공 J와 Y는 여관을 여행한다. 회초리로 모델 김태현의 엉덩이를 때리던 조각가 이상현의 상체는 동정심이 느껴질 만큼 마르고 볼품없었는데, 점점 작고 남루한 여관으로 옮겨가며 펼치는 두 남녀의 불균형한 누드는 사랑의 파국을 예고한다.

2000년대 홍상수의 영화도 대부분 여관에서 만들어졌다. 〈돼지가 우물에 빠진 날〉, 〈강원도의 힘〉, 〈생활의 발견〉, 〈극장전〉, 그리고 〈해변의 여인〉까지 카메라가 들여다보는 건 여관방이다. 여관이 아닌 장면도 여관으로 가기 위한, 혹은 여관에서 나온 후의 시간들일 뿐이다. 홍상수의 등장인물들은 여관으로 가기 위해 술을 마시고 수작을 부리며, 여관을 찾기 위해 두리번거리고 대낮에 여관을 나와서 배회한다. 반면 김기덕의 카메라가 응시하는 건 여인숙이다. 〈파란 대문〉, 〈나쁜 남자〉, 〈해안선〉, 〈사마리아〉에서 여인숙은 '나쁜 남자들'을 심판하고 구원하는 '매춘부들'(창녀 마리아와 성모 마리아가 혼성 교배된)의 감옥이고 성소다.

왕가위에게 호텔은 한 개의 주소가 아닌 여러 개의 방 중 하나인 숫자로 기억된다. 〈화양연화〉에서 배우자의 불륜을 마주한 두 남녀는 자신들만의 새로운 판타지 세계를 실현하기 위해서 호텔 방을 마련한다. 그러나 호텔에서의 생활을 아무리 견고하고 단단하게 포장해도 그들은 부부가 아니라 결국 ○○호텔 2046호의 손님일 뿐이다. 〈2046〉에서 양조위가 과거의 추억을 곱씹으며 머무는 오리엔탈

호텔 2046호는 잃어버린 기억을 되찾기 위해 2046열차를 타고 떠나는 사람들의 이야기와 중첩된다. 왕가위에게 호텔은 부유하는 인생, 부유하는 사랑의 은유다. 그와 찰떡궁합으로 작업하던 카메라 감독 크리스토퍼 도일이 한국에 와서 찍은 영화도 정우성, 진희경 등 네 남녀가 부유하고 교차하는 〈모텔 선인장〉이지 않았던가.

매 순간 어찌할 바 모르는 서툰 청춘의 유예지로서 여관을 얘기할 땐 늘 이병헌이 떠오른다. 〈번지 점프를 하다〉에서 이병헌과 이은주가 비를 피해 머무는 여관, 미묘한 밤꽃 냄새와 짤막한 형광등, 두꺼운 커튼과 조악한 패턴의 이불……. 남루한 청춘의 이미지 속에서 젊은 욕정을 감추느라 바보처럼 딸꾹질만 하던 이병헌. 나아갈 수 없는 생의 막다른 곳에서 머무는 곳도 여관이다. 영화 〈그들만의 세상〉에서 이병헌과 정선경은 신촌의 한 러브호텔에 은신한다. 세상 어느 곳에서도 받아들여지지 못할 때, 절박함 속에 숨어든 '그들만의 세상(여관)'에서 투숙객들은 생을 연장하기도, 마감하기도 한다.

우리는 여관에서 사랑을 나누고 불륜을 저지르며 휴식을 취하고 여장을 푼다. 생의 애절한 포즈들이 이뤄지는 곳. 영화 〈연애의 목적〉은 가장 원색적인 '여관의 목적'이다. 남자는 "하자" 하고 들이대고, 여자는 "사랑하지 않는데 어떻게 섹스를 하느냐"며 눈을 동그랗게 뜨면서도 "정 하고 싶으면 50만 원 달라"고 뻗대다가 결국 대낮에 모텔에서 남자와 잔다. 여관에서 새로운 사랑이 시작된다. 사랑의 생태학, 섹스 앞에 구태의연한 사랑을 복종시키는 여관의 마력이다.

여관과 호텔은 더 나아가 '킨제이 보고서'를 실현하는 야생의 정글이 된다. 『롤리타』는 처음 딸과 같은 침대를 쓰게 된 호텔에서 의붓아버지 험버트가 황홀해서 소리를 지르고 싶어하는 흥분을 애써 감추는 장면을 보여준다. 무라카미 류의 영화 〈도쿄 데카당스〉의 호텔 시트는 변태 성욕으로 흥건하게 젖어 있다. "빛나는 도시의 밤, 초호화 스위트룸, 외로운 사람들이 나를 기다린다"라는 카피처럼, 순수한 콜걸 '아이'가 섹슈얼 판타지를 만족시켜주는 동안 스위트룸의 성 소비자들은 뒤틀린 욕망을 토해내고 어린아이처럼 칭얼거린다. 그렇게 동물과 어린아이와 야비한 성인이 뒤섞여 두서없이 드러나는 호텔 방.

2005년에 서울을 방문한 아트 듀오 팀 '노블과 수 웹스터'는 전세계 호텔 방에서 수집한 연필로 그 호텔 방의 정사를 재현해내기도 했다. 삼청동의 엄숙한 국제갤러리 벽면은 제3세계 모텔부터 한국의 특급 호텔까지 사각의 침대에서 뒹구는 남녀의 교성으로 시끄러웠다. 그 많은 여관의 장면scene들 중에서 내게 가장 커다란 애잔함으로 다가오는 건 여관 여행자로서의 화가 에드워드 호퍼와 나혜석이다. 여관방 안에 좌표 없이 덩그러니 놓인 단독자로서의 포즈는 에드워드 호퍼의 1931년 작 '호텔 방'에 잘 나타나 있다. 속옷만 걸친 여성이 호텔 방에서 신발을 벗은 채 책을 보고 있다. 여행 가방은 아직 풀지 않은 채다. 기차역과 미지의 호텔 방, 어떤 곳에도 도달하지 못한 채 길 위에 있는 상황은 1920년대 화가 나혜석을 떠올리게 한다. 파리 셀렉트 호텔에서 저지른 불륜으로 이혼을 당한 나혜석이 전국을 유랑하다 숨어든 마지막 은신처는 덕숭산 자락의 수덕여관이다. 나혜석과의 예술적 인연으로 1944년 고암 이응노가 인수했던, 지금은 폐허가 돼버린 수덕여관의 사인을 고속도로에서 발견했을 때 나는 90도로 핸들을 꺾고 싶어졌다.

남편은 싫고 아기만 원해

어렸을 때 어른들은 "서른 살이 지나면 결혼과 독신 중 하나를 선택해야 한다"고 말씀하셨다. 당시엔 모두 그렇게 생각했다. 옛날엔 나도 다른 젊은 여성들처럼 30대가 되어서도 남편과 아이가 없으면 그 삶은 결핍된 삶이라고 생각했다. 결혼을 선택한 여성들은 밝고 따뜻한 집과 안정된 관계 형성으로 즐거운 시간을 보내는 듯 보였다. 하지만 그녀들도 보이지 않는 대가를 치른다. 남자친구도 없고 나이트 라이프도 없다. 반면 화려한 싱글을 선택한 여성들은 신경이 날카롭고 너무 소녀 같은 면이 있다.

어느 날 40대의 연극배우 K가 카페에서 큰 소리로 얘기했다.

"남편 없이 아이를 갖고 싶다고 생각한 적도 있다고. 실제로 그런 의도로 젊은 총각하고 잔 적도 있어. 아쉬운 일이지만 걔가 처음이라서 그랬는지 임신이 안 됐어!"

카페에 앉은 사람들이 그녀를 힐끔거리긴 했지만 어떤 남성도 그녀 앞에 다가와 물을 끼얹지는 않았다. 나는 그녀의 도발을 이해한다. 1990년대 초 '독신'이라는 라이프스타일이 이슈화되었을 때

‘독신 여성’의 아이콘이었던 그녀는 “섹스는 어떻게 해결하십니까?”라는 리포터의 공격에 애완견을 쓰다듬으며 웃었다.

“살다 보면 다 자기만의 해결 방법이 있습니다.”

그렇다. 살다 보면 자기만의 해결 방법이 있다. 작사가 Y는 자신이 경제적으로 클라이맥스에 달했을 때 ‘싱글 맘’을 시도해본 적이 있다고 말했다.

“결혼은 하기 싫고 애만 낳고 싶은 거, 그거 너무 당연한 거야.”

완벽주의 성향이 있는 Y는 그때부터 A급 정자를 찾기 시작했다. 영화 〈차스키 차스키〉에서처럼 바캉스에서 만난 섹시하고 멋진 남성과의 근사한 로맨스? 정자 은행을 통한 익명의 천재? 나이트에서 부킹한 남자? 평소 짝사랑했던 남자?

“혹시 정자 은행을 이용했어?”

“틀렸어. 물론 수십만 원만 내면 의대생들이 포르노 비디오를 보며 짜낸 씨앗을 구할 수 있지. 하지만 내가 정자 은행을 찾았을 때 뒤축이 닳아빠진 구두를 신은 심각한 얼굴의 CEO가 그러더라고. ‘우린 불임 부부를 위해서만 정자를 공급합니다.’ 몇 마디 더 교훈적 연설을 시작하려고 하기에 그냥 나와버렸어.”

그때부터 그녀의 정자 감별 행각이 시작됐다.

“드러머 R은 외모는 근사하지만 IQ가 의심스러워 탈락! 대학 강사인 B는 성품은 스위트하지만 벌써부터 머리카락이 빠지기 시작해서 탈락! 건축가인 S는 스타일리시하지만 술을 너무 많이 마시고 자제력이 부족해 탈락!”

마침내 그녀는 파티에서 이상형에 가까운 성악가 H를 찾았다.

"그 사람한테 '당신의 아이를 갖고 싶어요'라고 말했어?"

"아니. '당신의 정자를 사고 싶어요'라고 말했지. '고가의 상품에 대한 적절한 보상은 하겠어요'라고."

놀라운 건 Y의 엽기적 제안을 그 성악가는 거절하지 않았다는 것이다. 그렇다면 Y는 그토록 원하던 싱글 맘이 되었을까? 안타깝게도 그녀는 성악가와 여러 번 병원에 동행했지만 정자를 안착시키는 데 실패했다.

"병원이 아닌 호텔에 갔어야 하지 않을까?"

"그건 내가 바라는 게 아냐. 섹스는 안 돼. 아버지의 느낌을 갖게 해서는 안 된다고."

씩씩한 싱글 맘으로 살고 있는 디자이너 N은 아이를 낳자마자 이혼했다. 직장 또한 불규칙하고 야근이 많은 잡지사에서 재택근무가 가능한 안정적인 출판사로 옮겼다. 이제까지 딱 한 번 아이가 아프다는 이유로 나와 한 저녁 약속을 어긴 것 외에 그녀의 삶엔 별다른 변화가 없었다.

"결혼은 안 해도 돼. 그건 감동적인 시간 낭비라고. 하지만 아이는 낳아봐야 해. 그건 세상에서 내가 할 수 있는 가장 덜 이기적이고 생산적인 일이야. 누군가를 위해 지치지 않고 100퍼센트 헌신한다는 거, 그거 상상이나 해봤니?"

N이 말했다.

"결혼을 하고 이혼을 하기까지 내가 쏟아 부은 시간과 돈과 에너지를 계산해보라고. 나는 너무 돌아갔기 때문에 정자 값을 너무 비싸게 치른 셈이야. 그 기회비용을 아이와 함께 독립하는 데 썼다면 아마 지금보다 더 여유로웠을 거야. 부디 너무 비싼 정자 값을 치르지는 말라고."

언젠가 파티에서 만난 산부인과 의사 M에게 이렇게 말한 적이 있다.

"친구는 두 부류로 나뉘어요. 아이를 낳은 친구와 독신으로 늙어가는 친구. 더 늦기 전에 내 난자를 냉동 보관해야 하지 않을까 하는 생각을 한 적이 있죠. 이성 간의 데이트보다 동성 친구와 수다를 떨거나 여행하는 게 즐거워져요. 〈앨리의 사랑 만들기〉의 앨리와 〈섹스 앤 더 시티〉의 미란다에게 진한 동지애를 느껴요. 가끔 여자도 몽정을 한다는 것을 체험으로 알고 있죠."

이쯤 되면 점점 싱글에서 싱글 맘으로 전이되는 과정이다. 나의 말을 듣고 나서 M은 얘기했다.

"여성이 자신의 몸에 대해 갖는 관심이 증폭되고 있어요. 예전만 해도 섹스와 출산은 결혼한 여성만의 배타적 권리인 동시에 의무였어요. 오랫동안 숙녀 콤플렉스를 교육받은 여성들에게 섹스나 피임 등이 이루어지는 자신의 질과 자궁은 고개를 들어 보고 싶지 않은 음험한 동굴 같은 것이었죠. 하지만 요즘 몸에 대한 관심과 더불어 점점 더 많은 여성이 산부인과를 찾고 있어요. 미혼 여성들이 초음파 사진을 통해 프린트된 자신의 자궁을 정면으로 직시하게 된 거죠. 그러고는 자기 몸속에 있는 잉태의 능력을 가진 그 '빈 방'을 보는 순간 일종의 애정과 경외감이 싹틉니다. 내 몸속에 이런 신비한 공간이 있었구나 하는 자각. 그런 인식의 변화가 엄마가 되고 싶다는 본능을 자극하는 것 같아요.”

여성의 몸에 대한 긍정적 라이프가 출산과 모성에 대한 관심을 증폭시키고 있다고? 물론 동감한다. 그리고 산부인과 의사에겐 출산 능력 개발과 모성애의 자각이 ‘종족 보존의 본능’이 퇴화하는 이 후기 산업 사회에 더할 나위 없이 훌륭한 장사 밑천이 되리라는 것도! “방을 너무 오래 비워둬서는 안 된다고요!”라는 팻말을 들고서 말이다.

오랫동안 싱글 맘을 꿈꿔온 마케터 B는 분에 못 이겨 이렇게 성토하기도 했다.

“어제 엄마가 뭐라고 했는지 알아? ‘눈에 흙이 들어가기 전까지 네가 사생아 낳는 건 못 본다’야. ‘엄마, 예수도 사생아였어요’라고 했더니 눈을 부릅뜨고 ‘네가 성모 마리아냐?’ 그러시더라고. 결혼은 했지만 아기를 원하지 않는 사람이 있고, 아기는 갖고 싶지만 당장 결혼하는 건 원하지 않는 사람이 있다고. 매일 9시 뉴스에서 출산율 저하, 인구 고령화, 노동력 감소 운운하며 딩크족을 닦달하지 말고, 싱글 맘들의 라이프 캠페인 같은 거라도 하면 누이 좋고 매부 좋잖아?”

열네 살의 어린이가 노인을 부양해야 하는 기형적 미래에 겁을 먹은 국가는 계속해서 소득공제 추가 등 결혼한 여성들을 꼬드길 만한 카드를 내밀지만 별 효험을 거두지 못한다. 그럴수록 싱글의

숫자와 차일드프리child free 커플의 숫자가 같은 속도로 증가하는
건 재미있는 현상이다.

"30대 중반에 다다른 싱글들은 성이라는 개인적 에너지는 약해
지는 반면, '모성'이라는 더 거시적이고 생물학적인 에너지가 증가
합니다. 그것은 어쩌면 본능과 같아요. 많은 여성이 변화무쌍하고
상대적인 '연애와 결혼'이라는 관계에 허탈한 감정을 느끼기 시작
했어요. 희생을 요구하는 결혼은 이상적 삶의 모델이 아닙니다. 말
하자면 '엄마와 아이'라는 절대적 일체감을 소망하게 된 거죠. 절대
로 변하지 않고 배신하지 않는 그런 절대적 관계를 말입니다."

하지만 임상심리학자 A의 이 말을 B가 엄마에게 어떻게 전한단
말인가.

스타일리스트 L은 이미 자신을 온 세상에 자신만만하게 배를 드
러낸 데미 무어나 변정수로 착각하기 시작했다.

"내가 좋아하는 돌체 앤 가바나 스타일의 섹시하고 핏이 아름다
운 블랙 드레스 앞에서 서성이는 대신, 하이웨이스트 라인의 풍성
하고 부드러운 파스텔 톤 원피스를 선택할 거야. 혹은 러플이나 커
팅 같은 헴 라인의 디테일보다 복부의 능선이 기능적으로 고안된
스트레치 라이크라 드레스를 집으로 배달시키거나. 다른 종류의 역
할에 어울리는 다른 종류의 드레스 말이야."

L에게 임신과 출산은 생활의 변혁이 아닌 스타일의 변화를 뜻했
다. 그녀는 임신을 한다 해도 크랜베리 주스를 섞은 소다수를 마실
그런 여자다. 혹 그녀가 '아이를 낳는 것이 시크해 보이기 때문에'

어서 모성이라는 트렌드에 동참하고 싶은 것은 아닐까? "그런 여성들은 너무 위험해"라고 현재 싱글 맘이자 평론가인 S는 말한다.

"자기 관리가 확실하지 않은 여성들에게 아기는 축복이 아니라 재앙이야. 내 삶에 가치가 있는 일들을 그만큼 포기해야 할 일이 많아진다는 걸 명심해야 한다고. 열심히 일하고 똑똑하고 책임감 있는 베이비시터를 구해야 하고, 주말은 아이와 함께 보내야 해."

무엇보다 세상의 모든 시선이 자신에게 집중되는 그런 끔찍한 지옥도 즐길 줄 알아야 한다.

남성과의 로맨스를 불신하는 언더그라운드 밴드의 베이시스트 P. 그녀도 자신이 머지않아 싱글 맘이 될 거라고 확신했다. 그건 그녀의 미모 때문이다. 아름다운 미모에 어울리지 않게 강한 자의식을 가진 P는 그동안 너무 많은 남성의 애정 공세에 시달려왔다. 그녀는 이제 수컷의 구애 패턴엔 도가 텄다고 했다.

"남자라면 지겨워. 너무 뻔한 동물이지. 헌팅을 하고, 공들여 사냥하고 고기 맛을 본 후, 그 다음엔 모든 것에 흥미를 잃는다고. 자기 안의 무엇인가를 쏟아내고 싶어 미치면서도 결정적 순간에 '임신은 안 돼!' 라고 소리친다고. 내가 그런 남자의 대를 이을 아이를 낳아줄 필요가 있어? 난 나만의 아이를 원해. 오로지 나만의 아이를!"

솔직히 이건 문제가 있는 발상이다.

"뭔가 오해한 모양인데, 싱글 맘은 남자를 거부하거나 남자 없이 살겠다는 게 아니야. 다만 결혼과 출산을 분리한 것뿐이라고. 나

는 늘 8시 이후면 데이트를 해. 아이들은 8시면 잠이 들거든. 내겐 아이들이 연애와 결혼의 방해물이 아니라고.”

헤드헌터인 J는 자신의 연애 유전자가 출산 후 더욱 요동치고 있다고 말했다. 그녀가 30대 중반이 되자 그녀의 관심을 자극하고, 또 관심을 나타내는 남성들이 갑자기 사방에서 나타나기 시작했다.

“나는 아이를 낳고 나서 남자들도 나처럼 불완전한 인간에 불과하고, 사랑이란 규칙과 함정이 가득한 술래잡기가 아니라 사람들 간의 진정한 만남임을 알게 됐어.”

말하자면 그녀는 21세기 ‘부르주아 보헤미안’이 선택한 가장 이타적 바람둥이의 삶을 살게 된 것이다.

사람들은 아직도 싱글 맘의 아이들이 결핍감 없이 살 수 있음을 인정하지 않는다.

“항상 자기만을 위해 살 수는 없잖아. 네 아기가 훗날 겪을 불행에 대해 생각해봤니? 네 이기심이 한 생명의 인생까지 망쳐서 되겠니? 아기는 네 인생의 액세서리가 아니라고!”

이렇게 말하고 싶은 사람도 있을 테지만 세상에 100퍼센트 완벽한 윤리는 없다. 몇 년 전만 해도 자신의 행복할 권리를 위해 아이를 낳지 않는 딩크족들이 공리적 삶에서 이탈한 철없는 부부이기주의자로 몰렸으니까. UCLA의 아동심리학 교수 아이렌 골든버그는 말한다.

“엄마가 아이들을 진정으로 사랑하고, 또 아이들 자신이 충분한 사랑을 받고 있다고 느낀다면 싱글 맘 아이들에겐 아무런 문제가 없습니다. 만약 아빠라는 존재가 밤에 술에 취해 들어와서 양변기 주변을 더럽히고, 주말엔 구들장을 뒹굴며 시체 놀이를 하는 이상한 나라의 외계인이라면 그게 바로 결손 가정이죠.”

레스토랑을 운영하는 싱글 맘 D는 얘기한다.

“모든 게 4인용 식탁의 신화예요. 아이에겐 엄마, 아빠 모두 있는 것이 가장 좋지만 한쪽이 없다고 해서 인생에 장애를 겪지는 않습니다. 아이의 능력은 무한대라서 쿨하고 인생에 자신감이 넘치는 엄마라면 아이도 똑같이 닮거든요.”

어쨌거나 이 불확실성의 시대에 여성들에게 가장 중요한 트렌드는 전화선으로 연결된 친구나 연인이 아니라 탯줄로 이어진 아이, 그리고 그 아이와 함께 살아가는 자신을 격려하고 대모가 되어줄 친구와 연인이다. 물론 그 탯줄의 기회를 잡을 때는 최고로 멋진 여성이 되어야 한다. 모성애와 우정을 실망시키지 않을 만큼의 두둑한 돈과 용기, 그리고 안정된 커리어! 그렇지 않다면 이 모든 것은 인생을 건 불온한 도박일 테니까.

엄마로서 아기 앞에 서는 일

"으으응애~ 으응아아!"

수술실에 누워 내 뱃속에서 나오는 아기의 첫 울음소리를 들었다. 그 순간 나는 울었던가? 잘 기억이 나지 않는다. 영화나 드라마에서 보던 것처럼 아기 울음은 '자신의 탄생을 선포하는' 찢어질 듯 발작적인 고성이 아니었다. 평화롭게 자다가 갑자기 이불이 걷힌 채 들려 올려진 연약한 생명의 신음처럼 작고 조심스럽고 수줍고 애처로웠다. 내 뼈와 내 살과 하나였던 생명이 탯줄을 끊고 내 볼 옆으로 다가왔을 때, 그토록 상상으로도 도저히 그릴 수 없었던 작은 얼굴이 내 시야에 들어왔을 때, 머릿속에 든 생각은 놀랍게도 '어? 시골 아이처럼 생겼잖아?'였다. 물론 지금은 깎아놓은 밤처럼 예쁘지만. 그리고 그렇게 생각하는 내가 약간 이상하게 느껴졌다.

'모성애는 본능이라는데, 난 왜 이렇게 이성적이지?'

모성애를 의심받는 사건은 머지않아 일어났다. 아기가 다닐 소아과를 미리 검색해놓지 않았다는 이유로 어느 날 저녁 남편과 소리 높여 언쟁을 벌였다. 나는 그런 일은 컴퓨터와 가까운 아빠가 하는 게 합리적이라고 주장했지만 남편은 거의 울 것 같은 얼굴로 나를 다그쳤다. "엄마는 그래서는 안 된다"고, "엄마는 희생으로 가득 찬 아이의 튼튼한 울타리"라고. 그는 10년 전 돌아가신 자신의 어머니를 떠올리고 있는 게 분명했다. 하지만 갓난아기 시절에 엄마가 돌아가신 나로서는 모성애라는 건 상상 속에서나 그려본 특별한 인류애 정도였다.

얼마 뒤 나는 화가 한젬마의 초대로 엄마들이 모인 하우스 파티에 참석했다. 그녀는 『그림 엄마』라는 책을 출간하며 엄마가 어떻게 아이의 창의력 교사가 될 수 있는지를 교육하는 제2의 '마더 아티스트' 인생을 살고 있었다. 그날 엄마를 따라온 딸들은 그야말로 엄마의 '미니미'였다. 한젬마의 딸은 어린 화가였고, 배우 조민기의 아내이자 메이크업 아티스트 김선진의 딸은 성숙한 뮤즈였으며, 특히 유니버설 발레단 문훈숙 단장의 딸 신월 양은 뮤지컬을 부르고 즉흥 피아노 연주를 해서 사람들의 갈채를 받았다. 전설적인 프리마돈나 문훈숙 단장의 얼굴이 딸에 대한 사랑과 자부심으로 발그레해졌다.

아! 그런 완벽한 엄마들을 볼수록 내 갈 길은 너무 멀어 보였다. 그후 나에게 모성애를 가르치기 위해 남편이 들이민 것은 화제가 되고 있는 몇 권의 책이었다. 맹렬한 중국식 교육법으로 아동 학대 논쟁을 일으키며 미국 사회를 뒤집어놓은 에이미 추아의 『타이거 마더』, 지혜의 힘을 키워주기 위해 아이들의 인문 고전 교육 프로그램을 강조한 『리딩으로 리드하라』, 행복을 위한 정서지능을 높이기 위한 『내 아이를 위한 감정 코칭』이라는 베스트셀러를 읽으면서 나는 의식적으로 모성애를 훈련하기 시작했다(하지만 고백컨대 그 책을 읽으며 성취를 자극하는 테스토스테론 호르몬이 솟구쳐 올랐다).

어쨌든 시간이 지날수록 에이미 추아처럼 피아노나 바이올린 등의 무지막지한 반복 학습을 통해 아이를 뛰어난 '아웃라이어'로 만들거나, 논어와 중용을 미리 사다놓고 지혜의 교사로서 내가 밤새워 예습하는 일이 무슨 소용인가 하는 생각이 들었다. 한 달이 갓 넘은 아기를 앞에 두고서! 그야말로 뜨거운 모성애를 지닌 좋은 엄마가 되려다가 나쁜 엄마, 이상한 엄마로 변질되는 건 아닐까 하는 두려움이 일었다. 그리고 궁금해졌다. 대체 현대 사회에서 엄마란, 그리고 모성애란 어떤 모습으로 자리 잡고 있는 걸까?

다큐멘터리 〈사랑〉에서 다룬 '눈물겨운 엄마' 시리즈를 보면 모성애라는 것이 혹 우발적인 감정, 신파적인 휴머니즘일지라도 그것을 인정하고 싶어진다. 교도소에서 아이를 낳은 어린 엄마의 스토리는 특히 그랬다. 의지할 일가친척 하나 없는 고아인 채로 교도소에 들어와 홀로 아이를 낳은 스무 살 여자에게 주변 사람들은 모두 입양을 권유했다. 그러나 버림받는다는 것이 어떤 것인지 누구보다도 잘 아는 어린 엄마는 딸을 포기하지 않았다. 한 발 물러날 곳도 없는 벼랑 끝, 그곳에서 엄마의 손을 잡아준 때 묻지 않은 생명. 모녀는 가족이 되어 차가운 철창 안 지친 이들의 가슴속에 한 뼘 햇살 같은 존재로 성장했다.

故 최진실의 엄마 정옥순 씨를 다룬 '진실이 엄마' 편은 '엄마의

업보'라고 할 만큼 만감이 교차하는 다큐멘터리였다. 딸(최진실)과 아들(최진영)과 함께 세 식구의 둥지를 꾸리며 다정하고 억척스럽게 살아온 그녀는 생때같은 두 자식을 잃고 또다시 딸이 남긴 아들딸의 보호자가 되어 세 식구의 울타리로 남았다. 원점으로 돌아가 다시 시작할 수 있는 것도 모성이라는 질긴 생명력 덕분일까? 그 모성의 힘은 엄마로부터 온 것일까, 아이로부터 온 것일까? 어쩌면 모성애는 한쪽의 희생이 아닌 양쪽의 희망을 바탕으로 한 가족애의 출발이 아닐까?

다큐멘터리가 '좋은 엄마'의 원초적인 생명력을 준다면, 요즘 드라마는 '나쁜 엄마'의 파괴적 매력을 설파하고 있다. 상대적 약자였던 과거의 억척 엄마들과 달리 21세기형 억척 엄마들은 돈과 권력을 휘두르며 자식을 파국으로 몰아넣는다. 자신의 욕망을 위해 사사건건 자식을 방해하고(MBC 〈욕망의 불꽃〉), 자식을 꼭두각시처럼 조종한 끝에 결국 자살로 몰아넣으며(SBS 〈웃어요 엄마〉), 죽어가는 자식을 그대로 방치하는 엄마(MBC 〈로열패밀리〉)가 줄줄이 등장했다. 드라마 전문가들은 경쟁적이고 이기적인 시대상을 반영해 점점 더 독한 엄마들이 등장할 거라고 입을 모은다. 내 생각엔 드라마 속 독한 엄마들이 주요 시청자인 엄마들의 욕구 분출과 분노 표출을 돕는 것 같다. 다큐멘터리에 나오는 희생적인 엄마는 죄책감을 부추기지만 드라마 속의 불완전한 엄마들은 '나 정도는 괜찮다'는 안도감을 갖게 하니까.

사실 내가 들어본 가장 '이상한 엄마'는 영화감독 라스 폰 트리

에와 패션디자이너 칼 라거펠트의 엄마다. 칼 라거펠트의 어머니는 "네가 원하는 건 뭐든지 할 수 있다. 두 가지만 빼고. 성직자와 무용수는 되지 마라"고 충고했고, 낮잠을 잔 후 옷을 여러 번 갈아입으려 드는 아들에게 "그건 좋지만 모자는 쓰지 마라. 그러면 꼭 늙은 레즈비언처럼 보인단다"라고 조언했다. 칼 라거펠트가 디자이너가 된 건 직설적이고 유머러스한 어머니의 영향이 분명했다. 마찬가지로 라스 폰 트리에 어머니의 교육도 현실에 기반한 자유주의였다.

"부모님은 작은 나를 한 사람의 인간으로 보고 있었다. 그렇지만 냉정히 말하자면, 예컨대 '엄마, 나 오늘 밤 죽어야만 해?' 라고 물으면 '그럴지도 몰라' 하고 대답하는 식이다. 그것은 아이에게 있어 너무도 위험한 것이다. 만약 아이가 그런 식으로 묻는다면 나는 '그렇지 않단다. 잘 자거라' 라고 말할 것이다."

라스 폰 트리에의 어머니는 자식을 예술가로 키우고 싶어했고, 그는 어머니와 자식 사이에는 이상한 마법의 힘이 존재한다고 고백했다.

그 마법의 힘이란 뭘까? 그게 더욱 궁금해졌다. EBS 다큐프라임 〈마더쇼크〉는 이 시대의 엄마들에게 '이상한 마법' 대신 과학적 교본을 제시해주고 있었다. 1부 '모성의 대물림'에서는 모성애 결핍으로 고통스러워하는 엄마들이 나왔다. 아이를 외면하며 괴로워하는 엄마들이 의외로 많았다. 어릴 적 정서적 보살핌을 받지 못해 애착 형성이 안 된 경우가 대부분으로, 그녀들은 모성 회복 프로젝트를 통해 자기 안에 자리 잡은 상처받은 어린이를 치유해 나갔다.

　2부 '엄마 뇌 속에 아이가 있다'에서는 자식을 위해서라면 무엇이든 하게 하는 모성은 과연 어디서 오는 걸까 하는 질문을 던진다. 결론적으로 엄마는 본능적으로 아이를 자신과 동일시하고 있었다. 실제로 기능성 자기공명영상MRI을 통해 엄마의 뇌를 스캔하자, 엄마가 자녀를 판단할 때 자기판단 뇌의 영역인 내측 전전두엽이 활성화되었다. 문득 괴물 같은 모성을 그린 봉준호의 영화 〈마더〉의 대사가 생각났다. 김혜자는 원빈을 두고 "너는 나야!"라고 말한다. 아들 원빈과 자신을 동일시한 김혜자의 맹목적인 모성은 자식의 죄를 덮기 위해 살인까지 저지른다. 반면 이창동 감독의 영화 〈시〉는 그 반대편에서 '정치적으로 올바른' 모성을 보여준다. 윤정희가 목숨보다 더 소중한 손자가 저지른 과오 앞에서 괴로워하다가 마침내 경찰에 손자를 넘겨주는 것으로 〈시〉는 끝을 맺는다. 어쨌든 모성애 결핍만큼이나 모성애 과다가 문제인 것만은 분명하다.

　한편에서는 모성애가 본능이 아니라 만들어진 것이라는 주장도 나온다. 시몬 드 보부아르는 모성애는 여성을 노예로 만들기 위한 세련된 전략이라고 일축했고(나도 그 점에 있어서는 일면 동의한다. 모성애라는 신화에 기대어 얼마나 많은 아빠들이 육아 노동을 뻔뻔하게 거부하는가), 『만들어진 모성』의 저자 엘리자베트 바댕테르는 모성애라는 감정은 본질적으로 우발적일 수밖에 없다고 주장한다. 예컨대 17세기 파리에서는 아이를 낳자마자 멀리 있는 유모에게 보내버리는 게 관례였고, 유기된 아이들은 제대로 된 보살핌을 받지 못해 돌연사가 잦았다고 한다. 18세기 말까지만 해도 이렇게 만연했던 유아에 대한 무관심이 19세기에 들면서 중상주의 정책으로 노동력이 중요하게 되자, 국가는 모성애를 여성들에게 강요하기 시작했다는 것. 바댕테르는 루소가 『에밀』을 출간하면서부터 아이에게 사랑을 표시하지 않는 어머니를 환자로 만들고, 프로이트의 정신분석학적 담론들이 어머니를 가정의 핵심적인 인물로 만들었다고 주장한다.

나는 몇 년 전 두 편의 영화 〈디 아워스〉와 〈실비아 플라스〉를 보면서 충격을 받은 게 사실이다. 〈디 아워스〉에서 줄리안 무어는 아이와 생일 케이크를 만들다 돌연 짐을 싸서 호텔로 자살하러 떠나고(오! 그런데 그녀는 우아한 막장 영화 〈세비지 그레이스〉에서는 심지어 아들과 섹스까지 한다), 유능한 시인이었던 실비아 플라스는 아이들을 남겨놓고 가스 오븐에 머리를 박고 자살한다. 물론 페미니즘 과도기 시대를 살던 여성의 병적인 히스테리다. 어쨌든 그녀들의 자의식은 그녀들의 모성애보다 강했다. 싱글일 때는 그녀들을 이해했지만, 아이가 있는 지금은 이해하고 싶지 않다.

여러 가지 정황을 보건대, 모성애라는 것은 사람마다 시대마다 다르게 발현되며 누구나 상황에 따라 좋은 엄마, 나쁜 엄마, 이상한 엄마가 될 수 있다. 모성애는 분명 생물학적 본능이기도 하지만 아이를 키우면서 애착이 형성될 때 비로소 심리적으로 엄마로 성장한다. 그런데 될 수만 있다면 나는 좋은 엄마보다는 이상한 엄마로 성장하고 싶다는 생각이 든다. 지금은 고인이 된 화가 김점선은 아들 결혼식에 반바지를 입고 하객석에 가서 앉았다. 결혼식에 한복을 입고 가는 것은 도저히 못할 짓이니 고모와 고모부에게 한복 입고 부모 연기하라고 시킨 후 정작 자기는 날라리 같은 정체성을 고수했다. 신랑 쪽에서는 '엄마가 약간 돌았다'고 수군댔지만, 아들은 엄마의 퍼포먼스를 이해했다.

김점선은 '아이에게'라는 글을 쓴 적이 있다.

그의 장점을 그가 혹시 잊을까 봐 늘 깨우쳐주려고 노력했다. 비가 오나 눈이 오나 그를 항상 칭찬할 거리를 만들고 찾았다. 나는 아이를 낳고 나서는 이 세상에서 내가 낳은 아이를 제일 무서워하면서 살았다. 혹시 그에게 내가 나쁜 영향을 줄까 봐 평생을 긴장하며 살았다. 아들을 비웃거나 빈정거리는 말을 한 기억이 없다. 나의 아들은 기억 속의 나를 종종 추억하면서 웃기만 하면 된다.

나는 미국을 경악시킨 극성 엄마 '타이거 마더'가 될 필요도 없고, 공자의 지혜로 무장하지 않아도 된다. 그저 나 스스로 멋진 인생을 살아가며 한 생명을 있는 그대로 사랑하고 존중하면 되는 것이다.

These Days

4.

도시는
지금

가족의 두 얼굴 바라보기

어린이날과 어버이날이 낀 5월, 노처녀 선배는 불평했다.

"나는 오빠의 세 아이 장난감도 챙기고 새언니의 화장품도 챙기고 부모님의 해외여행도 챙겨왔어. 혼자 벌어 혼자 쓰니까 가족들의 식사비도 내가 대부분 냈고. 그런데 정작 중요한 날엔 아무도 나를 챙기지 않더라고. 다들 자기 가족 중심으로 움직여. 노처녀야말로 현대의 가족이기주의가 낳은 끔찍한 사생아 아니니?"

부모라고 불만이 없을까?

"자식들은 직장을 잃거나 돈이 떨어지거나 먹을 게 없을 때나 어버이날에만 집으로 전화하지. 사랑에 빠졌거나 돈이 넉넉하거나 배가 부를 때는 집 생각이라곤 꿈에도 하지 않으면서 말이야."

오래 떨어져 지낸 한 가족주의자 선배가 술자리에서 말했다.

"너와 나는 패밀리잖니."

"그게 뭔데?"

"평소에는 전화도 안 하고 세심하게 신경 쓰진 않지만, 무슨 일 생기면 열 일 제치고 달려와서 도와주는 사이."

왜 우리는 이렇게 가족에 집착할까? 왜 우리는 혼자 살지 못할까? 설사 가족들을 소홀히 대하고 무시하더라도 가족들이 언제까지나 변함없이 자기를 믿어주기 때문일까? 비록 거짓말을 하고 가족들 일에 무관심하고, 설령 빈털터리가 되더라도 가족한테는 용서받을 수 있기 때문일까? 무서운 독감에 떨고 있을 때 머리맡에서 밤을 지새우고 백방으로 손을 써보는 유일한 사람들이기 때문일까?

영화 〈우아한 세계〉는 기러기 아빠 송강호가 가족들의 '우아한' 캐나다 생활을 TV로 지켜보다가 눈물 젖은 라면 그릇을 집어던지는 장면으로 끝난다. 가족과 함께 잘 살아보려고 목숨 걸고 마련한 전원주택에서 생계형 조폭인 송강호는 이렇게 방백하고 있을지도 모르겠다.

"나는 날림 공사와 건설 사기를 쳐서라도 가족들이 살 집을 마련해야 했고, 직장의 보스에겐 무조건 복종해야 했으며, 한 집안의 유일한 수입원이라는 부담에서 벗어날 수가 없었다. 나는 필사적 가장이었다. 나는 딸아이를 위해 아이 선생님에게 룸살롱 티켓까지 선물했건만 딸아이는 내가 '칼에 찔려 죽었으면 좋겠다'고 일기에 썼다. 아, 그런데 왜 나는 지금도 그들을 위해 이토록 지지리 궁상을 떨고 있단 말인가?"

오늘도 산업화라는 제물한테 집과 식구들을 빼앗긴 '유랑 가족'들이 배회한다. 어디로 갈까, 우두망찰하는 사이 비행기는 날아가고 아내는 숨넘어가는 소리로 '돈'을 외친다. '아, 즐거운 나의 집'은 진정 환상 속의 블랙 코미디란 말인가. 동일한 유전자와 염색체를 가지고 있고 같은 성을 사용하고 있지만, 아침식사를 다정하게 같이 먹어본 적이 없고 똑같은 텔레비전 프로그램을 동시에 본 적도 없으며 같은 사람을 좋아한 적도 없는 사람들, 가족. 그런데 무엇이 그들을 서로 끊어지지 않게 이어주고 있는가?

영화 〈좋지 아니한가〉에서 막내딸도 심드렁하게 묻는다.

"왜 우리는 서로 사랑하지 않으면서 함께 밥을 먹고 잠을 잘까?"

일본의 유명 개그맨이자 영화감독인 기타노 다케시는 누가 안 보면 당장 내다버리고 싶은 짐이 바로 가족이라고 했다. 왜 부모는 자식을 양육해야 하고, 자식은 부모를 부양해야 할까? 왜 부모는 자식에게 자신의 가치관을 강요하고, 자식은 부모에게 죽을 때까지 반항할까? 왜 부부는 서로 몰래 바람을 피우고, 형제자매들은 서로 끝나지 않은 경쟁자로 콤플렉스에서 벗어나지 못할까? '삶을 다 바친 것 같은 행복의 순간들 때문에 가족은 헤어질 수 없다' 는 숙명의 뿌리에 따르는 걸까? 그토록 무거운 짐이면서도 유일하게 나를 존재하게 만드는 힘의 진원지이기도 한 가족.

가족 전문가인 필 맥그로 박사는 말한다.

"식구가 4명이라면 가족의 성격은 5가지다. 왜냐하면 집합으로서 가족도 하나의 성격을 갖기 때문이다. 나 자신을 이해하고 싶다면 가족을 하나의 시스템으로 생각하라."

가족 잔혹사의 근원도 따지고 보면 시스템의 뿌리에 있다. 전통적 가족은 군주제도를 본받아 정착했다. 군주제 아래에서 신하들에게 권리는 거의 없었고, 군주들은 자신들의 권위 밑에 그들을 두고 항거하지 못하도록 분노를 통제했다. 부모의 권위는 왕의 권위를 반영하는 것이었기 때문에 자식의 분노도 금지되었다. 부모는 무조건 존경을 받아야 했다. 부모가 자식을 사랑하고 보호하는 본능은 유지되었지만, 가족 안에서 힘의 위계는 이렇게 비민주적인 것으로 발전했다. 21세기에 이르러 가족은 민주화됐지만 가족 시스템 안에서 부모와 자식은 세상에서 가장 가까우면서도 가장 먼 사이가 되었다. 진정한 이해가 가장 절실하면서도 가장 깊이 오해하고 비껴가는 사이.

가족은 분명 역동적으로 변했고, 오늘날 부모와 자식 사이의 힘의 관계가 역전된 것도 사실이다. 요즘엔 ‘자녀’라는 폭군 앞에서 책임과 권위를 잃어버리고 굴복하는 나약한 부모에게 가족 전문가들은 ‘부부’라는 연합 전선을 구축한 다음 더욱더 당당하게 맞서 싸우라고 충고하기도 하니 말이다. 하지만 여전히 가족 시스템이 적자생존의 생태학으로 현재 나의 캐릭터를 결정한다는 데는 의심의 여지가 없다.

따져보면 우리 모두 가족이라는 시스템의 수혜자이자 동시에 희생자다. 예를 들어 엄마가 오랫동안 병중에 있다면 가족 시스템은 반드시 누군가를 아버지의 파트너로 만들어낸다. 맏딸이 그 역할을 할 경우 맏딸은 대리 배우자로 동생들을 보호하는 작은 엄마 역할을 한다. 가족 시스템 속에서 모든 아이는 자신의 역할을 해낸다. 어떤 아이는 애교로 긴장을 완화시키기도 하고, 어떤 아이는 공부를 잘해서 명예를 살리기도 하며, 어떤 아이는 심각한 사고를 쳐서 부모가 힘을 합하게 만들기도 한다. 아이들은 가족 시스템 속에서 자신의 은밀한 욕구를 채우기 위해 본능적으로 한 가지 캐릭터를 선택해서 성장하는 것이다.

나는 2004년 칸 영화제에서 〈올드보이〉의 최민식을 제치고 남우주연상을 수상했던 일본 영화 〈아무도 모른다〉의 어린 소년 야기라 유야를 기억한다. 야기라 유야의 역할은 아홉 살 소년 가장이다. '공주병' 엄마가 애인을 따라 가출하자 출생 신고도 되어 있지 않은 다섯 동생들의 '엄마'가 되어 조용히 삶을 감내했던 소년. 많은 영화감독이 '가족 잔혹사'나 반대로 '가족 신파성'을 극단적으로 묘사하는 것으로 끝나는 데 비해, 이 영화는 부모가 사라진 후 아이들이 생존해가는 모습을 맑고 고요하게 그려내 감동을 주었다.

사실 셰익스피어의 『리어왕』에서부터 프란츠 카프카의 『변신』, 헤르만 헤세의 『데미안』에 이르기까지 가족에 대한 분노와 가족의 섬뜩한 법칙에 대한 두려움을 담은 이야기들이 끊이지 않고 이어져 왔다. 가족 잔혹사는 주로 가족 안의 3가지 키워드인 섹스, 부양, 그리고 이탈의 어두운 이면에 포커스를 맞추고 있다. 엘렉트라 콤플렉스, 오이디푸스 콤플렉스로 명명되는 프로이트의 불후의 심리학에 기저를 둔 근친상간, 벗어날 수 없는 부양의 외롭고 참혹한 의무, 홀로 서기 위한 가출과 탕자의 귀향……. 그렇게 이탈리아 마피아 가족의 비정한 대서사시 〈대부〉, 아들을 나치의 폭력에서 보호하기 위해 웃으며 죽어가는 〈인생은 아름다워〉의 부성애 사이로 아들의 여자와 사랑하고 섹스를 하는 〈데미지〉의 상처도 끼어들면서.

대표적으로 영화감독 박찬욱은 부성애가 각별한 가족주의자임에도 불구하고, 가족의 안락과 신화를 파괴하는 두 편의 영화 〈복수는 나의 것〉과 〈올드보이〉로 작가의 타이틀을 다졌다. 유괴당해 죽은 딸의 복수를 위해 사적인 처형을 감행하는 아버지(송강호)나, 딸과의 근친상간에 비통해하며 스스로 혀를 자르고 개처럼 짖고 기억을 지워버린 아버지(최민식)는 모두 가족 잔혹사의 희생양이다(이 건조한 부성애 신화의 가족 복수극을 마무리한 것이 〈친절한 금자씨〉의 모성애라는 건 어쩌면 필연적이다).

벌써 오래전이긴 하지만 9시 뉴스에서 또 한 편의 가족 잔혹사를 한국판 〈대부〉처럼 목이 터져라 방송했었는데, 바로 어느 재벌 부자의 복수활극이다. 아들이 아버지 대신 어머니에게 일렀더라면(!) 그런 마초적 비극이 일어났을까? 대부분의 아버지는 자식이 받은 공격을 자신에게 가하는 공격으로 착각하는 경향이 있다. 하물며 군주제와 가족주의가 상승 작용을 일으킨 재벌 일가의 시스템 에러가 오죽했을까. 튼튼한 가족은 부모의 성숙도가 높다. 그런 가족은 위기에 대처하는 기술이 유연하고 잘 발달되어 있다. 좋은 대처 전략을 가지고 있는 부모는 고통스러운 시간을 단축하고 가족의 역기능을 최소화할 수 있다.

『가족, 부활이냐 몰락이냐』를 쓴 프랑크 쉬르마허는 위기에 처했을 때 가족의 역할에 대한 흥미로운 연구 결과를 발표했다. 1846년 눈보라 속에서 유럽의 빙하 지형인 시에라네바다 산맥에 6개월간

간혔던 80여 명 중 남성의 3분의 2는 사망한 반면, 여성의 3분의 2는 생존했던 것이다. 더 놀라운 건 생존한 남성들 가운데 홀로 피난길에 오른 남성들은 모두 사망했고, 가족과 함께했던 사람만이 살아남았다.

『가족에 미쳐라』의 저자 에마 봄베크는 "가족은 로프로 몸을 서로 이어 매고 있는 등산가들과 같다"고 말한다. 등산 도중 누군가 발이 미끄러지거나 위험에 처했을 때 다른 구성원이 그를 잡아주어 다시 안전한 곳에 발을 디디게 해주듯, 가족 구성원 모두는 그렇게 밀접한 연결고리로 이어져 있다는 것이다. 이 고리를 단단히 지탱해주는 접착제는 '우리 모두가 함께 걷고 있다'는 느낌이다.

도대체 상대가 나를 버리지 않을 것이라는 그 강한 믿음은 과연 어디에서 기원한 것일까? 우리는 살면서 이런 믿음을 대체할 그룹으로 가족 대신 친구나 식구를 선택하기도 한다. 영화 〈비열한 거리〉에서 조인성은 함께 숙식하는 조폭 패밀리에게 '식구'라는 말을 가르친다.

"식구가 뭔지 아냐? 입 구口에 먹을 식食, 함께 밥 먹는 게 식구다. 가족보다 더 가까운 게 식구다."

그러나 그 '식구들'은 과연 위기 상황에서 서로를 지켰을까? 한때 유오성과 장동건이 주인공을 맡은 〈친구〉라는 영화 때문에 장안에 친구 찾기 열풍이 불기도 했다. 오래 두고 가깝게 사귄 벗, '친구'는 사람들에게 우정에 대한 낭만적 향수를 불러일으켰다. 그러나 "우리 친구 아이가"로 시작해서 "고마해라, 많이 묵었다 아이가"

로 끝나는 이 잔인한 해프닝 영화에 기실 '우정'이라는 앙꼬가 없듯이, 이 영화가 야기한 이벤트성 '동창회' 또한 몇 번의 왁자한 시간 여행이 끝나고 '추억'이라는 마취가 풀리자 슬그머니 자취를 감췄다. 친구란 제때 물을 주고 양분을 주지 않으면 꽃을 피우지 못하는 '일년생식물'이다. 그러나 가족은 오랜 부재와 무관심이라는 가뭄을 견뎌내면서 해마다 어김없이 싹을 틔우는 '다년생식물'이다.

나는 과거에 '대한민국에서 아이를 낳지 않고 산다는 것'이라는 글을 썼다. 육아에 개인 생활과 경제적 풍요를 희생당한 여성들의 강퍅하고 질투 어린 시선과 대조적으로, '차일드 프리 존'의 수혜자로서의 세련된 불안을 나는 심지어 "아이가 없는 삶은 내 삶의 지표가 아니라 단지 현재를 살아가는 방식일 뿐이니 어설픈 공리주의로 나를 비난하지 말 것이며, 삶의 대차대조표에서 아이를 낳지 않고 살아가는 '실험적 1세대'가 등장했다는 것만으로 의미 있는 일이 아닌가"라는 엄청난 잘난 척으로 글을 끝맺었다. 자, 그렇다면 지금의 나는 어떤가. 실험적 1세대로서 성공했는가? 이후 몇 년간 나는 개인적으로 '가족'이라는 형식의 공황에 봉착했다. 아이가 없는 부부는 '가족 대기자'인 싱글도 아니지만, 그렇다고 '부모와 아이'라는 구성원으로 견고하게 편성된 '현대 가족 사회'의 일원도 아니다. 사회적으로 엄연한 '가족 단위'이면서도 정상적 '가족 모델'은 아닌 애매한 범주라고나 할까.

남편은 일요일 아침이면 함께 밥을 먹는 '식구'이자 일상적 대화와 여행을 나누는 '친구'이고, 내가 교통사고를 당하면 가장 먼저

달려와주는 이상적 '보호자'지만 우리에겐 뭔가 부족했다. 그것은
내가 가장 버겁게 생각했던 '양육과 부양'의 부재였다. 그리하여
2011년 나는 양육과 부양의 거대한 의무 속으로 자발적으로 힘차게
걸어 들어갔다.

일한다, 고로 존재한다

때는 1997년 여름, 내가 직장을 그만두고 맞이한 첫 월요일 아침. 7시에 맞춰진 자명종이 울렸을 때 나는 일자리를 잃을 상황에 정신적으로 대비해왔음에도 불구하고 당황해서 어쩔 줄 몰라 했다. '출근을 알려야 한다'는 막중한 사명을 빼앗긴 자명종도 나처럼 방향을 잃고 우왕좌왕했다. '삶의 해답을 주는 여성지'로 시작한 「글래머」는 독자들의 점층적 반향에도 불구하고 IMF 시절 경영 압박으로 문을 닫았다. 그리고 썩 괜찮은 연봉에 유명 인사들과 만나 지적 대화를 나누고 카펫이 깔린 근사한 빌딩에서 기사를 쓰던 나의 삶은 순식간에 공중분해되었다. 물론 나는 회사에서 몇 개월의 월급을 대체하는 두둑한 위로금과 퇴직금을 받았고 실업 수당도 짭짤했다. 하지만 일은 돈을 버는 수단 이상의 중요한 의미를 지닌다. 나는 깨어 있는 시간의 3분의 2 정도를 일에 쏟아 부었기 때문에 일을 통해 세상을 알고 일을 통해 내 존재를 세상에 알렸다. 그것은 세상 사람들에게, 그리고 나 자신에게 내가 누구인지를 정의해주는 역할을 했다.

그 첫 월요일에 나는 불안하고 무기력한 기분에 시달렸다. 요리 강좌, 헬스클럽, 쇼핑, 마사지, 운전 교습, 책 읽기, 습작 등 무엇이든 할 수 있게 되자 오히려 무력감이 느껴졌던 것이다. 일은 하루, 일주일, 월, 연을 기준으로 내 삶을 규칙적으로 배열했다. 그러나 일이 없어지자 하루하루의 시간이 뒤죽박죽으로 흘러갔다. 가장 먼저 한 일은 새로운 명함을 새긴 것이었다. 직장은 사라졌지만 나는 어떻게든 나를 다시 일의 세계로 진입시키려고 애썼다. '프리랜서 김지수'라고 새겨진 명함을 받아들자, 안도감과 동시에 세상이 갑자기 너무 크고 강퍅하고 불확실해 보이기 시작했다.

나는 이런 식의 대기자 상태를 즐겨보기로 결심했다. 앨범을 추적해서 고교 시절 친구들을 만나고, 하루에 두 번 애완견을 산책시키고, 운전면허를 따고, 한창 붐을 이루던 소호족small office home office에 관한 청탁 원고를 쓰고, 대학 도서관에서 고전 소설을 열람하고, 시네마테크에서 예술 영화를 봤다. 나는 나를 낙오자로 느끼지 않으려고 노력했다. 혼자 있을 때는 즐거웠지만(누구나 꿈꾸는 자유가 아니던가), 나를 소개하고 대화를 나눠야 하는 사교 모임에서는 난처했다. 사람들은 나를 전「글래머」기자라고 소개하거나 곧 다시 잡지에 복귀할 아무개라고 소개했다. 현재의 나는 없었다.

사람들에게 일하는 이유를 물으면 대답은 2가지다. 첫째, 먹고 살기 위해서. 둘째, 자아실현. 그러나 그후로 나는 이렇게 말했다.

"나는 일로 존재하기 때문에 일을 하지 않으면 존재하지 않는 것과 같다. 그게 내가 필사적으로 다시 일을 하게 된 이유다."

일이란 도대체 인간에게 무엇일까? 누구나 사람들이 모인 자리에서 자기를 설명할 때 명함을 교환하고 직업을 들먹거린다.

"안녕하세요. 제 이름은 아무개인데요, 전 크리스찬입니다."

"전 강남의 32평 아파트에 살고 차는 뉴비틀을 탑니다."

"전 홍대 클럽에 자주 가고 퀸의 노래를 즐겨 듣죠."

이런 소개 방식은 소설 또는 드라마에서나 가능하다. 아파트 부녀회나 학부형 모임이 아닌 다음에야 직업과 직함이 없으면 우린 서로를 인식하고 대화하는 것 자체를 불편해한다. '나는 생각한다, 고로 존재한다'가 아니라 '나는 일한다, 고로 존재한다'가 되는 것이다.

요즘 까칠한 신세대들이 조직을 비웃으며 자신을 스타일이 전혀 다른 인격체로 어필해도 그들은 근본적으로 상사와 조직으로부터 가치 있는 인간으로 평가받고 존중받고 싶어하며 회사의 중요한 부분으로 인식되기를 원한다. 그것이 바로 공증된 구체적 '자아'이기 때문이다. 때로는 이 심리적 시스템이 불균형한 일 중독자를 생산하기도 한다. '스톡홀름 증후군'이라는 심리학 용어처럼 우리는 처음에는 일을 거부하고 반항하다가 자신을 포로로 잡고 있는 일을 사랑하고 원하게 된다. 일이 궁극적 삶의 지혜를 깨닫게 해주지는 않지만 적어도 삶의 신비와 모순을 다루고 받아들일 수 있게 해주었기 때문이다. 게다가 사회는 일중독을 높이 평가하면서 적어도 감내할 가치가 있는 악덕으로 여기고 있지 않았던가. 하지만 지금 나는 더 오래 즐겁게 일하기 위해, 현재 하는 일에 대한 탐닉을 조절하기 위해 노력하고 있다. '좀 더 밤새워 일했더라면!'이라는 말을 남기며 쓰러지고 싶은 생각은 없기 때문이다.

한때 공무원 사회에 불었던 해고와 감원 바람을 보면서 사람들은 '철밥그릇의 복지부동'으로 태만하던 그들을 고소해했지만, 한편으론 우리가 IMF 시절에 들었던 그 황당한 선포가 공무원 사회에도 예외 없이 내려진 것 같아 섬뜩하기도 하다.

"자네는 인생에서 제일 좋은 시절을 우리한테 바쳤고, 우린 자네가 칸막이로 둘러싸인 상자 속에 들어앉아 일할 수 있도록 해주었지. 우린 자네를 미치게 만들었어. 자, 그러니 이제 나가주게!"

그럴 때 나는 평생 시인을 꿈꾸면서 건설 회사의 총무부장으로 일했던 나의 삼촌을 떠올리곤 한다. 삼촌은 자신의 일을 지루하고 억압적이며 치사하고 무기력할 뿐 아니라 인간을 소외시킨다고 불평했다.

"직장에 있는 시간은 우울하고 죽은 시간일 뿐이야."

랭보와 아폴리네르를 옆에 끼고 근육질의 건설 노동자와 언성을 높이며 숫자 놀이를 해야 했던 삼촌의 우상은 카프카였다. 카프카는 14년간 노동자재해보험국에 근무하면서 퇴근 후 소설을 썼기 때문이다.

"나도 언젠가 가족을 부양해야 하는 일을 끝내면 진정한 일을 할 수 있을 거야."

삼촌은 이렇게 말하곤 했다. 문제는 '지긋지긋하고 멍청하며 단조로운 일을 하고 있기 때문에 삼촌 자신이 단조로운 인간이 되어

간다'는 점이었다. 짓궂게도 그의 말을 들을 때마다 나는 카프카의 『변신』이 떠올랐다. 아버지를 비롯한 가족 모두의 생계를 유지하기 위해 뼈 빠지게 일했지만, 어느 날 아침 깨어보니 자신의 몸이 괴상한 벌레로 변신해 있었던 주인공 그레고르 말이다.

1980년대에 내가 자란 울산은 자동차와 건설, 선박 등 대기업의 거대한 공업단지가 일과 가정을 획일적으로 지배하고 있었다. '밥벌이의 지겨움'이 아니라 '밥벌이의 엄숙함'이 도시 전체를 억눌렀다. 일에 대한 다른 문화를 접한 건 결혼 후였다. 건축업과 자영업을 토대로 성장한 시댁 어른들은 일을 소중하고도 명예로운 것으로 여겼다. 일이야말로 사회적 신분과 성공을 가늠하는 척도였다.

나는 내가 직업적으로 굉장히 운이 좋음을 알고 있다. 영화 〈악마는 프라다를 입는다〉에 나오는 대사처럼 내가 하는 일이 "백만 명도 넘는 여성들이 하고 싶어 줄을 서는 일"까지야 아니겠지만, 「보그」 게시판엔 어시스턴트 일자리를 묻는 질문 리스트가 끊이지 않고 개인 이메일엔 내 직업에 대한 경의를 담은 편지와 이력서가 하루가 멀다 하고 배달된다. 내 직업도 문제가 한두 가지가 아니지만 그래도 나는 내 일을 사랑한다. 가끔은 일 때문에 지치고 숨이 막히기도 했지만 일이 원망스럽지는 않았다.

그리고 일이 자아실현보다는 성격과 이미지 형성에 더 강하게 이바지한다는 것도 안다. "무슨 일을 하느냐에 따라 당신이라는 사람이 규정된다"는 말은 〈악마는 프라다를 입는다〉의 가장 확실한 주제의식일 것이다. 미국 「보그」 편집장 안나 윈투어는 파티에 20

분 이상 머물지 않고, 회의를 10분 이상 하지 않으며, 수많은 결정을 1분 안에 해치우고, 집으로 돌아가 아이들과 많은 시간을 보낸다. 그녀는 패션계에서 '존경받는 악마'로 불린다.

예술가를 비롯해 연예계에 종사하면서 부와 명성을 누리는 유명 인사들은 좋아하는 일을 하면서 돈을 받는 사람들이다. 예술가들은 '일을 한다'고 말하지 않는다. 그들은 '작업을 한다', 혹은 '글을 쓴다', '퍼포먼스를 한다', '작곡을 한다'고 고상하게 말한다. 많은 사람이 하루 일과를 마치고 '일터에서 상처 입은 부상병' 같은 기분으로 집에 돌아오는 반면, 그들은 그 상처 입은 부상병을 위무하기 위해 '자발적으로' 작업실로 들어간다. 하지만 베토벤 같은 위대한 음악가들도 작곡료를 받기 위해 끝없이 클라이언트들에게 고충을 토로하는 독촉 편지를 보냈으며, 내가 아는 한 화가는 그림 값을 매달 월부로 받기도 한다.

배우들은 '직업'이라는 용어를 몇 가지 관점에서 사용한다. 자존심 강하고 엄격한 예술가형 배우들은 방송국으로 출근하며 비슷비슷한 역할을 반복적으로 소화하는 직업 연기자들을 '회사원'이라고 비하한다. 직업의 예술적 신성함을 '일수 찍는 일'처럼 격하시킨다는 것이다. 반면 어떤 배우들은 '연기는 직업일 뿐'이라고 규정짓는데, 그건 일보다 개인에 대한 과장된 신비화나 스타화에 대한 거부를 뜻한다. 요즘에 만나본 현명한 절충주의자들은 황홀한 표정으로 말한다.

"하고 싶은 일 하면서 돈도 버니, 이렇게 좋은 직업이 어디 있겠어요. 눈을 뜰 때마다 하나님께 감사하다고 기도를 드린답니다.”

포토그래퍼에서 디자이너, 배우가 된 지진희는 그런 면에서 가장 유연한 연기자 중 한 명이다.

“저는 배우가 이 세상 최고의 직업이라고 생각하지만 계속할지는 모르겠어요. 전 직업을 바꾸는 게 재미있어요. 사람들한테도 직업을 바꿔보라고 권하는 걸요.”

실제로 평균 수명이 연장되는 미래에 인간은 평생 3~5가지 경력과 7~15가지 직업을 전전할 것이라고 한다.

직업에 대해 생각할 때마다 나는 중학교 때 교과서에 실렸던 수필『방망이 깎던 노인』이 떠오르곤 한다. 값도 비싸고 불친절할뿐더러 “제대로 만들지 못할 바엔 안 팔겠다”며 기차 시간까지 놓치게 만든 방망이 깎던 노인. 나중에 그 방망이를 최고의 명품으로 치하하는 아내의 설명을 듣고 노인의 고집스러운 장인 정신을 회고하던 수필은 ‘일이란 무엇인가’에 대한 최초의 교본이 아니었나 싶다. 영국의 역사가 토머스 칼라일의 말처럼 “마땅히 해야 하는 일은 모두 존귀한 것이며 일을 하는 동안 노동자는 고상해진다.” 정년 퇴임을 며칠 앞둔 소방관이 불길을 헤집고 들어가 사람을 구하다 순직했을 때, 우리는 그 희생정신에 앞서 순도 높은 직업 정신을 이야기해야 한다. 어쩌면 그는 아무렇지도 않게 말할지도 모른다.

“그건 그냥 제 일인 걸요.”

『일이란 무엇인가』라는 책에는 ‘좋은 업무’에 대한 나름의 정의가 나와 있다.

재미있고 내 나름의 능력을 개발할 수 있게 해주며 수행한 업무 성과를 내가 직접 볼 수 있게 해주는 일, 주변에서 제대로 도움을 얻고 장비를 받아 쓸 수 있으며 업무를 완료할 수 있는 자유 재량권을 누릴 수 있는 일, 유능한 관리자와 서로 도움을 주는 동료들이 있고 급료도 괜찮은 수준이며 고용 안정성도 보장되어 있는 일이다.

아! 이렇게 훌륭한 일이 과연 지상에 있단 말인가. 어쩌면 이 정의는 책상 서랍에 사표를 넣고 다니는 사람들이 최후 변론을 위해 만들어낸 역설일지도 모르겠다.

이제는 이상적 직장 또한 잃을 것과 얻을 것 사이의 교묘한 완충지대에 존재하는 허상임을 안다. 기독교라는 종교를 가지게 되면서 나는 씩씩하고도 지혜로운 선교사 한 분을 인생의 멘토로 모시게 되었다. 그분은 내게 새로운 직업윤리를 불어넣어주었다. 열심히 일하되 그 일을 억지로 사랑할 필요는 없다고. 만약 그 일이 내 영혼을 피폐하게 만들거나 깊은 한숨으로 가슴뼈를 내려앉게 만든다면 내 마음을 자부심과 희망으로 채울 수 있는 더 좋은 일을 찾으라고 말이다.

버려진 천사들의 합창

나는 지금까지 여러 가지 체험기를 써보았다. 타투 체험기나 유방암과 자궁암 진단 체험기 등등. 그 경험은 물론 백만 원짜리 럭셔리 스파나 최고급 리조트를 체험한 것처럼 내 몸에 향기로운 오일과 부드러운 지압, 장미꽃잎 목욕 서비스를 선사하는 그런 종류의 것은 아니었다. 일종의 신체적 고통을 수반한 마루타 체험이었다고나 할까. 약간의 희생정신을 포함한 직업적 열정에서 시작한 일이긴 하나, 어쨌든 그 체험들은 물리적으로 내 몸을 위한 아주 개인적인 체험이었다.

성가정 입양원에서 아기들을 돌보는 체험은 훨씬 더 정신적이며 공적인 체험이라고 할 수 있었다. 나는 예전부터 과장되게 시니컬하고 우아한 위선으로 가득 찬 패션계의 나르시시즘 바이러스가 내 몸과 마음을 점령하고 있다고 느꼈다. 아기들이 부디 그 나르시시즘 바이러스를 몰아내고 내게 여성의 자아와 공동체의 기쁨을 되찾아주기를! 세상에, 대체 내가 무슨 생각을 하고 있는 건가? 태어난 지 일주일도 안 돼서 '버려진' 아기들에게 무언가를 달라고 요구하다니!

사실 나는 예전부터 성가정 입양원에서 봉사 활동을 해야겠다고 생각해왔다. 동기는 영화배우 김진아 때문이다. 인간이라는 동물은 절대로 변할 수가 없다고 한다. 변할 수 있다고 착각하거나 욕망하고 사는 것일 뿐. 그런 인간이 유일하게 자기를 변화시킬 수 있는 방법이 바로 봉사다. 누군가에게 봉사를 해본 사람의 삶은 혁명적으로 달라진다는 것을 나는 그녀를 통해 알았다. 아버지(영화배우 김진규)가 돌아가신 후 실의에 빠져 인생을 포기했을 때, 그녀는 호스피스 병원에서 1년간 자원봉사를 하며 힘을 얻었다. 결혼 후 반복되는 유산으로 좌절했을 때, 성가정 입양원에서 입양을 기다리고 있는 신생아들을 먹이고 씻기는 활동을 시작했고, 그후 남자아이 마테오를 입양해서 키우고 있다(남편이 외국인인 관계로 국내 입양만 허용되는 성가정 입양원이 아닌 홀트재단을 통해 입양했다). 나는 그녀의 성북동 집을 방문해 마테오를 안고 후천적 모성애로 빛나는 그녀의 흑백 세미 누드를 촬영했었다. 그녀는 입양을 한 후에도 봉사 활동을 계속했다. 그녀에 비하면 이제까지 내가 한 봉사 활동이라고는 몇 년 전 아름다운 재단의 1퍼센트 기부자들을 취재해서 책으로 낸 일뿐이다. 나는 망설이다 김진아에게 전화했다.

"제가 아기를 돌볼 수 있을까요?"

"그럼요. 누구나 할 수 있을뿐더러 누구든 한 사람의 일손이라도 더 필요한 상황이에요."

그녀는 내게 자신감을 주었고 우리는 월요일에 함께 아기들을 만나러 가기로 했다.

　성북동 성가정 입양원으로 가는 길은 마음을 정화시키기에 충분할 만큼 아름다웠다. 북악스카이웨이에서 팔각정으로 올라가는 숲길은 늦가을의 정취로 따뜻한 자연의 빛을 발했고, 막다른 어귀에서 길을 잃을 만하면 곳곳에 '성가정 입양원'이라는 작은 팻말이 다정한 옹알이로 리드했다. 입양원 입구의 마당 건조대에는 아기들의 빨래가 햇빛 속에 하얗게 말라가고 있었다. 배내옷과 기저귀와 우주복이 하늘거리는 그 단순한 광경은 내 마음에 작은 파문을 일으켰다. 어머니의 아늑한 자궁 속에서 탯줄이라는 끈을 붙잡고 세상에 낙하한 아기들, 절벽처럼 가파른 세상에서 탯줄이라는 로프가 끊어진 아기들은 어떤 보호 장비에 의지해 생존하고 있을까?

　"어른들은 자기 식대로 인생을 살죠. 아기들은 보고 듣고 온몸으로 느끼지만 우는 것 말고는 아무런 표현도 할 수 없어요. 그런 점에서 모든 어른은 태어난 아기들에게 빚이 있습니다. 자, 일단 가볼까요?"

　입양원 원장인 윤영수 수녀가 얼굴 가득 미소를 지으며 나를 맞아주었다. 머리에 쓴 수녀 베일 아래로 드문드문 드러난 은발, 반달형 눈썹, 반짝이는 검은 눈동자, 온화한 광대뼈를 가진 윤영수 수녀는 입양원을 이끄는 아름다운 천사다. 막 도착한 김진아가 내게 몇 가지 절차를 알려주었다. 마음에 안정을 주는 따뜻한 핑크색 앞치마로 갈아입은 후 소박한 기도실로 올라가 태어난 생명을 위해, 그리고 나 자신을 위해 조용히 기도하는 시간을 가졌다. 손을 씻은 후

신생아실로 올라가니 갑자기 내가 전쟁터에 내동댕이쳐진 소년병 같았다. 나는 아무것도 훈련되지 않았고 극도의 공포와 연민에 가득 차서 어찌할 바를 몰랐다. 태어난 지 만 하루가 되어 탯줄도 채 떨어지지 않은 아기, 팔다리에 푸른 혈관이 도드라진 미숙아, 윗입술과 코가 분리되지 않은 아기, 겨자 색 똥을 쏟아내는 아기, 악을 쓰면서 울어대는 아기, 평화롭게 코를 고는 아기……. 40명이 넘는 아기들이 그곳에 있었다. 옆방엔 두 살이 될 때까지 입양되지 않은 유아들이 보육사들과 종이접기 놀이를 하고 있었다.

"일반 가정에서는 한 아기를 위해 부모, 조부모, 외조부모 등 네 댓 명의 돌보미가 집중적으로 쏟아집니다. 하지만 이곳에서는 자원봉사자 한 명이 7~8명의 신생아를 돌봐야 하죠."

윤영수 수녀가 말했다. 한쪽에서는 보행기를 탄 7개월 된 아기가 4개월 된 아기의 흔들침대를 밀어주고 있었다. 아기들은 기분이 좋아 콧노래를 불렀다.

그 당시 나는 어머니가 된다는 것에 대한 희미한 두려움과 싸우고 있었다. 심지어 아기에 대한 두려움을 몇 가지 논리로 합리화하기 시작했다.

논리 1. 만약 아이를 낳아 키워야 한다는 미래적 강박증이 없다면 삶의 지평이 얼마나 넓어질지 생각해보자. 경제 활동은 집약적이고, 요트를 타고 지중해를 항해하거나 자전거를 타고 세계여행을 떠날 수도 있다.

논리 2. 세상에 '부모자격증'이라는 것이 있다면 그것을 받을 수 있는 사람이 과연 얼마나 될까? 자격증 없는 무면허 육아로 얼마나 많은 아이가 성인이 되도록 절름발이 인생을 살아가고 있나?

내가 이런 식의 이상주의적 고민으로 쓸모없이 시간을 보내고 있는 동안에도 네 명의 자원봉사자들은 한 번에 몇 가지 일을 동시에 해내고 있었다. 포대기로 아기를 업은 채 또 다른 두 명의 아기를 무릎에 앉히고 젖병을 물리고 있거나, 신생아 침대에 누운 두 명의 아기의 기저귀를 동시에 갈거나, '곰 세 마리' 동요를 불러주며 아기들의 굳은 코를 빼주고 발진이 난 엉덩이에 약을 발라주거나…… 오줌 싼 기저귀는 빨래 통에, 똥 싼 기저귀는 침대 밑 서랍에 넣을 것, 똥은 반드시 선생님께 보여줄 것, 자주 손을 씻을 것 등 최소한의 룰 속에서 서로를 존중하고 신뢰하는 따뜻한 유대감이 방 안에 가득했다. 그들의 유일한 불만은 김진아의 말대로 "너무 바빠 아기들을 한 명 한 명 제대로 안아줄 수 없어 속상하다"는 것이다. 한 자원봉사자가 어정쩡하게 서 있는 내게 생후 일주일 된 아기를 넘겨주었다.

"안고 보리차를 먹여주세요."

아기의 이름은 혜란이었다. 혜란이는 아침에 열리는 제비꽃처럼 보라색 입술을 벌려 방긋방긋 웃었다.

"얘가 웃어요!"

나는 소리쳤다. 나는 이 아기들이 '버려졌다'는 사실에 자기연민에 차 있을 거라고 상상했던가?

"모든 아기가 웃어요! 사랑받고 싶어서요."

그때부터 나는 연민이라는 사치스러운 감상에서 빠져나와 전투적으로 아기들을 돌보기 시작했다. 육아지에서 2년간 근무할 때 나는 초보 엄마들을 위해서 '똥으로 아기 건강 구분하는 법', '울음으로 욕구를 알아차리는 법' 등의 기사를 쓴 적이 있다. 그러나 그건 전문가의 소견으로 만들어진 기사였다. 사진을 촬영할 때는 커피와 밀가루 반죽으로 여러 가지 형태의 똥을 만들었고, 아기들은 엄마들이 돌보도록 지시했다. 결론적으로 나는 베이비시터로서 무능했다. 그러나 입양원에서 아기들을 돌보면서 나는 그것이 무능이 아니라 무관심이었음을 깨달았다.

아기들은 내 팔을 편안해했고 내 노랫소리에 천사처럼 웃었다. 기저귀를 가는 것은 생각보다 쉬워서 30분이 지나자 한 손으로 아기를 안고 기저귀를 갈 수도 있게 됐다. 능숙한 자원봉사자를 도와 물똥을 싼 아기의 엉덩이를 물수건으로 닦아주고 코가 굳어 쌕쌕거리는 아기의 코를 빼주었다. 내 가슴팍에 안겨 힘차게 젖병을 빠는 아기를 바라보고 있자니 심장에 전율이 차올랐다. 마치 내 가슴에서 생명의 수액이 뿜어져 나오는 것 같은 착각에 빠졌다. 이것이 만약 노동이라면 너무도 찬란한 노동이라는 생각이 들었다.

저녁 무렵이 가까워오자 많은 아기가 한꺼번에 울음을 터뜨리기 시작했다. 기저귀 베개를 하고 착하게 젖병을 빨던 아기들이 서로 안아달라고 아우성이었다. 일손이 부족해 옆으로 누워 스스로 수유를 한 아기들은 대부분 머리가 한쪽으로 눌려 있기도 하다. 황혼 무렵은 개가 늑대가 되는 시간이다. 어떤 아기들은 더 심하게 떼를 썼다. 한참을 토닥토닥 등을 두드려주다 다른 아기들을 안아주려고 침대에 내려놓으면 사력을 다해 울어댔다. 아기들은 작은 손으로 내 옷소매나 셔츠의 앞자락을 꼭 쥐고 놓으려 하지 않았다. 그 힘은 상상할 수 없을 정도로 강력했다.

생각해보면 내 안에 자리 잡은 것은 '불행한 아기'에 대한 두려움이었다. 내 생모는 내가 태어난 이듬해 돌아가셨다. 나는 시골 친척집에 보내졌고 큰댁의 바쁜 농사일 때문에 방치되듯 키워졌다. 다시 집으로 돌아왔을 때 내 온몸은 부스럼덩어리였다고 했다. 그 뒤로 성인이 될 때까지 정상적인 돌봄을 받지 못했다. 지금의 새어머니가 계시기 전까지 양육자는 자주 바뀌었고, 나는 버려진다는 것에 대한 공포와 두려움을 이기기 위해 자기초월적 인간으로 단련되었다. 나는 '나'라는 퍼즐에서 아주 커다란 조각을 잃어버렸기 때문에 언제나 남아 있는 조각들을 다시 맞출 수 있는 방법을 찾아내려고 했다. 나는 마음껏 즐기면서 아무것도 하지 않고 어떤 사회적 의무도 없었던 어린 시절을 상상해보려고 애썼다. 버려진다는 것은 내 선택이 아니었지만 그걸 어떻게 견디며 살지는 내가 선택할 수 있음을 성인이 된 지금은 알고 있다.

이상하게도 이곳의 아기들이 내 안의 '불행한 아기'를 보듬고 끌어안고 있다는 느낌이 들었다. 버려진 아기 천사들이 조금씩 조금씩 내 안의 '불행한 아기'를 치유하고 있다고나 할까.

"어떤 방법으로든 아기들은 이 세상에 옵니다. 정부에서는 아무리 출산율 저하 운운해도 우리 집은 매일 30~40명 정도의 아기로 채워집니다. 그게 놀라운 거죠. 아기들은 우리에게 사랑을 가르쳐 주기 위해서 옵니다."

윤영수 수녀는 이미 세상에 나온 아기들의 불안을 잠재우기 위해 더 많은 자원봉사자와 더 많은 입양자가 필요하다고 말했다. 윤영수 수녀는 내게 몇 가지 실제적 이야기를 들려주었다. 첫째, 노인 복지와 태어날 아기들에 대한 복지는 점점 확장되는 반면, 입양원의 아기들에 대한 복지는 전무한 상태라는 것이다. 그 이유는 아기들에게는 선거권이 없고, 선거권이 없는 국민은 정책적으로 소외되기 때문이란다. 실제로 입양원은 1퍼센트의 국가 보조와 99퍼센트의 후원금으로 유지되고 있었다. 둘째, 우리나라의 경제 수준과 출산 환경에서 더 이상 고아 수출은 안 된다는 것이다.

"그것은 아버지가 자기 식구를 거두는 것과 같습니다. 6·25 이후 1970년대까지 우리는 가난했습니다. 하지만 더 이상 아기들을 말 설고 물 선 곳으로 보내 정체성의 혼란을 겪게 해선 안 돼요. 내 집이 먹고살 만한데 왜 아이들을 자꾸만 내보냅니까?"

윤영수 수녀는 아기 방에 들어갈 때마다 책임이 무거워진다고 했다.

나는 1990년대에 최진실이 입양아로 나온 〈수잔 브링크의 아리랑〉이란 영화를 본 적이 있다. 양부모 가정에서 액세서리 취급을 받다가 가출해서 힘겨운 인생을 보내고, 결국 엄마를 찾아 한국으로 돌아오는 불행한 입양아에 관한 논픽션 영화다. 최근 몇 년 전에는 반대로 엄마가 입양아를 만나러 가는 〈지금 만나러 갑니다〉와 같은 프로그램이 방영되기도 했다. 얼마 전 한 입양아는 이렇게 말했다.

"입양되기 전까지 저는 아주 행복한 어린이였어요. 제가 왜 갑자기 이런 낯선 환경에 처해졌는지 이해할 수가 없었어요. 울면서 등 돌리는 엄마를 본 게 마지막 기억이었죠. 그리고 엄마를 다시 만날 소망에 건강하게 잘 자라고 싶었어요."

물론 그녀들은 눈물의 상봉을 했지만 나는 그것이 남북이산가족 상봉처럼 더 이상 되풀이돼서는 안 될 21세기의 마지막 비극이 되기를 희망했다.

성가정 입양원의 자원봉사는 내게 혼란스러울 만큼 많은 공적 감정과 사적 자아를 환기시켰다. 창밖으로 해가 지고 깜깜해지자 아기들도 하나둘씩 잠이 들었다. 전등의 조도를 낮추고 한 자원봉사자가 노래를 부르기 시작했다. 조용히 선창하자 모두가 낮은 목소리로 함께 자장가를 불렀다.

"엄마가 섬 그늘에 굴 따러 가면, 아기는 혼자 남아 집을 보다가, 파도가 불러주는 자장노래에, 팔 베고 스르르르 잠이 듭니다."

잠이 든 아기들을 뒤로하고 나와서 검은 옷으로 갈아입었다. 그날 밤 나는 친척 어른의 장례식장엘 가야 했다. 호상이었기 때문에 장례식장엔 모두가 검은 옷을 입고 떠들썩하게 웃고 있었다. 누군가가 죽으면 또 누군가가 태어난다는 단순한 아이러니에 마음의 동요가 일었다. 오랫동안 아기를 돌봐온 봉사자들은 말한다.

"처음엔 나를 위해서 이 일을 하죠. 그 다음엔 아기들을 위해서 이 일을 한다고 생각하고요. 시간이 지나면 단 한 가지 생각으로 정화됩니다. 아기들을 사랑하는 마음. 이 아기들이 나한테 사랑을 가르쳐주려고 이 세상에 나왔구나 하고 생각합니다."

많은 선배 자원봉사자의 경험처럼 나는 며칠간 아기들이 눈에 밟혀 아른거렸다. 태어난 지 만 하루가 되었던 슬이, 일주일 된 혜란이, 울음소리가 우렁차던 다윗, 떼를 많이 쓰던 소영이, 자꾸만 겨자 색 똥을 쏟아내던 성규, 까르르까르르 잘 웃던 기석이……. 그리고 매주 월요일 이 아이들을 다시 못 보길 바라며(입양되길!) 나는 마치 생명의 수액을 마시듯 아기들이 있는 북악스카이웨이로 차를 몰았다.

돈에 핏대 세우지 않기

문제는 돈이다. 그 유명한 『정의란 무엇인가』도 국가와 국민 사이의 서먹한 돈 관계를 다룬다. 구제금융 당시 공적 자금을 받고 회생한 일부 기업이 그해 임원들에게 막대한 상여금을 지급한 것에 대해 미국 납세자들이 분통을 터뜨린 사건. 부실 은행을 살리기 위해 세금 창고를 털어낸 것도 울화가 치미는데, 그 금융 자본 실패자들의 '탐욕'에 보너스로 포상까지 하다니! 몇 년 전 우리나라에도 비슷한 일이 일어났다. 국회가 65세 이상의 전직 국회의원들에게 120만 원의 평생 생활비를 보조해준다는 법안을 통과시키자 국민들이 거센 항의를 표명한 것이다. 그들 중에는 정치자금법 위반으로 자격 정지를 당한 사람도 있고 부유한 연금 생활자도 많은데, 왜 내가 낸 피 같은 세금으로 철 지난 정치꾼들을 부양해야 하는가. 정의로운 사회는 재화를 올바르게 분배하는 사회인데 갈수록 그 판단 기준이 흐려진다. 도덕 교과서만 뗀 초등학생이 내게 '정의란 무엇인가'라고 물어도 최소한 국가가 부당하게 국민을 착취하지 않는 거라고 얘기하고 싶다. 하긴, 모든 경우를 다 합쳐도 전두환 전 대통령이 국가가 부과한 추징금을 거부한 채 '내 전 재산은 29만 원'이라고 오리발을 내밀었을 때만큼 어이없을까마는.

어쨌든 국민이 가장 민감해질 때는 국가가 매달 쥐꼬리만 한 내 월급에서 말머리만 한 세금을 떼고 국민연금과 주차위반 딱지까지 알뜰하게 거둬간 후 그 세금을 제 것인 양 착복했을 때가 아니던가. 보통 사람을 가난에서 벗어날 수 없도록 만드는 네 가지 요인이 세금, 부채, 인플레이션, 퇴직연금이라더니 그 말이 정말 맞는지도 모르겠다. 적어도 부자들은 세금과 퇴직연금에서만큼은 자유로울 테니. 거시적으로 생각하지 않더라도 우리는 생활 속에서 여전히 돈 문제에 부딪힌다.

어쩌면 하루 24시간 중 적어도 절반 이상은 돈 생각을 하며 보낸다. 어떻게 돈을 메울까? 어떻게 돈을 벌까? 오늘 밥값은 누가 낼까? 저 택시 기사는 왜 100원을 거슬러주지 않을까? 이번 달 카드 값은 얼마나 나올까? 박노해의 시 구절 "돈은 늘 생각보다 늦게 들어오고, 돈은 늘 생각보다 많이 들어가니 빚내서 일 벌리지 말거라"를 되새기지만, 그게 어디 말처럼 쉽던가. 『죄와 벌』을 썼던 러시아 소설가 도스토예프스키도 언제나 돈이 부족했고 들어올 돈을 상상하면서 당겨썼다지. 미래에 들어올 돈이 상상의 영역 밖에 있을 경우 운명과 주변 사람들을 저주하면서.

돈에 있어서만큼은 공적으로나 사적으로나 누구나 핏대를 올리며 산다. 사랑해서 아이 낳고 가족을 이뤄 십수 년을 함께 살다 헤어져도 결국 법원에서 판정한 위자료와 양육비로 서로 간 추억의 질량과 인격의 함량이 결정된다. 친한 친구끼리 돈 거래는 절대 금물이라는 교훈이 있듯, 우정은 돈 문제 앞에서는 더욱 속수무책이다. 우리 시대에 친구란 '오래 사귄 벗'이 아니라 '함께 소비할 수 있는 사람'으로 대체된 지 오래. 10대 청소년이든 70대 노인이든 쇼핑과 여행과 외식을 빼놓은 교제 관계가 존재하던가.

연애는 어떤가. 그야말로 화폐 권력이 치부책처럼 드러나는 장르다. 휴대폰 통화료를 감당 못 해 연락을 끊은 궁핍한 백수부터, 남자친구에게 카드 빌려줬다가 몇 년째 연체금을 갚고 있다는 속없는 여자, 여자친구 명품 백 사주려고 신장을 팔았다는 엽기적인 남자, 크리스마스에 모텔비가 없어 거리를 헤매다 여인숙 앞에서 싸우고 헤어졌다는 연인도 봤다. 가장 비참할 때는 첫사랑 남자에게 돈 빌려달라는 문자를 받을 때다. 아무리 고매한 척해도 결국 돈 없으면 허물어지고, 돈 가진 사람 앞에 머리를 조아리게 되지 않던가.

얼마 전 예술가 친구가 얘기했다. 자신은 한 사람만을 위해 작품을 만든다고.

"나의 예술적 이상을 위해서? 대중을 감동시키기 위해서? 아니야. 난 내 작품에 돈을 대는 투자자, 오로지 그분을 만족시키기 위해 머리를 싸매고 1인 예술품을 만들어. 미술은 그야말로 프라이빗 아트인 거야."

그건 차라리 입만 열면 물질만능주의에 대한 한탄을 일삼는 고매한 예술가들이 부동산 시세에 골몰하는 이중적인 태도보다 훨씬 솔직하다. 그렇다면 대놓고 돈을 밝히는 것과 돈에 확실한 태도를 취하는 것은 어떻게 다를까? 주는 쪽이나 받는 쪽이나 돈은 노동에 대한 대가를 넘어서 서로 간의 자존심 대결로 팽팽해진다. 사진작가, 스타일리스트, 칼럼니스트 등 「보그」와 처음 작업하는 프리랜서들은 묻는다.

"페이는 어떻게 되죠? 돈은 어떤 방식으로 지급되나요?"

순간의 진공 상태. '일도 하기 전에 돈부터 밝히다니, 이 사람 좀 까다롭거나 궁한 모양이군', 혹은 '내가 말한 금액에 실망하면 어쩌지?', '돈 주는 사람이 갑인데 왜 내가 초조해야 해?' 여러 가지 생각이 쉴 새 없이 오간다. 대부분 돈 주는 쪽은 짜다. 받는 쪽에서 느끼기에 짜다는 건 액수가 적다는 뜻도 되지만, 조직의 규모나 투여된 시간에 비해 부적절하게 느껴진다는 뜻이다. 사실 돈 주는 쪽의 이런 태도는 부자들의 나쁜 행태와 닮아 있다. 부자들은 대개 쩨쩨하다. 그들의 부는 남에게 과시를 할 때, 그리고 자신의 쾌락지수를 높일 때만 위용을 자랑할 뿐, 일상에서는 쪼잔하기 이를 데 없다. 호화로운 파티를 열거나 명품 쇼핑을 할 수 있지만 자기 가족에게 헌신하는 가정부의 월급은 깎는 식이다. 재벌가와 친한 패션 프로모터 Y도 센 강에 유람선을 띄워 돔 페리뇽을 부어라 마셔라 하는 파티를 열었지만, 스타일리스트가 청구한 소품비 몇십만 원은 징징대며 떼먹었다.

부모 자식 간에도 돈 문제는 첨예하게 끼어든다. 부모가 될 준비를 할 때 가장 큰 걱정도 돈 걱정이었다. 유명 연예인들은 고가의 산후조리원에 묵는다는데, 시설이 그만 못해도 마사지니 보약이니

애 낳고 몸조리하는 데 수백만 원이 든다니 기함할 노릇이다. 여자가 밑 빠지듯 산고를 겪고 평생 한 번 호강한다는데, 그 돈을 못 쓸까 싶다가도 밑 빠진 통장 잔고를 생각하면 가슴이 서늘해진다. 그뿐이랴! 유모차 한 대가 수백만 원이라는 둥 유치원, 사립학교 등록금에 허리가 휜다는 둥 부모와 자식은 세상에서 얼굴을 대면하자마자 탯줄을 자르고 돈줄을 이어 붙인 화폐 공동체로 대체된다. 안 그래도 초조한데 아이 셋을 둔 한 친구는 곧 아내와 애들을 미국으로 보낼 거라고 입이 찢어져라 웃었다.

"왜? 너는 돈 버는 기계야? 가족이 함께 살아야지."

"아니야. 벌 때 열심히 벌어서 애들한테 기회를 주고 싶어. 난 애들 하버드에 보내고 싶거든."

문득, 영화 〈소셜 네트워크〉가 생각났다. 하버드의 촌뜨기 천재였던 마크 주커버그는 여자한테 차이고 돈 있는 애들 그룹에 끼지 못한 복수심으로 평등한 소셜 네트워크 시스템 '페이스북'을 만들어 세계에서 가장 젊은 거부가 됐다. 현실에서는 친구도 등 돌린 '재수 없는 부자'가 되고 말았지만. 그런데 영화에서는 주커버그의 부모와 자식 관계가 나오지 않는다.

어쨌든 한국의 부모들은 자식이 제 밥벌이 하는 날까지 사교육비를 대느라 책임과 헌신으로 인생을 낭비하고, 자식은 그것을 되갚기 위해 부양의 의무를 계승한다. 언제나 그렇듯 '효孝'란 경제적 보답을 의미한다. 다행인지 불행인지 나는 청소년 시절부터 경제적 독립을 한 탓에 아주 건조한 자수성가형 성장기를 보냈고, 성인이 된 후 모든 삶의 결정권은 내가 갖게 되었다. 물론 부모님은 40~50대에 자식 뒷바라지에 허덕이지 않았기에 노년에도 자식에게 신세 지지 않고 독립생활을 영위하신다. 반대로 부유한 부모 집에 살며 부모 돈으로 옷 사 입고 부모 유산을 물려받은 친구들은 상대적으로 윤택한 생활을 누리는 듯했지만, 부모의 영향력 아래 잔뜩 눈치를 보며 살았다. 언젠가 자신의 아버지가 강남에서 현금 동원력 1위라는 어떤 사람을 만났는데, 명품으로 차려입은 행색과는 달리 눈빛이 영 불안정하고 주눅 들어 보였다. 현대 사회에서 자식에게 물려줄 재산을 가진 사람은 대부분 부동산 투기 등 버블 경제의 혜택을 본 사람이니 자식 또한 흩어질지 모를 버블 속의 삶을 살 운명처럼 보였다.

버블 속의 삶인 패션계에서 살지만, 나도 명품 옷이나 가방 하나 값이면 저소득층 한 달 생활비는 거뜬히 넘어간다는 건 안다. 그리고 하이패션 매거진에서 일하는 동안 한 번도 백화점 매장에서 명품 가방이나 옷을 사본 적이 없다. 유행하는 잇백 하나면 그게 침대 하나 값인데……. 교조적인 실리주의자라서가 아니라 강남에서 3초마다 한 번씩 등장하는 유니폼 같은 명품 행렬에 동참하는 대신 가벼운 스포츠 백팩을 메고 다니는 게 훨씬 나다웠기 때문이다. 그런데 얼마 전 남편이 용돈을 모아 백화점에 데리고 가서 루이비통 지갑을 생일 선물로 사줬을 때는 뛸 듯이 기뻐 보는 사람마다 붙잡고 자랑하고 싶었다. 왜일까? 그게 리미티드 에디션의 거룩한 소비도 아니고 소심하리만치 속물적인 지출에 불과했는데도 왠지 존중받는 기분이 들었고, 돈을 쓰는 행위에 정성과 자부심이 깃들어 있다고 느꼈기 때문이다. 중요한 건 일반적인 사건이 아니라 사건을 통해 받는 주관적인 느낌이다. 그래서 돈이 많아 물 쓰듯 쓰는 것과 풍요롭게 사는 건 참으로 다른 개념이다.

부자가 교회에 다니면서 가장 뜨끔할 때는 헌금에 대한 설교를 들을 때라고 한다. 목회자들은 번 돈의 10분의 1을 헌금하라는 '십일조 설교'를 할 때마다 교인들이 떨어져 나간다고 자조하지만, 그럼에도 불구하고 삶의 강령은 소중하다. 백만 원을 벌고 나면 천만 원이 있어야 행복할 것 같고 천만 원을 벌고 나면 1억이 없어서 불행해진다는, 출구 없이 꽉 막힌 화폐의 탐욕에 어떻게 대처할 것인가? 소외된 이웃을 지원하는 기부금이든, 신에게 감사하는 십일조든 수입에서 일정한 액수를 떼어놓는 행위는 탐욕의 자가 증식성에 소통의 틈을 여는 최소한의 브레이크가 아닐까. 어쩌면 영국의 인류학자 데이비드 그레이버의 말처럼 무상 증여야말로 자본주의 순환의 원동력이다. 매년 우리가 번 돈 가운데 3분의 1은 아이들에게 가며, 나머지는 가족이나 친구들에게 분배된다. 실상 우리는 번 돈의 대부분을 공유하고 있다.

연말이 되어 돈과 사이좋게 지내는 법을 고민하다 『부자 아빠 가난한 아빠』의 저자 로버트 기요사키의 『부자들의 음모』를 읽었다. 정부와 부자들은 사람들에게 더 열심히 일하고, 더 많이 저축하고, 빚을 얻어서라도 집부터 장만하고, 융자금을 빨리 갚고 주식, 채권, 펀드 등에 골고루 분산해 장기적으로 투자하라고 부추기는

데, 이거야말로 서민들이 재정적인 수렁 속에서 힘겹게 살아가도록 부추기는 음모라고 기요사키는 설파한다. 그러고는 어서 빨리 돈과 낡은 관계를 청산하고 새로운 관계를 맺을 것을 제안한다. 오! 눈이 번쩍 뜨인다. 과연 돈과의 새로운 관계란 어떤 형태일까?

첫째, 무조건 저축만 하지 말고 현명하게 쓴다. 돈을 현명하게 쓸 줄 아는 사람이 돈을 현명하게 저축하는 사람보다 더 잘 산다.

둘째, 투자를 할 때는 돈을 분산하지 말고 집중시킨다. 현금 흐름을 확보할 수 있는 부동산에 투자한다. 즉 매달 임대료를 받을 수 있는 곳에 투자한다는 뜻이다.

셋째, 나쁜 빚과 좋은 빚을 구분한다. 신용카드는 나쁜 빚이다. 사람들은 대개 신용카드를 벽걸이 TV와 같이 시간이 갈수록 가치가 떨어지는 물건을 사는 데 쓰기 때문이다. 반대로 임대료를 받을 수 있는 건물을 구입하기 위해 돈을 빌리는 것은 좋은 빚이다.

넷째, 가난한 말을 쓰는 것은 좋은 자동차에 싸구려 기름을 넣고 다니다 엔진을 망가뜨리는 것과 같다. 말은 생각에 영향을 미친다. 그러니 이제부터라도 "나는 돈에 관심 없다"는 말보다 "언젠가는 가로수길에 빌딩 한 채를 갖겠다"는 말을 해본다.

기억을 떠올려보면 어린 시절 나는 종종 사촌들과 브루마블 게임에 열을 올리곤 했다. 별장을 짓고 호텔을 짓고 여객기를 사고 은행에서 맘껏 돈을 빌려 쓰고⋯⋯. 플라스틱 빌딩과 가짜 지폐를 들고 부자 행세를 하는 게 너무 짜릿했다. 그 시절 나는 빈털터리가 되면 약이 올라 보드판을 뒤집곤 했다. 오로지 흥청망청 돈을 쓰는 부자 놀이에만 심취했기 때문이다. 그렇다면 진짜 부자들은 어떨까? 로버트 기요사키는 브루마블 게임에서 '별장 세 개를 호텔로 바꾸는' 현금 흐름 투자 비법을 배웠다고 했다.

핵심은 돈과 사이좋게 지내려면 돈을 모시고 살지 말고 부지런히 돌리라는 것. 국가는 국민들의 세금을, 부모는 아이들의 양육비를, 사장은 사원들의 월급을, 그리고 개인은 한 달의 소득을 현금 흐름이 보이는 곳, 정체가 아닌 순환이 되는 곳에 쓰라는 말이다. 인문학자 고미숙도 『돈의 달인, 호모 코뮤니타스』에서 돈을 잘 버는 것만큼 잘 쓰는 게 중요하다고 얘기했다. 잘 번다는 건 돈을 버는 것과 나의 자존심이 오버랩되는 것을 의미한다. 즉 벌수록 자신에 대한 존중감이 높아진다. 쓰는 원칙도 버는 것과 동일하다. 쓰면 쓸수록 더더욱 삶이 풍요로워지고 자존감이 높아져야 한다. 역시 돈이 '돌고 돌아서' 돈이라는 건 빈말이 아니다.

리모컨의 ON/OFF대로 깨고 잠든다

백남준 작품 중에 'TV 부처'라는 게 있다. 불상 앞에 카메라가 있고 그 앞에는 모니터가 놓여 있다. 모니터에 비쳐지는 불상은 TV에 시선을 두고 명상에 잠겨 있다. 부처는 TV를 보는 것일까, 아니면 자신을 보는 것일까?

집 안에 들어서면 습관적으로 TV를 켠다. 실내복으로 갈아입은 뒤 안락의자에 몸을 누이고 리모컨 버튼을 누르는 순간, 현실의 중력에 억류되었던 몸과 마음의 세포가 붕 떠오르기 시작한다. 아무것도 하지 않을 자유에 휩싸여 무엇이든 내 맘대로 조종할 수 있는 초능력자라도 된 듯한 이 기분. 리모컨 하나면 안방 막장 드라마부터 홈쇼핑, 다큐멘터리, 종교 채널까지 어느 세계라도 잠입할 수 있다. 세상에 대체 어느 누가 버튼 하나로 이런 다채로운 쇼맨십을 제공할 것인가! TV는 세상을 바라보는 나의 발코니. 나는 TV와 함께 울고 웃고 흥분하고 화내고 침 흘리고 졸다가 잠이 든다. TV를 볼 때 우리의 시선은 모니터라는 프레임 안에 잡혀 있지만 우리의 생각은 끊임없이 프레임 밖의 현실과 연결되어 있다.

내가 좋아하는 프로그램은 〈라디오 스타〉, 〈해피투게더〉, 〈놀러와〉, 〈VJ특공대〉, 〈인간극장〉, 그리고 기획 스페셜 다큐와 몇몇 드라마. 보통 사람이 등장하는 휴먼 다큐는 눈물과 함께 '나는 살만하다'는 역설적 자기 위로를 생산하는 신파의 인큐베이터다. 혼자 오남매를 키우며 자장면을 배달하는 젊은 아버지와 찜질방에서 생활하면서도 우애가 남다른 자매, 난쟁이 엄마 밑에서도 명랑하게 성장하는 난쟁이 아이들……. TV가 조용한 관찰자로 재생산하는 리얼리티는 일상생활이 보통 평범하게 가르치는 교훈을 감동적이고 흥분된 용어로 되풀이한다. 고통은 누구에게나 있다는 것, 우리는 연약하지만 이웃은 따스하고 우리는 이 우주에서 함께 살 수밖에 없는 존재라는 것, 우리 자신보다 더 큰 공동체의 필연성에 고개를 숙일 수밖에 없다는 것, 이것이 〈인간시대〉나 〈동행〉 같은 TV 휴먼 다큐멘터리가 설파하는 교훈이다.

드라마는 어떤가. 내가 아는 한 친척 어른은 TV 드라마를 너무 좋아해서 설 명절에 친척들이 방문해 세배를 드리려 해도 "잠깐만! 〈욕망의 불꽃〉 좀 마저 보고……"라며 양해를 구하고는 TV를 향해 빙그르르 돌아앉는다. 천진난만하게 등을 돌린 채 혼자 브라운관에 빠져버리는 그 어른은 술, 담배, 도박 같은 유해 물질에 빠져본 적 없이 오십 평생 가족과 회사와 교회만 삼각추처럼 오간 모범 가장이다. 그분은 고부 갈등이나 정치적 당쟁, 남녀의 사랑싸움이나 지지고 볶는 인간관계의 모든 경우의수를 드라마 속에서 배웠다고 하셨다.

“드라마가 없었으면 무슨 재미로 이 기나긴 시간을 보냈을까 싶어.”

내가 대학에서 사회학을 공부할 때 전공 교수님 중 한 분은 ‘텔레비전이 가족 간의 화합에 미치는 영향’에 대해 학생들에게 의견을 구한 적이 있었다. 중론은 거실에 있는 TV가 가족 간의 대화를 방해하기보다 대화의 물꼬를 튼다는 쪽이었다.

“평소 입 닫고 지내던 아빠와 연예인 애기도 해. 거실에서 웅웅거리는 소리가 나고 있으면 왠지 안심도 되고.”

TV 속에 나오는 등장인물은 가족의 일부가 되어 대화 속에 스며든다. 코미디언들은 TV 밖으로 나와 재간둥이 막내가 되기도 하고, 가족들은 합심해서 드라마 속의 악역을 힐난하며 진한 동지애를 느끼며 “난 요즘 아이유가 좋더라!”, “현빈은 귀엽고 뻔뻔해서 좋아”라는 식으로 각자 연예인을 향한 성적 취향을 드러내기도 한다. 그렇게 TV를 보며 웃고 박수치고 비난하고 감탄하며 연말연시 덕담처럼 해도 되고 안 해도 되는 무익한 말을 보태다 보면 세상 사는 거 다 거기서 거기라는 평균적인 안도감이 든다.

TV를 보며 어느 누가 장엄하고 계몽적인 코멘트를 기대하겠는가. 칭기즈칸 같은 의지로 대한민국 패션사를 개척해온 거장 크리에이터인 디자이너 J 선생도 퇴근 후엔 언제나 집으로 달려가서 TV 드라마를 본다고 하셨다.

“난 코트도 안 벗고 2층 내 방에 올라가. 계단을 뛰어 올라가면서 ‘아줌마, 나 물 만 밥하고 김치 종지 쟁반에 갖다줘요’ 하고는 허</p>

둥대며 TV 앞에 앉지. 하루 종일 거창한 일에 시달리다가 밥상을 앞에 놓고 소소한 드라마에 빠지는 시간이 얼마나 행복한지 몰라. 나한테 주는 선물 같아. 장중한 월화 드라마, 알콩달콩 사랑하는 수목 드라마, 대가족이 등장하는 주말 드라마……. 그래서 나는 드라마가 없는 금요일이 제일 싫어.”

곤경에 처한 주인공을 보고 “아이고, 너 참 안됐다” 혀를 차고, 가족끼리 얽히고설켜 복수하는 막장 드라마를 보면 ‘내 저럴 줄 알았어’ 함께 핏대를 세우고. 어쩌면 그녀처럼 우리는 TV 드라마를 통해 ‘보통 사람들’이라는 ‘위대한’ 영역 속에 자신을 집어넣고, ‘일상성’이라는 습관의 위로를 받는지도 모르겠다.

하루 종일 빡빡한 스케줄에 지친 사람이나 반대로 계획 없이 하루를 흘려보내야 하는 사람에게, TV 프로그램이 편성해주는 일방적인 스케줄과 리모컨이 허용해주는 무한한 변덕과 자유는 해방구와 같다. 아! 또 하루가 가는구나. 아! 또 내일이 오겠구나. 아! 아무리 삶이 모순으로 가득 차도 선한 것이 반드시 이기는구나. 내일이면 또 내일의 드라마가 생기고, 삶은 이렇게 반복되면서 앞으로 가는구나.

내가 TV 드라마에 빠졌던 시기는 어쩌면 나 자신이 이 사회에서 가장 무익하게 여겨졌던 사춘기와 성장기, 그리고 성인이 된 후로는 이직을 위해 무력한 채로 몇 개월간의 휴지기를 가졌을 때다. 어릴 적엔 보이는 대로 그냥 소시민들의 가족일기 같은 〈보통 사람들〉과 〈달동네〉를 보았고, 뭔가 자의식이 아른거리기 시작할 때는 차화

연과 남성훈이 서늘하게 연기하는 〈사랑과 야망〉이나 황신혜라는 여신이 혜성처럼 등장한 〈첫사랑〉을 보고, 봉천동 달동네에서 자취하던 대학 시절엔 채시라와 한석규가 순진하게 사랑하고 사기 치는 〈서울의 달〉을 보고, 사회 초년병 시절엔 〈모래시계〉를 보며 정치적 감상에 젖고, 나이 들어 백수 상태로 소파에서 시간을 죽일 땐 결정적인 순간에 "뭬야?"를 끝으로 애를 태우던 〈여인천하〉를 보며 일주일의 시간을 죽였다. 때로는 〈제5공화국〉이나 〈명성황후〉를 보며 정치 감각도 익히며.

드라마 속 캐릭터는 단순하리만치 전형적이고 그 대사는 감상적이거나 원색적이다. 그런데 그 점이 우리를 우리의 못남으로 안내하는 것이 아니라 우리가 그 익숙한 못남을 새롭고 좀 더 도움이 되는 방식으로 생각하도록 해준다. 이것이야말로 드라마 속의 캐릭터가 가지는 매력의 핵심이다. 나는 드라마 작가 노희경의 〈꽃보다 아름다워〉나 김수현 작가의 〈엄마가 뿔났다〉를 보면서 내가 잃어버렸던 엄마의 전형성을 누리며 마음껏 울고 웃었다. 병원에서 첩의 병시중을 들다가 설움에 받쳐 몰래 음식에 침을 뱉고는 돌아오는 길에 김 서린 버스 차창에 "나는 나쁜 년"이라고 쓰는 바보 같은 엄마, 잘 사는 사돈댁에 기죽기 싫어 상견례 식탁 위에서 "아유, 나는 이런 거 귀족놀음하는 것 같아서 영 그렇더라고요"라며 콕 집어서 할 말 다 해 갈등을 만들어내는 자존심 강한 엄마. 더 이상 TV에서처럼 아버지는 난초를 닦고 어머니는 방에서 걸레질을 하며 대가족이 함께 모여 아침식사를 하지 않더라도.

TV가 설파하는 세속과 신파에 젖을 줄 알아야 대중을 이해하고 대중에게 사랑받는 진짜 예술을 할 수 있다는 디자이너 J 선생의 말은 어쩌면 맞는지도 모른다. 〈제빵왕 김탁구〉나 〈시크릿 가든〉을 보지 않고 어떻게 대체로 권선징악으로 향하는 인간이라는 보편적 존재와 '사랑'이라는 반복적인 최루성 게임을 논할 수 있겠나. 모든 인간이 거부할 수 없이 부모의 '속편'을 살듯, TV 드라마가 제시하는 인습과 관성은 삶을 더 편안하게 만드는지도 모른다. 나는 박찬욱이나 김지운, 홍상수나 이창동 등 작가주의 감독들의 영화를 통해 인간들의 복잡다단한 악의와 입체적 졸렬함을 성찰하는 것도 좋아하지만, TV가 유치하게 창작해내는 캔디나 계모 같은 전형적인 인간을 두고 친구들과 수다를 떠는 것도 좋아한다.

따지고 보면 우리가 마음대로 인터넷에서 찧고 빻는 TV 예능인과 예능 프로그램도 현재 가장 인기 있고 능력 있는 방송 인력들이 피를 쥐어짜듯 공들여 만들어내는 동시대의 작품이라 할 수 있다. '남자가 죽기 전에 해야 할 일'이라는 콘셉트로 만들어진 〈남자의 자격〉이라는 '성인 아이' 풍의 유치한 마초 오락 프로그램이 박칼린을 영입해 자신들도 믿기 어려울 정도의 감동적인 합창단 하모니를 만들어낸 일은 두고두고 칭찬받을 일이다. 예능이라는 장르가 생긴 이후부터 더 많은 방송인들과 방송 스타들이 탄생했다. 〈놀러와〉에서 조영남, 송창식, 윤형주, 김세환 등 '세시봉' 시절의 인텔리전트 뮤지션들을 불러내 서정시 낭송 같은 콘서트 하모니를 벌인 일이나, 〈무릎팍 도사〉에서 희대의 가객이었던 이장희를 만난 일은 놀이동산에서 채플린을 만난 것 같은 기쁨을 선사했다.

　TV를 보는 것은 또한 특별한 세계로의 여행이다. 아무리 게으른 사람이라 하더라도 돈도 노력도 들지 않는 즐거움을 찾아 출발하는 일을 망설일 이유가 없을 것이다. 폭풍이나 강도나 절벽을 무서워하는 사람들, 혹은 공황장애로 장거리 여행이 불가능한 사람들에게 TV는 그리스 해변과 툰드라의 설원, 파타고니아의 사막, 팔라우의 바닷속을 대리 체험하게 하는 환상적 여행가이드다. 사막을 건너고 빙산 위를 떠다니고 밀림을 가로질렀으면서도 그들의 영혼 속에서 그들이 본 것의 증거를 찾으려 할 때 아무것도 나오지 않는 사람들보다, TV 화면을 기억하고 그 물새 부부가 얼마나 서로에게 다정했는지, 그 해파리가 얼마나 웅장하고 화려했는지, 아마존의 부족들이 어떻게 그들만의 독특한 풍속을 유지했는지를 이야기하는 것이 훨씬 삶을 풍요롭게 하지 않던가.

　『팡세』는 "인간이 불행한 유일한 원인은 자신의 방에 고요히 머무는 방법을 모른다는 것"이라고 했다. 자신의 방에 고요히 머물고자 할 때 필요한 것은 무엇일까? 석양을 볼 수 있는 발코니와 안락의자, 성경책 한 권과 와인 한 병! 그게 아니라면 TV 수신기 한 대. 영화 〈올드보이〉에서 오대수가 17년 동안 사설 감옥에서 버틸 수 있었던 것은 오로지 TV 때문이었는데, 그게 그 영화 속에서 가장 개연성 있는 장면처럼 보였다. 물론 TV와 대화는 할 수 없었기 때문에 탈출 후 이상한 문어체 대사를 하게 된 부작용이 있었지만.

　때때로 외적인 정보를 입력하고 여행하는 데 TV만큼 좋은 것은 없지만, 내적인 세계를 탐색하는 사유 능력과 함께 시간을 잠식해 버리는 데는 TV만 한 괴물도 없다. 미드가 유행일 때 나는 〈24〉나 〈프리즌 브레이크〉를 보면서 3일 동안 좀비처럼 산 적이 있다. 애간장이 녹는 타이밍에 막을 내릴 때는 덮어놓고 리모컨의 '이어보기'를 누르고, 시청료를 결재하는 몇 초의 시간조차 아까워 호흡이 가빴다. TV는 흡사 전원에 연결된 마약이었다. TV를 꺼야 하는 이유는 그것이 바보상자이기 때문이 아니라 내가 순간적으로 흥분을 통제할 수 있는 능력을 상실했기 때문이다. 물론 저장된 시리즈가 바닥을 드러내면서 좀비 행각도 끝이 나버렸다. 정지된 사물보다 움직이는 영상에 집착하는 게 눈의 본능이긴 하지만 그걸 TV만의 범죄라고 할 수는 없다. 기억을 떠올려보면 『태백산맥』이나 『아리랑』, 『토지』 등의 대하소설을 보면서 며칠간 식음을 전폐했던 적도 있으니 연재물에 대한 조바심 정도라고 하고 싶다.

어쨌든 오늘날 TV는 계속 자기 한계를 깨고 진화하고 있다. TV가 지닌 견고한 중앙집권적 매스 커뮤니케이션 망에 도전장을 제시하면서 즉각적 피드백의 잠재력과 폭발력을 보여주기 시작한 건 케이블 방송사 Mnet의 〈슈퍼스타K〉였다. 실어증에 걸린 수동적 시청자가 아니라 스스로의 파워를 드러내고 취향을 선택한 참여적 시청자로 한동안 '슈스케 신드롬'은 전 국민의 공동의 성취였다.

선구적 아티스트였던 백남준은 이미 수십 년 전에 TV를 가지고 놀았다. 백남준은 아침에 눈뜨자마자 가장 먼저 한 일은 커피를 마시면서 TV를 보는 것이었다고 말했다. 그는 '공익에 복무하는 TV'

를 옹호했고 그것은 그의 발상이며 사상이었다. 'TV 정원', 'TV 로댕', 'TV 물고기', 'TV 첼로' 등 일련의 시리즈들은 TV와 관객이 가지는 긴장과 상호작용을 매개로 창조되었다. 백남준 예술의 재미는 바로 TV에 갖고 있던 우리의 관념에 대한 유쾌한 트위스트다. 백남준에게 TV는 아이덴티티를 구현하는 오브제였던 것이다.

현대 사회에서 우리 모두는 TV 인간이다. 모두가 각자의 안테나를 머리에 달고 걸어다닌다. 나 또한 TV를 보면서 휴식하고, TV를 보면서 「보그」의 아이템들을 구상한다. TV가 권하는 책을 보고, TV가 논하는 뉴스를 보고, TV가 사랑하는 스타를 만나고, TV 리모컨의 OFF 버튼을 눌러야 블랙아웃 속으로 들어간다. 아! 내일 아침엔 "어젯밤에 ○○ 프로 봤어?" 하면서 다시 하루를 열겠지.

완벽한 이웃을 만나려면

여름휴가 때 고향인 울산엘 다녀왔다. 매번 느끼는 거지만 지방 도시의 삶과 대도시의 삶은 참 달랐다. 서울에서 내 삶의 반경은 집과 회사, 비즈니스로 얽힌 친구들이 전부였다. 그리고 그들은 개별적인 부표로 각자의 자리에 둥둥 떠 있었다. 반면 울산의 부모님과 친구의 삶엔 내게 없는 게 들어와 있었다. 그건 이웃이었다. 미용실, 빵집, 세탁소, 문방구, 정육점, 알뜰 시장의 야채, 생선, 잡곡을 파는 가게……. 그들은 서로 모여 외상으로 셈을 치르고, 밥을 해 먹고, 아이를 맡기고, 상추와 고추를 물물 교환하고, 맘만 맞으면 즉석에서 바닷가나 계곡으로 나들이를 떠났다. 그들은 경상도 사람 특유의 기질로 서로 싸우듯이 얘기했고, 그보다 더 큰 목청으로 웃었다. 친구는 선택할 수 있지만 이웃은 우연히 삶 속에 들어와 때로는 친절하게, 때로는 무례하게 서로의 일상에 간섭한다.

나와 여행을 떠나기로 한 어느 날, 친구는 예정에도 없이 그녀의 아들과 딸은 물론 이웃집 꼬마 아이까지 함께 내 차에 태워서 날 당황하게 만들었다. 어이없어하는 내게 촌부처럼 배시시 웃으며 그녀가 말했다.

"얘 엄마가 없어서 그래. 애들은 서로 사이좋게 노니까 괜찮을 거야."

친구의 이웃집 아이까지 함께한 여행은 까다롭고 깍쟁이 같고 규칙이 많고 폐 끼치는 걸 극도로 싫어했던 나를 아주 말랑말랑한 어린이로 만들어주었다. 할머니의 잠꼬대, 요즘 보는 만화, 개와 이야기하는 법에 대해 아이들은 참새처럼 지껄이고는 뒤뜰에 나가 저희들끼리 놀았다. 나는 이런 조합으로도 즐거울 수 있다는 게 신기했다.

생각해보니 어린 시절 나 또한 이웃의 손에 이끌려 동물원도 가고 바닷가도 갔었다. 부모님은 쉽게 이웃에게 우리를 맡겼고, 우리는 옆집 친구의 외할머니 댁에서 물놀이를 하며 여름을 보내거나 이웃집 언니의 손에 이끌려 나가 솜사탕을 핥으며 어색한 초등 데이트의 윤활유 노릇도 했다. 이웃은 우리를 어른 아이 할 것 없이 함께 어울리도록 만들었고, 이웃의 손길 속에서 우리는 무럭무럭 자랐다. 잘 웃고 정이 많았지만 험담도 음담도 푸지게 하던 동네 아낙들, 이웃사촌의 쌈짓돈을 떼먹고 야반도주하던 집도 꼭 있었던……. 이웃이 위아래로 쌓이는 아파트가 아니라 문간방으로, 담벼락 옆으로, 골목길로 나란히 둥글게 여울지며 흐르고 팽창하던 그 시절엔 이웃 간에 '○○호'가 아닌 진짜 호칭이 있었다. 정육점 집 딸, 김가네 약국, 선생님 집, 통장네……. 이웃들은 각자의 캐릭터에 맞는 역할을 연기했으며 서로서로 부탁하고 폐 끼치며 용서하는 관계로 서로를 후하게 길들였다.

하지만 아파트가 일반적 주거 공간이 되면서부터 문 닫고 들어가 앉는 각자의 주거 공간에서 우리는 실제로 마음의 벽도 쌓고 산다. 이웃이 두려워진 건 그들이 담장 옆의 완벽한 타인이기 때문이다. 아침에 일어나 차 문을 열다가 흉터처럼 길게 나 있는 못 자국을 목격했을 때, 옆집 소유가 아닌 공터에 차를 세웠는데 빼달라고 그렇지 않으면 타이어를 펑크 내겠다는 이웃집 청년의 협박을 받았을 때, 엘리베이터 문이 열리자마자 들이닥친 위층 여자의 핸드백에 내 원피스 올이 뜯겨져 나갔을 때, 아래층에서 찢어질 듯 목청을 높여 노래를 부르는 새벽 2시의 괴로움을 견디지 못하고 조용히 해달라고 요구하는 나를 우습다는 듯이 쳐다보는 여자아이를 볼 때, 앞집 강아지의 '컹컹!' 소리 때문에 새벽에 강아지 주의시키라는 경고 방송을 듣고 이불 속에서 우리 집 개의 입을 막으며 가슴을 졸일 때 이웃에 대한 두려움은 한밤중에 수도꼭지에서 하염없이 떨어지는 물방울처럼 내 다친 마음속으로 스며든다.

요즘엔 싸우는 소리가 들리면 파출소에 신고부터 한다. 옆집에 누가 사는지 모른다는 것, 무슨 일이 벌어지고 있는지 예측할 수 없다는 것, 그 익명의 차단성이 공포의 확성기를 틀어대기 때문이다. 생각해보면 어렸을 땐 부부 싸움이 나면 제일 먼저 이웃에서 말리려고 달려왔다. 사생활이란 게 없었다. 그들은 서로의 삶에 개입하며 중재하려 들었고, 은근히 뿌듯함을 느끼며 다음날 소문을 만들어 즐겼다. 그 안엔 선의도 있었고 악의도 있었지만 이웃 모두가 공

모자였기 때문에 크게 불평하지 않았다. 이웃에게 가십이란 마치 서로를 북돋는 붙임성 좋은 응원가 같은 거였다.

이웃들은 집집마다 있는 더러운 빨랫감을 훔쳐보길 원했고, 그 빨랫감의 한 귀퉁이를 잡고 열심히 힘을 모아 빨아주길 즐겼다. 선의와 악의는 동시에 다가왔다. 골목 끝에 사는 선희네 부모는 늘 싸웠고, 마침내 아내가 남편을 고소하면서 둘 다 집을 나가버렸다. 이웃 사람들은 당연히 해야 할 일이라는 듯 차례로 선희를 재우고 먹였다. 그러던 어느 날 얼굴을 붉히며 갑론을박하던 쌀집 아줌마와 세탁소 아줌마가 나와 고무줄놀이를 하던 선희를 불러다가 마치 솔로몬의 판결을 바란다는 듯 빤히 보며 물었다.

"애, 너는 엄마가 잘못한 것 같니, 아빠가 잘못한 것 같니? 네 입장에서 말이야!"

나는 그때 이웃의 천성이 참으로 철없고 위태롭다는 걸 알았다. 요즘엔 이 집 저 집의 가십이 궁금하지 않은 사람들은 한밤중에 TV 연예 뉴스를 보며 만족해하고 인생 상담을 위해 전문가를 찾는다.

그렇게 이웃은 최초의 관음증 대상이기도 하다. 알프레드 히치콕의 영화 〈이창〉은 사고로 다리를 다친 저널리스트가 재미 삼아 망원경으로 이웃을 훔쳐보다가 살인 사건의 미스터리를 풀어간다는 내용이다. 카메라는 연립주택의 창을 탐스럽게 훑으며 에어로빅을 하는 여성, 짐을 싸는 남성, 화장을 고치는 여성, 괴팍한 할머니, 침대로 넘어지는 남녀 등을 다이내믹하게 전시한다. 이웃집 창문은 음이 소거돼서 더욱 궁금증을 불러일으키는 일종의 TV 화면이다.

"누구에게나 더러운 빨랫감은 있다"라는 내레이션으로 시작하는 〈위기의 주부들〉에서 위스테리아 주민들은 관음증이 아니라 관청증에 중독됐다. 이웃은 이웃의 비밀을 알아내고 약점을 파고들며 대가를 요구한다. 참견쟁이 후버 부인은 메리의 비밀을 훔쳐 들은 대가로 목숨을 잃는다. 가브리엘의 외도를 우연히 알게 된 이웃집 꼬마는 비밀을 지키는 대가로 자전거를 요구한다. 성경에 쓰인 "네 이웃의 아내를 탐하지 마라"는 "네 이웃의 비밀을 탐하지 마라"로 대체되어야 할 정도지만, 위스테리아의 이웃들은 서로를 철저하게 조롱하고 끝끝내는 이해하고야 만다.

어쩌면 '이웃집 훔쳐보기'의 욕망을 건전하게 수용한 것이 TV 드라마일 것이다. 드라마 작가 김운경은 줄기차게 이웃에 대한 이야기를 만들었다. 〈한 지붕 세 가족〉, 〈서울 뚝배기〉, 〈파랑새는 있다〉, 〈서울의 달〉, 〈옥이 이모〉. 나는 아직도 〈한 지붕 세 가족〉에서 문간방에 살던 순돌이네와 〈파랑새는 있다〉에서 단칸방에 살던 나이트클럽 가수들과 차력사들, 〈서울의 달〉에서 제비족 한석규와 촌놈 최민식이 마당에 모여 아침 반찬거리부터 화장실 순번 다툼, 여자 후리던 무용담까지 시시콜콜하게 늘어놓던 풍경을 잊을 수가 없다. 왜 말 한마디에 저렇게 까르르 웃을까? 왜 저토록 사소한 일로 싸울까? 다시 안 볼 것처럼 문을 닫아걸고서 왜 또 만날까? 그렇게 이웃의 드라마는 누가 나라를 구하느냐가 중요하지 않고, 저 푸줏간집 아저씨가 배추장수 아줌마와 결혼을 할 것인가, 안 할 것인가가 중요했다.

페드로 알모도바르의 영화 〈귀향〉에서 귀여운 억척 아줌마 페넬로페 크루즈는 문 닫은 레스토랑 안에 몰래 들어가 장사를 시작한다. 그녀가 시장에서 만난 이웃집 여성들에게 돼지고기 몇 킬로그램, 감자 수십 알, 토마토 몇 부대, 빵과 야채와 밀가루 몇 봉지를 빌리며 장사를 준비하던 모습은 탱고 음악처럼 빠르고 경쾌하다.

"알감자 남았으면 좀 줘. 저녁에 촬영팀 식사를 서빙해주면 곧 갚을게. 난 후한 여자라고."

이웃들은 이자나 장부 없이 그들만의 계산법이 있었고, 그건 불안과 안도로 똑떨어지는 인색한 기브 앤드 테이크가 아니라 두 배로 부풀어오르는 파이처럼 인정과 풍요가 덤처럼 불어나는 마법 같은 셈법이었다. 나는 문득 이웃이 그리워졌다. 허영만의 만화 『식객』의 복도식 연립주택처럼 늘 음식 냄새와 웃음소리가 끊이지 않는 그런 이웃 말이다.

모든 것을 밀어버리고 도로와 집과 마트와 상가를 구획지어 정갈하게 계획한 신도시의 삶은 규모 있고 안락하며 편리했다. 처음 이곳에 왔을 때 놀란 건 부동산업자가 차를 태우고 다니며 집을 전시물처럼 보여준다는 거였다. 모든 것은 시스템화되어 있었고, 그건 처음 미국의 타운하우스에 도착했을 때처럼 경이로웠다. 하지만 살아보니 그 도시엔 전통도 추억도, 그것을 나눌 이웃도 없었다. 토박이들이 산을 등지고 옛날 골목길을 지키며 산다는 부암동에 집을 얻으려고 갔을 때, 복덕방 할아버지는 자부심이 가득한 목소리로 그 동네가 얼마나 역사가 깊은지를 30분이 넘도록 설교했다. 자신도 30년 넘은 토박이임을 강조하면서. 요즘은 부의 축적 과정에 따라 사는 곳도 차이가 있고 이웃도 구별된다. 그리고 이웃은 하나의 커뮤니티를 형성한다.

"매봉산 자락을 깔고 누운 30억 원짜리 빌라 도곡동 힐데스 하임, 관상수가 뒤덮여 있는 캘리포니아 식 유선형의 서초동 가든 스위트, 명품 거리에 파티 공간까지 마련된 청담동 로열 카운티, 강북 전통의 부촌에 있다는 장충동의 라임 카운티, 우면산 절경이 한눈에 들어오는 서초동 트라움하우스……. 좋은 집에 사는 것은 단순히 인심 좋고 공기 좋은 훌륭한 동네의 주민이 되는 것이 아니에요. 사회 상류층에 소속된 자기 이미지 라벨을 구입하는 일이 되었죠."

하이클래스를 주로 방문하는 라이프 컨설턴트의 말이다. 그건 그들만의 카테고리에 다른 사람을 용납하지 않으려는 백인 보수층의 배타성과 놀랍도록 닮아 있다. 미국에서 수입한 이 공동관심단지CIDs : Common-Interest Developments도 단순한 생활공간이 아니라 우아한 생활양식을 이웃끼리 공유한다는 실로 '우아한' 뜻을 담고 있다. 생활 방식과 소득이 비슷한 사람들이 모여 살고 정원, 공원, 수영장 등 공동 시설을 제공하며 외부인의 출입을 제한해 입주자의 안전을 보장한다는. 언젠가 술자리에서 친구들끼리 이 공동관심단지에 대해 얘기한 적이 있다. 하지만 관심의 소재는 달랐다.

"우리 나중에 함께 모여서 이웃으로 살자. 문학하는 사람들, 연극하는 사람들, 노래 부르는 사람들 다 한 마을을 이뤄서 저녁마다 잔치도 하고 토론도 하고 술도 마시면서 재미나게 살자고."

우리의 유약한 관심은 공동의 취향이었지만 그들이 기를 쓰고 지켜내려는 건 나이트클럽에서도 통용되는, 시쳇말로 이웃의 '물'이었다.

요즘 '이웃'이라는 단어는 아침마다 출근하면서 〈여성시대〉라는 라디오 프로그램에서 듣는다. 이사 올 다음 사람을 위해 '우리 동네 매뉴얼'을 만들었다는 인정 많은 주부의 사연이 기억난다. 김밥집은 어디가 맛있고, 세탁소 아저씨는 몇 시에 배달을 다니며, 경비 아저씨는 퉁명스러워도 정이 많다거나, 그리고 무엇보다 이웃이 될 옆집 노부부에 대한 친절한 설명이 적힌 메모를 마주하면 역전에서 외할머니 만나듯 그 집이 얼마나 반갑고 정겨울까.

아는 선배 언니는 평창동에서 10년을 살았다. 그녀는 10년 동안 집과 동네를 사랑했다. 부암동 뒷길의 치킨집 할머니부터 평창동 언덕배기의 갤러리 주인까지 그녀의 '나와바리'는 넓고 다채로웠다. 10년 동안 창밖으로 봄, 여름, 가을, 겨울을 지낸 선배는 그 집의 풍경을 혼자 너무 오랫동안 차지한 게 미안해서 친구에게 집을 팔고 옆집으로 이사 갔다.

"아깝지 않았어요?"

"아니. 집도 운명이 있는 법이거든. 시간이 다했으면 새로운 사람에게 양보해야지. 게다가 친구가 이웃이 됐으니 얼마나 좋아?"

아! 나도 이런 완벽한 이웃을 만나고 싶다. 풍요로웠던 시간, 참혹한 시간을 함께할, 나와 함께 추억을 쌓아갈 이웃. 윗집 굴뚝의 고기 굽는 냄새나 김치찌개 냄새로 그날의 저녁 식탁을 그려보고,

옆집에 자장면이 배달되면 입맛을 다셔본다. 이사 온 할머니가 병을 앓았는지, 새댁이 부부 싸움을 했는지, 앞집 임신부가 아기를 낳았는지…… 생명이 나고 사라지는 것까지도 가늠할 수 있었던 이웃. 벽과 담으로 구분된 우리 시대의 동거인.

도시의 사생활

초판 1쇄 발행 2012년 9월 20일

지은이 김지수
펴낸이 이지은 　　**펴낸곳** 팜파스
기획 오혜영 　　**책임편집** 김민정
디자인 최설란 　　**사진** 차혜경 　　**마케팅** 정우롱
인쇄 (주)미광원색사

출판등록 2002년 12월 30일 제10-2536호
주소 서울시 마포구 서교동 404-26 팜파스빌딩 2층
대표전화 02-335-3681 　**팩스** 02-335-3743
홈페이지 www.pampasbook.com | blog.naver.com/pampasbook
이메일 pampas@pampasbook.com

값 13,000원
ISBN 978-89-93195-87-3 (03810)

※ 이 책은 『품위 있게 사는 법』의 개정증보판입니다.